Jan Birck

Moonsurfer

Jan Birck

MOONSURFER

SEVEN WAVES

Buch I

Mit Illustrationen
von Jan Birck

BAUMHAUS

Dieser Titel ist auch als E-Book erschienen.

Baumhaus Verlag in der Bastei Lübbe GmbH & Co. KG
Originalausgabe

Lektorat: Katharina Jacobi, Leipzig
Umschlaggestaltung: Tanja Østlyngen unter Verwendung
von Illustrationen von Jan Birck
Einband-/Umschlagmotiv und Innenillustrationen: Jan Birck
Satz: Helmut Schaffer, Hofheim
Gesetzt aus der Traveling_Typewriter
Druck und Einband: GGP Media GmbH, Pößneck

Printed in Germany
ISBN 978-3-8339-3289-2

5 4 3 2 1

Sie finden uns im Internet unter www.baumhaus-verlag.de
Bitte beachten Sie auch www.luebbe.de

Das fahle Licht des Vollmondes flackert
durch sturmzerfetzte Wolken.
Muschelweiße Strände blitzen auf,
und brennen die riesige Form einer Haifischflosse
in das aufgewühlte Silbermeer.

3. Juni 2004, etwa 20 Uhr, Sonnenuntergang.
Ein Surfer vor Sharkfin-Island, starker Seegang

Die Sonne berührt den Horizont, taucht ein, glüht ein letztes Mal auf und versinkt. Der Wind zerrt an Stevens nassen Haaren, seine Shorts schlagen knatternd auf seine Oberschenkel.

Er beginnt die Wogen zu zählen, die unter ihm durchrollen:

Eins ... zwei ...

Steven spürt das Vibrieren des Boardes und wendet.

... fünf ... sechs ...

Die Siebte Welle baut sich auf.

Take-off.

Er stemmt den Oberkörper hoch und zieht seine Beine mit einer einzigen schnellen Bewegung in die Hocke. Für einen kurzen Moment befinden er und das Board sich im freien Fall, dann schießen sie eine Wasserwand hinunter, die sich mit der doppelten Höhe seiner ein Meter achtzig aufgetürmt hat. Das Publikum, das vor der Küste Sharkfin-Islands noch nie ein solches Wellenmonster gesehen hat, verstummt und steht starr, unfähig, die Flucht anzutreten.

Jetzt formt sich der Brecher über ihm zu einer Tube. Ein Wassermaul, das ihn verschlingen will.

Steven versucht, der Röhre zu entkommen. Doch noch bevor er begreifen kann, was wirklich mit ihm geschieht, packen die schäumenden Kiefer des Wassermonsters zu. Die riesige Welle fällt mit einem ohrenbetäubenden Donnern in sich zusammen. *Wipe-out.*

Steven wird verschlungen, und mit ihm Moonsurfer.

Etwa eine halbe Stunde später, gegen 20.30 Uhr, an Bord des Schiffes X-Plorer II

»Ben …«

»… kann das nicht warten?«

»Ben, die Marine Rescue ist am Apparat. Sie vermissen einen Surfer!«

Ben Waves ist der Eigner der »X-Plorer II«, die etwas weiter südlich vor der Insel an ihren Ankerketten zerrt, während der Wind mächtige Wellenberge unter dem Kiel der umgerüsteten Yacht hindurchtreibt. Als die Aufforderung des Marine Rescue Departments von Sharkfin-Island an alle Schiffe rausgeht, sich an der nächtlichen Suche nach einem vermissten Surfer zu beteiligen, steigt Waves gerade aus seinem Neoprenanzug. Er hatte den letzten Tauchgang des Tages unternommen, bevor die See zu unruhig geworden war und die Dunkelheit ihn zurück an Bord seines Schiffes gezwungen hatte.

»Dann sollen sie ihn suchen gehen, dafür werden sie bezahlt!«, brüllt der Schatzjäger durch den Wind.

»Ben, das ist so was wie ein *Notruf*! Ich bin hier der Käpt'n und muss …«

Der Mann mit dem Telefon unterbricht sich, denn eine heftige Böe jagt über das Deck. Er muss sich an der Reling festhalten, um nicht das Gleichgewicht zu verlieren, und streckt seinem Boss das Gerät entgegen. »Verdammt, sprich selbst mit den Leuten!«

Der Schatzjäger balanciert auf einem Bein, als läge sein Schiff regungslos in einer Flaute. Er ist damit beschäftigt, seine Füße aus der hautengen Hose des Anzuges zu schälen. Gleichzeitig greift er nach dem Telefon.

Kurz darauf hat er sich vom Neopren befreit und das Telefonat beendet. Er wirft das Gerät dem Kapitän seiner Yacht zurück, der es im letzten Moment aus der Luft fingern kann, bevor es über Bord geht.

»Gib Befehl, Helikopter und Motorboot klarzumachen! Wir suchen nach 'nem Penner, der sich da draußen in die Scheiße geritten hat!«

Etwa einen Monat davor.
Eine Boeing 737 im Sinkflug über den Wolken und der Insel Sharkfin-Island, Abenddämmerung

Auf seinem Fensterplatz zieht sich Steven gerade die Kapuze seines Sweatshirts über die blonde Mähne, sodass er aussieht wie ein Bettelmönch im Gebet. Unterdessen beschreibt der Monitor in der Rückenlehne des Vordersitzes mit grober Computer-Grafik den Landeanflug auf den Flughafen von Tampa/Florida. *Bitte die Sitze in aufrechte Position bringen und anschnallen.*

Vor etwa fünfzehn Stunden hatte Steven noch auf der anderen Seite des Atlantiks zwischen Reisetaschen und

Koffern vor einem der Gates in die Zukunft gekauert. Nun würde die *Boing* 737 in weniger als zwanzig Minuten am *Tampa International Airport* aufsetzen. Endlich, denn es ist eng im Flieger, und Steven ist sich sicher, dass die Fluggesellschaften die Sitzreihen von Jahr zu Jahr näher zusammenstellen, um weitere Reihen für immer mehr Passagiere dazwischenpressen zu können.

Müde blickt er auf das weiße Wolkenmeer hinab, in dem sich laut Wetterbericht ein ungewöhnlich früher Tropensturm wie ein böses Omen zusammenbraut.

Als die Boing dann plötzlich in den brodelnden Kochtopf eintaucht, schwankt, rüttelt und ächzt das Flugzeug, als drohe es, auseinandergerissen zu werden. Doch schon nach wenigen Minuten stößt es wieder aus dem kochenden Weiß heraus und sinkt ruhig und sicher geleitet vom Bord-Computer hinein in die tropische Welt darunter.

Steven überlegt, dass er es gar nicht so übel fände, wenn er selbst auch so etwas wie ein automatisches Leitsystem hätte, das ihn im Blindflug durch die Zukunft führen könnte.

Der Jumbo neigt sich in eine steile Linkskurve, um die südliche Anflugschneise auf den Flughafen zu finden, und der Anblick, den das nach unten geneigte Bullauge nun freigibt, lässt Steven die Eintönigkeit der viel zu langen Reise vergessen. Unter ihm liegen die Inseln vor der Westküste Floridas, aufgeschnürt wie Silberdollars auf einer Schnur.

Das Flugzeug schwenkt zurück in die Waagrechte und folgt im Sinkflug der lang gezogenen Inselkette bis zu ihrer nördlichsten Insel, die rasch näher kommt. Ihre Form erinnert Steven an eine Haifischflosse. Doch als sie so nahe ist, dass man die ersten bunten Häuser unter den Baumkronen erkennen kann, leuchtet der lange und breite Strand auf der Seeseite für einen kurzen Moment silbern auf wie ein riesiger Säbel.

Zoom auf die Insel am Eingang zur riesigen Tampa-Bay

Der Strand der Insel wird gesäumt von hoch aufragenden Pinien, Fächerpalmen und breit ausladenden Banyon-Bäumen, die aus dem dichten Dickicht dahinter wachsen.

Sharkfin-Island ist schon seit Jahrhunderten besiedelt. Zuerst lebten hier die Indianerstämme der Tocobaga – bis etwa vor fünfhundert Jahren die Segel der ersten spanischen Konquistadoren am Horizont auftauchten: auf der Suche nach Gold und dem sagenhaften Jungbrunnen. Später, im 17. Und 18. Jahrhundert, streiften Piratenbanden über die Insel, bevor sie von Pinonieren und Siedlern erschlossen wurde. Heute finden hier Aussteiger, Künstler, Rentner oder Urlauber in einer bunten Mischung alter und neuerer Holzhäuser ihr Paradies. Zum Schutz vor der Flut schweben viele davon wie Baumhäuser auf hölzernen Beinen, umgeben von den letzten Boten der Pflanzenwelt eines einst undurchdringlichen Dschungels.

Aus dem Schatten einer Palmengruppe am Strand löst sich eine dunkle Gestalt. Sie humpelt unendlich langsam hinaus in die unruhige Tropennacht, Schritt für Schritt über den weißen, feinen und um diese Zeit kühlen

Muschelsand. So langsam, dass man ihre Bewegungen kaum wahrnehmen kann. Die Gestalt passiert einen ängstlich flatternden gelben Sonnenschirm, den ein Urlauber dort vergessen hat, und schlurft geradewegs in die Wellen, die weit den flachen Strand hinaufgetrieben werden.

Die Menschen hier fürchten das Auftauchen des gespenstischen Alten. Sie glauben, dass er die Dunkelheit des undurchdringlichen Gestrüppes nur deshalb verlässt, um den Sturmgott der schon vor sehr langer Zeit verschwundenen Ureinwohner zurückzurufen: Huracan.

Der Alte bewacht ein vor langer Zeit gesunkenes Schiff voller Gold, so heißt es. Und der von ihm herbeigerufene Hurrikan soll denjenigen vernichten, der es wagt, sich auf die Suche nach dem Wrack zu begeben.

Niemand auf der Insel hat sich jemals in die Nähe des Alten gewagt, keiner hat je ein Wort mit ihm gesprochen. Nie hat der unheimliche Greis seinen Dschungel aus einem anderen Grund verlassen, als um draußen in den Wellen den Sturmgott anzubeten. Die Bewohner der Insel haben dem Alten einen harmlos klingenden Namen gegeben: »Grumble«. Sie hätten ihn auch den »Unheimlichen« oder den »Hässlichen« nennen können, aber sie haben ihn nur den »Mürrischen« genannt. Vielleicht, weil sie ihn dann etwas weniger fürchteten, oder einfach nur deshalb, weil sie ihn nicht zu sehr verärgern wollten.

Grumble trägt einen altertümlichen, vollkommen zerschlissenen Gehrock, der nur mit einem schimmligen Ledergürtel zusammengehalten wird und an dem ein rostiger Entersäbel hängt. Seine kalkweiße Stirn ist auf ihrer Backbordseite von einer tiefen Narbe durchschnitten, die nach oben hin in einem Strohhut verschwindet und unten in einem weißblinden Augapfel endet. Im ausgefransten Strohhut steckt eine Feder und zwischen Grumbles zerfurchten Lippen, so trocken und farblos wie eine abgestreifte Schlangenhaut, klaffen zahnlose Lücken. Lange, silberdünne Haarsträhnen sorgen im Wind zitternd dafür, dass er an einen in der Sonne verdörrten Piraten erinnert.

Inzwischen hat der Alte sein Ziel erreicht, steht regungslos wie eine Statue in den Wellen. Halbblind starrt er aus schwarzen Höhlen auf das Meer hinaus. Dann dringt sein irres Lachen durch das Tosen der Brandung:

»Hu-ra-caaan! Ha-ha-ha-HAAAA...!«

Und der Wind trägt den Ruf über Sharkfin-Island.

Etwa eine halbe Meile vom Strand entfernt liegt eine große 100-Fuß-Yacht in den Wellen. Sie hat die Aufbauten eines Forschungsschiffes und ist hier schon vor Wochen vor Anker gegangen.

Die Yacht gehört Stevens Vater, Ben Waves. Eigentlich ein Traumvater. Ein Riese. Kräftig, braun gebrannt, Schatzsucher. Für Steven jedoch hat die Sache einen Haken: Ben Waves interessiert sich nur für die Jagd nach versunkenem Gold, nach Silber und Edelsteinen, nicht aber dafür, dass er einen Sohn hat.

Und zurzeit sucht Stevens Vater nach dem Wrack, das hier irgendwo unter der Brandung vor der Insel Sharkfin-Island liegen soll.

Plötzlich bewegt sich der Alte in den Wellen wieder. Grumble wendet seinen Blick von Ben Waves' Schatzsucher-Schiff ab, hebt den Kopf und starrt der *Boing* 737 nach, die sich soeben aus den Wolken gesenkt hat. Das Flugzeug hält in einem großen Bogen und im Sinkflug auf den Tampa International Airport von South-West-Florida zu.

Zoom auf das Flugzeug, dann auf das Bullauge, hinter dem Steven kauert. Zoom in das Innere des Fliegers

Noch immer blickt Steven gedankenverloren über die schwankende Tragfläche der Maschine auf die schnell näher kommende Meeresoberfläche.

Seine Mutter ist eine international gefragte Archäologin, also ist er es gewohnt, gemeinsam mit ihr von einem Land in das nächste zu ziehen. Aber diesmal ist es etwas anderes, dieses Mal ziehen sie zu seinem Vater. Oder zumindest in die Nähe, denn sein Vater legt keinen Wert auf »Familie«. Entsprechend früh haben sich seine Eltern wieder getrennt, allerdings nicht früh genug, um Steven vor den Auseinandersetzungen zu bewahren, die der Scheidung vorausgegangen waren.

Steven hatte sich damals in eine eigene Welt zurückgezogen. Das Tor zu diesen Paralleluniversen war zwar nur so groß wie der Monitor einer PSP, aber Steven war hier wenigstens willkommen. Anders als zur Welt seines Vaters hatte er zu dem kleinen Gerät immerhin Zugang.

Denn Ben Waves war nach der Trennung von Stevens Mutter auf seine Yacht gezogen. Oder hielt sich im Archivo General de Indias im südspanischen Sevilla auf, um das Archiv wie ein Höhlenforscher nach Hinweisen auf versunkene Schiffe zu durchwühlen: Nach Frachtbriefen, Registern, Seekarten oder Logbüchern. Wie ein Besessener hatte er dort nach möglichen Wracks aus der spanischen Silberflotte des 16. und 17. Jahrhunderts gesucht – beladen mit dem Gold der Azteken. Bis ihm der Zufall zu Hilfe gekommen war: In einem Magazin für Taucher las Waves eines Tages von einem Fund auf der verschlafenen Urlaubsinsel Sharkfin-Island. Jemand hatte eine spanische Silbermünze aus dem frühen 16. Jahrhundert im Sand gefunden, die eine Legende von einem angeblichen Schatz vor der Insel untermauerte. Kaum hatte Waves das gelesen, hatte er sich auch schon mit seiner X-Plorer II auf den Weg nach Sharkfin-Island gemacht.

Das Schiff ist eine umgerüstete Yacht, ein schwimmendes High-Tech-Labor: Sediment-Sonare, Metalldetektoren und Saugvorrichtungen zum Orten versunkener Wracks.

Das Suchgebiet vor Sharkfin-Island befindet sich in den Küstengewässern Floridas, und so hat Ben Waves inzwischen nicht nur die Erlaubnis, sondern sogar den Auftrag in der Tasche, das dort vermutete Wrack aufzuspüren und seine Ladung zu bergen.

Allerdings wurde Ben Waves von Floridas Marineministerium ein kleiner Streich gespielt. Der Auftrag und damit auch die Mittel, die er erhalten hat, wurden nämlich an eine Bedingung geknüpft: Ben Waves hatte einen zuverlässigen Archäologen an seiner Seite zu akzeptieren, damit die Schätze ordentlich gesichert, katalogisiert und konserviert werden würden. Der Gouverneur von Florida will sichergehen, dass eine mögliche Fundstätte nicht zerstört und der erhoffte Schatz vollständig registriert wird … und die beste Archäologin, die dafür zu bekommen war, ist ausgerechnet Ben Waves' Ex-Frau: Professor Susan Waves, Stevens Mutter.

Plötzlich setzt der von den heftigen Böen gebeutelte Jumbo mit einem harten Schlag auf dem Rollfeld auf, um gleich darauf mit wippenden Tragflächen die erlösende Vollbremsung zu machen.

Es ist Mai und normalerweise beginnt die *Hurrikan-Saison* in Florida erst im Juni. In dieser Zeit, die bis September, manchmal Oktober dauert, kann es täglich zu kräftigen Regengüssen kommen. Wie kurze, heiße Duschen prasseln die Schauer dann auf die Inseln herunter, meist begleitet von *Thunderstorms*, Gewittern mit heftigen Winden. Auch können Monster-Wirbelstürme hereinbrechen, die sich über der Karibik oder im Atlantik vor der Küste Afrikas zusammengebraut haben. Hurrikans mit Spitzengeschwindigkeiten bis über zweihundert Meilen pro Stunde und gigantischen Durchmessern fallen dann über den Golf von Mexiko her, um dort ihr zerstörerisches Werk zu beginnen. Und der Weg der Verwüstung kann unberechenbar sein, besonders dann, wenn Grumble sein Lachen in den Wind wirft …

Tampa International Airport, Gepäckrollband, Ausgang zu den Abholerparkplätzen

Hinter der gläsernen Schiebetür am Ausgang des Flughafengebäudes erwartet Steven und seine Mutter die unsichtbare Mauer, durch die man aus dem unterkühlten Bereich der Klimaanlage in die feuchtwarme Luft des Golfes von Mexiko tritt – selbst bei diesem ungewöhnlich schlechten Wetter. Es riecht nach tropischer Vegetation und Salzwasser.

Ein sonnenverbrannter Mann in ledernen Latschen, speckigen Shorts und einem farblosen Leinenhemd, das aussieht, als würde es gelegentlich auch als Fischernetz verwendet werden, stößt sich von seinem Wagen ab und schlurft mit skeptischem Blick über den Rand seiner geflickten Brille auf die Ankömmlinge zu. Im Mundwinkel eine Zigarette, auf dem Kopf ein ausgeblichenes Cap mit der kaum mehr leserlichen Aufschrift »Longboard Classic«.

Steven wäre seinem Vater am liebsten wie ein kleines Kind entgegengerannt und in die Arme gefallen, aber er will sich seine Aufregung auf gar keinen Fall anmerken lassen. Außerdem hat er vor langer Zeit beschlossen, seinen Vater zu hassen, weil ihm das erträglicher erscheint.

So bleibt es bei einem kurzen »Hi, Dad!«, während Ben Waves die Luft irgendwo in der Nähe der Wange seiner Ex-Frau küsst. Im Gegenzug erhält Steven immerhin ein »Hey, wie geht's? Groß geworden«.

Sein Vater ist ihm jetzt zwar so nah wie schon seit vielen Jahren nicht mehr, dennoch kommt er ihm noch immer irgendwie weit weg vor. Abwesend, irgendwo dort draußen auf seiner Yacht.

Als die drei dann mit ihrem Gepäck vor Ben Waves' Wagen stehen, wird Steven klar, dass die gemeinsame Zukunft tatsächlich schwierig werden könnte: Das Fahrzeug, das sein Vater anzubieten hat, ist ein Porsche 911 aus den Achtzigern. Der silberne Sportwagen bietet gerade mal Platz für Ben Waves und seine Taucherflasche, die sich angeschnallt auf dem Beifahrersitz befindet.

Interstate 275 nach Süden. Nacht, Sturm, Regen. Ein Van versucht, einem silbernen Porsche zu folgen.

Eine Stunde später bemüht sich die hundemüde Susan Waves, einen gemieteten Chevy Van hinter dem Sportwagen ihres Ex-Mannes her durch den pfeifenden Tropensturm nach Palmetto zu lenken, um von dort aus Bradenton und danach Sharkfin-Island zu erreichen. Die Fahrzeuge überqueren auf der tankerhohen Skyway-Bridge die riesige Tampa-Bay, während der Porsche immer wieder außer Sichtweite gerät. Susan Waves versucht, nicht den Anschluss zu verlieren und muss fürchten, von einem irgendwo in der Dunkelheit lauernden Cop einen Strafzettel wegen überhöhter Geschwindigkeit zu kassieren.

Zoom auf die Fahrzeuge, auf den Van und in das Innere des Fahrzeuges

Mit verschränkten Armen presst sich Steven wütend in den Beifahrersitz des Mietwagens. Sein Vater hatte darauf bestanden, dass sein bester Freund – die Taucherflasche – angeschnallt im Porsche bleibt. Natürlich geht es ihm nicht um seinen Vater, redet Steven sich ein. Aber er wäre viel lieber in einem Neun-Elfer über den nächtlich glitzernden Manatee-River geschossen als mit einem im Wind schaukelnden Chevy-Van zu eiern.

Nachdem sie Palmetto durchquert und auch den Fluss hinter sich gelassen haben, passieren die beiden Fahrzeuge die Statue des spanischen Konquistadors Hernando de Soto vor dem *South Florida Historical Museum* von Bradenton und biegen kurz darauf nach Westen in Richtung Meer ab. Von hier aus geht es endlich über die lange Manatee-Ave hinaus nach Sharkfin-Island.

Steven: »Wir schlafen doch hoffentlich nicht bei diesem Seegang auf der Yacht?«

Seine Mutter schüttelt den Kopf. »Nein, wir können sofort in das Haus einziehen, das das Marineministerium für uns gemietet hat.«

»Jetzt noch? Mitten in der Nacht?«

»Die Schlüssel und die genaue Wegbeschreibung finden wir in einem Kasten an der Tür des Maklerbüros auf der Insel. Unser neues Zuhause liegt direkt am Strand, Stevie! Mit Blick auf das Schiff deines Vaters ...« Und lächelnd fügt sie hinzu: »Von dort aus kannst du ihn ab jetzt immer im Auge behalten!«

»Wohnt er nicht bei uns?«

Seine Mutter seufzt. »Dein Vater hat noch nie etwas von festem Boden unter den Füßen gehalten, Stevie ...«

Die Insel Sharkfin-Island liegt – bei gutem Wetter – in Sichtweite vor der Küste, mit der sie durch einen künstlichen Damm und eine schmale Zugbrücke verbunden ist. Doch als die beiden Fahrzeuge endlich auf diese letzte Hürde vor ihrem nächtlichen Ziel zurollen, schaltet die Ampelanlage gerade auf Stopp. Steven und seine Mutter sehen nur noch, wie der Porsche vor ihnen am Rotlicht vorbeizieht, über die Brücke surft und in der Dunkelheit verschwindet. Susan Waves beschleunigt kurz, tritt dann aber doch auf die Bremse und kommt gerade noch zum Stehen, denn die Zugbrücke beginnt sich bereits zu heben, um eine letzte verspätete Yacht in die Sicherheit der Bay zu holen.

»Na bravo!«, brummt Steven missmutig. »Das war's dann auch schon mit dem Im-Auge-Behalten.«

Langsam, viel zu langsam, öffnet sich die Straße, kippt himmelwärts und steht dann irgendwann und eine gefühlte Ewigkeit später senkrecht in der Nacht.

Plötzlich lässt der Regen nach, nur noch ein paar letzte Tropfen klatschen an die Scheiben. Hier und da schimmern einzelne Lichter gegenüberliegender Häuser im aufgewühlten Wasser der Bucht, während der Wind am Wagen rüttelt und die Scheibenwischer zu quietschen beginnen.

Sie sind allein.

»Das hat uns noch gefehlt!«, stöhnt Stevens Mutter und schaltet die Wischer aus. Sie hat sich nach vorne gebeugt, ihre Hände auf das Lenkrad gelegt und ist todmüde in sich zusammengesunken. »Ben ist mit seinem dämlichen

Rennwagen einfach unter dem Sturm hindurchgetaucht, und uns lässt er hier mitten in der Nacht alleine zurück. Das sieht ihm äh…!«

»Schschsch!«, unterbricht Steven, der wortlos die Wand vor sich angestarrt hatte. »Hörst du das?«

»Was?«

»Der Sturm lacht. Er lacht uns aus!«

»Unsinn, Stevie, du hast zu viele von diesen Horror-videos …«

»Halt doch mal die … ich mein, sei doch mal ruhig, Mom!«

Der Sturm rüttelt so heftig am Wagen, als habe er es nur auf dieses eine Fahrzeug abgesehen. Stevens Mutter verstummt. Und dann hört auch sie es.

Doch das heisere Lachen im Wind ist nicht die Stimme des Sturmes. Es stammt auch nicht von Ben Waves, obwohl Stevens Mutter ihrem Ex diese Boshaftigkeit durchaus zugetraut hätte …

Auf der Insel, Strand zum offenen Meer, Nacht, böiger Starkwind

Der alte Grumble steht noch immer in der Gischt und gröhlt und lacht den *Hurrikan* herbei, während an seinen knöchernen, weit ausgebreiteten Armen die Fetzen der Jahrhunderte tanzen.

Auf der Zugbrücke

Der Segler ist vorbeigeglitten. Die Brücke senkt sich, so unerträglich langsam, wie sie sich angehoben hatte. Als Stevens Mutter dann endlich wieder Gas geben kann, katapultiert der kräftige Motor den Van röhrend über die scheppernden Stahlgitter der Fahrbahn, bevor sich das Fahrzeug über die schnurgerade Straße auf die Insel flüchtet. Steven hat gerade genug Zeit, um die Aufschrift auf dem Ortsschild am Straßenrand zu erfassen:

»WELCOME TO THE PARADISE OF SHARKFIN-ISLAND.«

Das kleine Städtchen Sharkfin City liegt wie ausgestorben da. Die Menschen haben die Geschäfte und Tankstellen frühzeitig geschlossen, sie haben sich in ihre Häuser zurückgezogen, haben die Fernseher laut gestellt oder sind früh schlafen gegangen, um die Ohren unter ihre Kopfkissen zu schieben. Denn sie wollen das heisere Lachen des alten Grumble nicht hören.

Susan Waves lässt den Wagen durch die Dunkelheit blubbern. Nur hier und da pendeln Lichter in den Hauseingängen. Über einer Kreuzung schwingt eine flackernde Ampel in ihren Stahlseilen wie eine sterbende Fliege in einem Spinnennetz.

Sie passieren die Neonbeleuchtung eines Motels und folgen dem Gulf-Drive, der Straße, die wie ein Rückgrad über die Insel bis zu ihrer nördlichen Spitze führt. Die Schlüssel liegen am vereinbarten Versteck beim Maklerbüro, die Wegbeschreibung fehlt. »Kein Problem«, versichert Stevens Mutter, »ich hab die Lage des Hauses vor dem Flug gegoogelt!«

Wenig später stellt Stevens Mutter das dritte Mal fest: »Das hier muss es sein!«, während sie mit dem Van wie ein Fahranfänger hin und her kurvt. »Fehlt zwar ein Straßenname, aber vielleicht hat der Sturm ja einfach nur das Schild weggeblasen ...«

»Dann schlage ich vor, wir sehen nach!« Steven blickt in den Weg, an dessen Anfang ein blechernes Schild im Wind zittert: »Dead End«.

Sie biegen ab und rollen unter den mächtigen Ästen riesiger, uralter Banyon-Bäume hindurch, von denen weißes Moos herunterfließt wie tausend kleine erstarrte Wasserfälle.

Der Wagen kommt auf sandig weichem Boden am Ende der Sackgasse zum Stehen. Susan Waves dreht den Zündschlüssel zurück. Der Motor erstirbt und der Lichtkegel des Vans lässt das Geflecht eines langen Drahtzaunes erkennen. Der Zaun ist von Schlingpflanzen durchzogen und wird auf halber Strecke von einem windschiefen Tor unterbrochen. Notdürftig mit rostigem Draht daran befestigt, ein noch schieferes Schild: »Private Property«.

Dahinter ist nichts als Dschungel zu erkennen. Steven kneift die Augen zu schmalen Schlitzen zusammen und neigt sich weit nach vorne, als ob das etwas nützen würde. Er versucht, ein Haus im Dunkel des Dickichts auszumachen.

Gespenstische Stille.

»Der Sturm ist weg. Das unheimliche Lachen auch!«, flüstert Steven. »Wo ist Dads Porsche?«

»Bestimmt irgendwo sicher und trocken verstaut, während wir hier um unser Überleben kämpfen«, lästert seine Mutter. »Jedenfalls haben wir uns definitiv verfahren!

Hier gibt's nur Gestrüpp, aber kein Haus, schon gar nicht unser Strandhaus!«

»Ich geh nachsehen!«

»Du wirst einen Teufel ...«, protestiert seine Mutter, aber Steven hat den Schutz des Fahrzeuges bereits verlassen.

Er untersucht den Gartenzaun und findet einen Zugang. Dahinter ist es stockduster, also kehrt er zum Auto zurück.

»Haben wir 'ne Taschenlampe?«

»Irgendwo in den Koffern, aber ...«

»Dann eben ein Feuerzeug ...«

»Steig wieder ein!«

Doch Steven ignoriert seine Mutter: »Willst du mich etwa ohne Licht da hineingehen lassen?«

Kurz darauf ist Steven wieder am Tor und versucht vorsichtig, das rostige Gitter aufzudrücken. Es quietscht erbärmlich, lässt sich aber ein Stück weit aufschieben, gerade so viel, dass er sich durch die schmale Öffnung zwängen kann.

Auf dem Grundstück, überwuchert vom Dickicht, schwarze Nacht, Totenstille

Steven lässt das Feuerzeug seiner Mutter aufflammen. Vorsichtig betritt er die Überreste einiger Steinplatten, die kaum mehr zu erkennen sind. Er duckt sich unter dem Spanish-Moss hindurch, das von den Ästen der uralten Bäume in langen silbernen Streifen herunterfließt. Immer wieder streichen die hängenden Moose nasskalt über seine Schultern, so als würden tote, kraftlose Finger aus einer Geisterwelt nach ihm greifen. Er folgt dem Weg, der jetzt nur noch aus kalkweißem Muschelkies besteht.

Steven muss sich durch einen immer dichter werdenden Dschungel vorarbeiten, über Wurzeln, zersplitterte Äste und vertrocknete Palmwedel. *Hier scheint schon seit Ewigkeiten kein Mensch mehr entlanggegangen zu sein. Der Haupteingang kann das jedenfalls nicht sein …*, überlegt er, während er das Feuerzeug hoch über seinen Kopf hebt, um in die Dunkelheit zu spähen.

Er stolpert, stürzt beinahe in ein Feld hellgrauer Brocken am Fuße eines Palmenstammes. Seltsame kleine bleiche Felsen, rund wie Melonen oder wie … *Totenschädel.*

Einen Augenblick denkt Steven an Flucht, dann aber fällt ihm wieder sein Vater ein, der vielleicht genau das von ihm erwartet.

Vielleicht ist das Ganze hier ja nur ein mieser Scherz von ihm? Was, wenn in dem Moment, in dem ich abhaue, das Licht angeht, und Dad sich über mich kaputtlacht? Er blickt sich um, aber das Einzige, was er erkennen kann, ist das Unterholz des Dschungels. Angestrengt horcht er in die Dunkelheit. Bis auf das Rauschen der nahen Brandung kann er nichts hören. Kein Kichern, kein mühsam unterdrücktes Hüsteln, nichts.

Also nimmt Steven all seinen Mut zusammen, und kickt eines der runden Dinger am Boden mit der Fußspitze an.

Kokosnüsse, du Idiot …

Er holt ein paar Mal tief Luft, dann arbeitet er sich weiter.

Kurz darauf wird der Pfad abrupt nach rechts gezwungen.

Eine Mauer! Wo eine Mauer ist, könnte auch ein Haus sein!

Einige Schritte später windet sich Steven vorsichtig durch ein überwuchertes Tor und betritt einen kleinen Innenhof.

In der Mitte des Hofes ein Brunnen, aus dem Gräser und Farne ragen wie aus einer Vase, die ein Riese hier vor Jahrhunderten abgestellt hat. Zu seiner Linken meint Steven die schattenhaften Umrisse bretterver-nagelter Fensteröffnungen ausmachen zu können. Auch diese wurden offensichtlich schon seit sehr langer Zeit nicht mehr benutzt.

Steven hält das Feuerzeug hoch über seinen Kopf. Er kann die Mauern einer Ruine im Stil einer Hazienda erkennen, bevor schlagartig der Sturm und der Regen wieder einsetzen. Das Feuerzeug erlischt und lässt sich inmitten dieser tobenden Waschmaschine nicht mehr zum Leben erwecken, so verzweifelt Steven es auch versucht. Zitternd entschließt er sich endgültig zum Rückzug, als das morsche Tor, durch das er den Hof betreten hatte, mit einem lauten Krachen zuschlägt.

Völlige Dunkelheit.

Angst kriecht über seinen Rücken, schleicht nach oben, greift nach seinem Hals und schnürt ihm den Atem ab. Nahezu blind tastet er sich zur Mauer des Innenhofes zurück, um den Ausgang zu finden. Doch dort, wo er die Wand erwartet, greift er ins Leere. Entweder ist sie verschwunden, oder er hat die Orientierung verloren.

Er versucht es in einer anderen Richtung. Vergeblich.

Noch einmal fingert er am Feuerzeug herum, doch das Ding verweigert den Dienst. Weitersuchen.

Plötzlich stößt er auf kühlen Stein, macht eine kurze Verschnaufpause und schiebt sich dann Stück für Stück am Mauerwerk entlang. Wenig später ertastet er eine moosige Holztür und presst sich gegen das Tor in die Freiheit, um es aufzudrücken. Der Regen rinnt über sein Gesicht. Seine Zähne klappern viel zu laut und er weiß, dass sie ihn verraten werden, an was auch immer.

In diesem Moment gibt das glitschige Ding mit einem grässlichen quietschenden Geräusch nach.

Dunkelheit

Steven stolpert rückwärts ins schwarze Nichts, stürzt und verliert das Feuerzeug. Er befindet sich nicht mehr im Innenhof, aber auch nicht draußen im Dschungel. Denn obwohl das Rauschen der Baumkronen noch da ist, ist der Wind nicht mehr zu spüren. Dafür stinkt es hier so sehr, dass es Steven beinahe auch noch das letzte bisschen Atem verschlägt, das ihm geblieben ist.

Seine Angst geht in pure Panik über.

Hektisch und blind robbt er auf den Knien über einen staubigen Holzboden, tastet verzweifelt nach dem Feuerzeug. Doch es ist verschwunden. Er hat das Gefühl, sein heftig schlagender Puls könnte jeden Moment eine ganze Horde Geister aufscheuchen.

Dann plötzlich hört er es: Leise röchelnder Atem. Er ist tatsächlich nicht allein.

Steven erwartet sein Ende, aus welcher Ecke der Dunkelheit das Wesen auch immer zuschlagen würde.

Dann ein kurzes Kratzen.

Krrt.

Einmal, zweimal.

Krrt-krrt ... und ihm gegenüber, etwa neun Fuß entfernt, flackert die Flamme seines Feuerzeugs auf, während draußen der unerbittliche Sturm weiter heulend und röhrend an den Fensterläden rüttelt.

Im Lichtschein des Feuerzeuges leuchtet eine weiße Kugel auf, nicht größer und heller als eine schwach flackernde Glühbirne.

Doch das, was zunächst so aussieht, als würde es hinter der Flamme des Feuerzeuges im Raum schweben, ist keine Glühbirne.

Es ist ein weißblindes Auge. Darüber ein zerfledderter Strohhut mit einer Feder. Über die Stirn des Wesens zieht sich eine grässliche Narbe, die bis über das tote Auge darunter reicht. Fliegen sind aufgestoben, surren um das bleiche Gesicht. Nach und nach kehren sie auf ihren Wirt zurück, bis sie ihn wieder fast vollständig bedecken.

Ein kurzes Blitzen aus der schwarzen Tiefe der anderen Augenhöhle.

»Sei willkommen, Seven Waves!«

Die Stimme röchelt wie eine Ankerkette, die ins Wasser rasselt.

»Der alte Grumble hat lange, sehr lange auf Euch gewartet!«

Der Fliegenschwarm ist wieder unterwegs.

Steven kniet vor einem modrigen Teppich und schluckt.

»S…Sir … « Seine Stimme versagt ihm den Dienst und er muss sich räuspern. »Ähem, Sir… nicht ›Seven‹ ohne ›t‹. Richtig wäre *St…Steven*, mit einem *t*, also Steven, nicht *Seven Waves*!«, und durch seinen Kopf schießt: *Scheiße, was rede ich da?* und *WOHER KENNT DER MEINEN NAMEN?*

Stille.

Nur die Schmeißfliegen surren.

Der Angstschweiß, der von Stevens Stirn tropft, plitscht auf die Holzbohlen, auf denen er noch immer in der demütigen Haltung eines Hundes kauert, der seine Strafe erwartet.

Durch den Fliegenschwarm mustert ihn schweigend das runzlige Schädelgesicht.

Dann erlischt die Flamme wieder. Stille, Schwärze, Gestank. Und der röchelnde Atem des Kerls. Fliegensurren.

Eine halbe Ewigkeit vergeht. Dann wieder das erlösende: Krrk-krrk.

Doch jetzt erscheint die Flamme etwas weiter rechts, führt einen kleinen Tanz auf und entzündet dabei nacheinander einige verbogene Kerzen. Sie stecken in einem gewaltigen Achtender, von dessen geschwungenen Armen tropfenförmige Fäden bis auf einen schweren Eichentisch herunterreichen.

Steven hockt noch immer bibbernd vor dem modrigen Teppich unter dem mächtigen Tisch. Er wagt keine noch so kleine Bewegung. Die Schmeißfliegen haben ihn entdeckt und landen jetzt auch auf seinen Lippen.

Im spärlichen Licht der Kerzen offenbart sich der große Wohnraum einer spanischen Hazienda. Ein steinerner Kamin, schwere Holzmöbel. An den Wänden indianische Webdecken, Ölgemälde, Szenen von Seeschlachten. Degen,

Säbel, Entermesser und Steinschlosspistolen. Hoch über der Szene schwebt ein riesiger Ventilator, so schief, dass er sich schon sehr lange nicht mehr bewegt haben dürfte. Spinnweben überall, so dicht, als wollten sie jeden Gegenstand im Raum nach und nach zu Staub verdauen. Die Luft ist heiß und stickig.

Verwesungsgeruch.

Der gespenstische Greis, der sich Grumble genannt hatte, löst seinen Oberkörper langsam aus dem zerschlissenen Sessel, mit dem er verwachsen gewesen zu sein schien. Staubend und knirschend neigt er sich nach vorne, hebt seinen klapprigen Arm und zeigt mit knöchernem Finger auf Steven. Seine andere Hand legt sich auf den Griff eines riesigen rostigen Säbels, den er in den Holzboden zwischen die Reste seiner Stiefel gerammt hat. Dann beginnt Grumble abermals, mit seiner Ankerkettenstimme zu rasseln.

»Hört gut zu ... Seven Waves ... wenn Ihr nicht ... so enden wollt ... wie ich!« Die Worte folgen einander unendlich müde und langsam, der Mundgeruch des Alten ist unerträglich. Steven läuft Gefahr, seine letzte Mahlzeit vor die Füße des Greises zu würgen.

»Seht Ihr das?«, röchelt der Alte und wendet sich staubend und bröselnd zur Seite. Die Fliegen stieben auf. »Seht Ihr die Planke dort drüben an der Wand?« Steven kneift die Augen zusammen und starrt in die dunkelste Ecke des Raumes, in die der Finger des Alten deutet. Sein Blick irrt eine Weile zwischen mottenzerfressenen Vorhängen, schiefen Bildern und ein Paar gekreuzter Degen herum, auf der Suche nach einer Planke. Ein ausgestopfter Hammerhai mit durchlöcherter Rückenflosse schwebt durch den Raum. Darunter erkennt Steven schemenhaft einen Gegenstand, der zwischen all dem Trödel aus einem Piratenfilm völlig fehl am Platz wirkt:

Ein Surfboard.

»M…meinen Sie d…das Longboard dort drüben, Sir?«

Grumble knirscht zurück in seine Ausgangsposition. Die Insekten können sich wieder auf ihrem Wirt sammeln.

Steven wartet.

Irgendwann flüstert die Stimme aus dem Schmeißfliegenschwarm:

»Sehr gut. Aber ich bin müde. Reden wir nicht lange um die Angelegenheit herum: Die Planke … hat besondere Kräfte. Sie kann sogar ein Bürschchen wie Euch, Seven Waves, eine Monsterwelle reiten lassen. Jedoch …« Sein Knochenfinger hebt sich mahnend in den Kerzenschein. »… Ihr habt zugleich eine Aufgabe …«

Stille. Das knochige Wesen schließt sein intaktes Auge, sodass Steven nur noch weißblind angestarrt wird. Es röchelt kaum mehr vernehmbar, bis es plötzlich fortfährt:

»Ihr werdet bei Vollmond eine Siebte Welle reiten, genau ab dem Moment gezählt, in dem die Sonne einen letzten Strahl über den Horizont schickt!«

Grumble sinkt endgültig zurück in seinen Sessel und schläft augenblicklich ein, während sich die Fliegen weiter auf seinem Schädel versammeln, bis er fast vollständig unter den Insekten verschwindet. Nur sein Röcheln verrät, dass er sich noch nicht ganz im Reich der Toten befindet.

Steven starrt auf das Surfboard. Im flackernden

Lichtschein der Kerzen scheint es sich beinahe zu winden wie ein Gefangener in seinen Ketten.

Vorsichtig richtet er sich auf, wagt ein paar Schritte über die ächzenden Holzdielen, umrundet den Tisch, duckt sich unter dem Hai hindurch und steht schließlich vor dem Board. Mit der flachen Hand fährt er durch die Staubschicht.

Das Brett ist völlig schmucklos, grob geschnitzt und von Rissen durchzogen. *Dieses alte Teil*, überlegt Steven, *soll aus mir einen Big-Wave-Surfer machen? Hokuspokus? Was für ein Quatsch! Nichts wie weg hier …*

Der Van vor dem Grundstück, auf dem die Hazienda eins mit dem Dschungel geworden ist. Nacht, Regen, immer noch Sturm

Steven hat es irgendwie zurück zum Chevy geschafft und kriecht erschöpft auf den Beifahrersitz. Seine Mutter schreckt hoch.

»U-und?«, fragt sie, während sie sich die müden Augen reibt.

Doch er antwortet nur: »Hier ist nichts. Lass uns weiterfahren.«

Eine halbe Stunde später, gegen Mitternacht, aber nur eine Stichstraße weiter, stehen Steven und seine Mutter endlich sterbensmüde und völlig erschöpft vor ihrem neuen Zuhause am Strand von Sharkfin-Island.

In Stevens Zimmer, Vormittag, Sonnenschein

Am nächsten Tag weckt ihn die Sonne, deren warmes Licht von den Jalousien wie Toastbrot in Scheiben geschnitten wird. In Stevens Kopf summt es noch immer, als wäre der Fliegenschwarm der vergangenen Nacht in sein Hirn eingedrungen …

Das Ganze war doch nur ein wirrer Traum, mehr nicht, sagt er sich. Und vielleicht war es das wirklich: Ein Albtraum, der an einem sonnigen Morgen in einem Strandhaus am Meer keine Bedeutung mehr hat.

Ein Gecko, der keine Handbreit von seiner Nase entfernt auf dem Nachttisch sitzt, lässt Steven auf andere Gedanken kommen. Das kleine, handtellergroße Tierchen sieht aus dieser kurzen Entfernung aus wie ein riesiges Urzeitmonster. Plötzlich flitzt es nach links aus Stevens Blickfeld, um kurz darauf wieder an der dahinterliegenden Wand aufzutauchen. Das Tier hetzt quer nach oben und klebt dann plötzlich – zapp! – auf der Jalousie. Dahinter kann Steven Palmwedel im Wind tanzen sehen, durch die das Meer türkisblau blitzt. Im Glitzern der Wellen liegt die X-Plorer II, das Schiff seines Vaters.

Das Strandhaus duckt sich zwischen Fächerpalmen und Florida-Eichen am Ende der Oak-Street in die Dünen. Kein Ort für den Ernst des Lebens, doch Steven sind nur wenige völlig freie Tage in diesem Paradies gestattet: Seine neue Schule lauert bereits. Natürlich würde er die verbleibende Zeit am liebsten draußen auf der X-Plorer verbringen. Nicht um in der Nähe seines Vaters zu sein, wie er sich versichert, sondern um gemeinsam mit der

Mannschaft das Sonar zu beobachten oder vielleicht sogar einmal den Roboter zu steuern, der das Unterwasserauge der Besatzung an Deck ist. Steven will der Arbeit der Taucher zusehen, was er sich wesentlich spannender vorstellt als den Ausflug, den er mit seiner Mutter nach Sanibel-Island und Captiva machen muss. Denn seine Mutter hatte beim Frühstück angekündigt, ihm seine neue Heimat zu zeigen, beginnend mit den angeblichen »Muss-man-gesehen-haben-Inseln« weiter unten im Süden. Immerhin wird sie ihn im Gegenzug mit auf die X-Plorer nehmen, obwohl Ben Waves Anweisung gegeben hatte, niemanden, der nicht zur Crew gehört, an Bord zu lassen. Nicht einmal seinen eigenen Sohn.

Als dann der Tag, an dem Steven das Schiff betritt, endlich gekommen ist, achtet Ben Waves glücklicherweise nicht darauf, dass die Archäologin in Begleitung seines Sohnes erscheint. Denn an diesem Morgen ist die Mannschaft des Schatzjägers in heller Aufregung.

An Deck der X-Plorer II; Tag, klarer Himmel, Hitze

Ben Waves und seine Crew sind fündig geworden.

Als Steven das Deck der X-Plorer betritt, schwebt gerade eine korallenverkrustete Schiffsglocke an einem Kran über der Reling und senkt sich langsam in eine Wanne mit Salzwasser. Sie landet sanft neben zwei Kanonenrohren, die sich bereits darin befinden. Niemand interessiert sich dafür, dass Ben Waves' Sohn an Bord des Schiffes eingetroffen ist.

Im Kreis der Mannschaft widmet sich Susan Waves sofort den drei Fundstücken. Die Kanonen könnten zu einer spanischen Galeone gehören, stellt sie fest, was schon an ihrer äußeren Form zu erkennen ist. Deshalb untersucht sie zunächst die verkrustete Glocke, die sie vorsichtig von ersten Ablagerungen freiklopft, bis eine grobe Gravur zum Vorschein kommt.

Schweigend starrt sie auf die Schriftzeichen.

»Dort steht ...«, stottert sie kopfschüttelnd und unterbricht sich im nächsten Moment selbst, »... aber wie ist das möglich?«

»Na was schon?! Der Name des spanischen Schiffes, was sonst!«, blafft Ben Waves ungeduldig, aber die Wissenschaftlerin ist bereits damit beschäftigt, das kleine Stück befreiter Oberfläche mit einem Hämmerchen zu vergrößern, um weitere Buchstaben zutage zu fördern.

»Dort steht ›BLACK‹, Ben. Und wenn ich mich nicht irre, ist das nicht Spanisch, sondern Englisch!«, bemerkt sie trocken, während sie vorsichtig weiterarbeitet, um den vollen Schriftzug auf der Glocke sichtbar werden zu lassen.

Auf der X-Plorer ist es jetzt so still, als wäre die gesamte Mannschaft über Bord gefallen. Aber sie sind alle da, schwitzen, schweigen mit offenen Mündern und starren auf den Rücken von Susan Waves, die sich tief über das Fundstück beugt.

Die Archäologin pickt weiter, splittert Stück für Stück der Kruste ab.

Dann bewegt sie sich plötzlich nicht mehr.

»Und?«, brummt Ben Waves.

»BIRD!«, antwortet die Archäologin.

»Wie, ›BIRD‹? Ich dachte ›BLACK‹?«

»BLACKBIRD!«, antwortet Stevens Mutter. »Die Glocke gehörte offenbar zu einem Schiff mit dem Namen BLACKBIRD!«

In der Messe und im Labor der X-Plorer II

Kopien alter Seekarten werden aufgerollt, mit Kaffeetassen, Zirkeln, Schuhen oder Taucherbrillen beschwert und auf den Tisch und den Boden in der Messe - dem Aufenthaltsraum des Schiffes - gezwungen. Danach werden sie mit den modernen Karten des Suchgebietes verglichen.

Der Schatzjäger blättert hektisch in den Duplizierungen der Dokumente aus dem Archivo General hin und her. Unterdessen durchsucht die Archäologin das Internet nach Hinweisen, Zeitungsartikeln, alten Reiseberichten oder einer Fachpublikation über den englischen Seehandel in der neuen Welt des 16. und 17. Jahrhunderts. Eine Assistentin tippt Telefonnummern ein. Wissenschaftler irgendwo auf der anderen Seite des Atlantiks werden aus dem Schlaf geholt und befragt. Gleichzeitig werden Rundmails mit dem Vermerk »dringend« ins weltweite Netz gesendet:

Wir haben hier auf einer Sandbank ein spanisches Schiff entdeckt, vermutlich aus dem 16. oder 17. Jahrhundert.

Wir benötigen in diesem Zusammenhang dringend Informationen über ein englisches Schiffswrack mit dem Namen »BLACKBIRD«, das offensichtlich genau auf derselben Sandbank wie der Spanier havarierte.

Unterdessen nutzt Steven die Gelegenheit, um sich ungehindert auf der X-Plorer umzusehen.

Er schätzt das Schiff seines Vaters auf etwa neunzig Fuß Länge. Es hat zwei Stockwerke über Deck sowie eines unter Deck, das Ben Waves eine Wohneinheit im Heck bietet. Zum Bug hin erstrecken sich die Kajüten der Mannschaft, eine Kombüse, ein Gemeinschaftsraum und ein Labor.

Darunter liegen mehrere Lagerräume und der Maschinenraum.

Er klettert über Stahltreppen, Taue, Kisten mit Ausrüstungsgegenständen und Taucherflaschen, um die Leiter zu einer Plattform zu erreichen, auf der ein Helikopter parkt.

Im Schatten des Fluggerätes sitzen zwei Männer. Steven überlegt, ob er vielleicht jemanden gefunden hat, mit dem er sich über Schatzsuche im Allgemeinen und die zwei Wracks unter der X-Plorer im Speziellen unterhalten könnte, als er feststellt, dass die Unterhaltung, die die beiden gerade führen, schon interessant genug sein dürfte.

Er zieht sich wieder ein Stück zurück, hat die Rücken der beiden im Blick und lauscht angestrengt.

»... ich sag es dir, Ernie, in dieser verdammten Galeone is überhaupt gar kein Schatz nich mehr drin«, sagt der Kleinere der beiden.

»*Bullshit*, Joey«, fällt der massige Mann seinem Kameraden ins Wort, »der Schatz ist noch da!«

»Bullshit sagst du?«, erwidert Joey. »Woher willst'n das so genau wissen? Es gibt da nämlich auch 'ne Legende, die was ganz anderes besagt!«

Steven geht noch ein Stück weiter in Deckung, gerade so weit, dass er noch über die gerippten Stahlplatten des Helikopter-Landeplatzes spähen kann.

»Ts, ts ...« Der Dicke schüttelt den Kopf. »Ein Märchen wohl eher! Also wirklich! Noch 'ne Legende beweist doch höchstens, dass das Zeug noch hier ist! Denk doch mal nach! Wozu sollte man denn sonst so eine Geschichte erfinden?«

Während der Kleine noch über eine Antwort nachsinnt, fährt der Dicke fort: »Ich sags dir, Hohlkopf, die Legende, die belegen soll, dass gar nix mehr da ist, wird irgendwer in die Welt gesetzt haben, damit keiner kommt und nach dem Schatz buddelt! Nicht mehr und nicht weniger. Aber Ben Waves lässt sich von so was nicht aufhalten. Der Schatz ist da, basta!«

»Jetzt hör dir die Legende doch erst mal an!«, entgegnet Joey verärgert und erklärt: »Also, historisch bekannt is ja, dass sich der gute alte Hernando de Soto im 16. Jahrhundert hier rumgetrieben hat, um sozusagen Florida zu entdecken. So, wie die Spanier es damals auch mit Mexiko und so weiter gemacht ham ... obwohl's ja schon die Indianer längst selbst entdeckt hatten. Und worum gings den Spaniern? Um Gold und Silber, um nix anderes.«

Ernie sieht seinen Kumpel gelangweilt an. »Ist mir bekannt ...«

»... aber dann gibt's da eben auch noch die Legenden.

Und die, von der ich sprech, ist eine, die anscheinend noch nich in deinem Bewusstsein ankert!«

»Na dann los, Joey, schmeiß den Anker!«

»Also ... die Legende beginnt so: Vor sehr langer Zeit soll hier ja angeblich ein unbekanntes spanisches Schiff randvoll mit Gold vorbeigekommen sein und auf die Untiefe gepustet worden sein, wo jetzt eure X-Plorer rumschleicht ...«.

»Is mir bekannt ...«

»Aber, was euch eben keiner gesagt hat, ist, was die Legende noch so alles erzählt: nämlich, dass unsere Insel damals natürlich noch von Indianern besiedelt war. Und die ham den dusseligen Spaniern, die auf der Sandbank festsaßen, ihre Ladung wieder abgejagt!«

Joey nimmt einen Schluck aus seiner Dose Budweiser, blickt seinen dicken Kameraden Ernie an und grinst: »Tja, alles umsonst! Ihr werdet hier nur noch rostiges Eisen finden ... hihi!«

Das allerdings klingt gar nicht so abwegig, und Ernie versinkt in betretenes Schweigen. Aber dann fällt ihm doch noch was ein: »Verrät uns deine blöde Legende dann vielleicht auch was über dieses englische Schiff, diese Blackbird?«

»Nee«, antwortet Joey, »aber ich kanns mir denken!« Er gönnt sich einen weiteren Schluck und macht eine Pause, um seiner Theorie mehr Gewicht zu verleihen.

»Na?!«, fragt Ernie, ungeduldig geworden.

»Ganz einfach. Die Legende verrät nämlich noch 'n weiteres wichtiges kleines Detail: Die Indianer hatten dem Gold 'nen ordentlichen Zauber verpasst!«

»Und was hat das nun mit dem Engländer zu tun?«

»Na ja … Wer immer hinter ihrem Gold her is, den wird Huracan jagen. Das is der Sturmgott der Wilden. Er wird jeden, der gierig auf das Zeug is, für immer und ewig zum Gefangenen seiner verdammten Gier machen! Und genau das is eben nich nur dem Spanier, sondern auch dem Engländer passiert! Sind beide auf der Sandbank gelandet, wo sie für immer festsitzen. Die Blackbird war also ziemlich wahrscheinlich 'n früherer Schatzjäger. Erfolglos natürlich, weil das Gold ja längst nich mehr in der gesunkenen Galeone war. Trotzdem is der Engländer aber hinter dem Gold her gewesen und deshalb von Huracan genau dorthin gepustet worden, wo auch schon der Spanier abgesoffen ist. Und wo auch eure X-Plorer hier …«, er tätschelt das Helikopterdeck mit der flachen Hand, »… untergehn wird! So einfach is das! Müsst nur auf uns hier von der Insel hör'n.«

Offensichtlich ist Ernie nun doch ein wenig mulmig zumute geworden. Jedenfalls scheint es ihm endgültig die Sprache verschlagen zu haben. Die beiden sitzen schweigend da, glotzen hinaus über den Golf von Mexiko und widmen sich ihren Bierdosen.

Steven will sich gerade zurückziehen, als der Dicke plötzlich doch noch trotzig sagt: »So 'n Quatsch!«

Aber der Kleine lacht und setzt sogar noch einen drauf:

»Is kein Quatsch, Ernie. Du hast doch auch vor'n paar Tagen den alten Grumble dort draußen gesehen, wie er da im Meer rumsteht, rausglotzt und den Sturm herbeigrölt, oder nich? Und diesmal, Ernest, diesmal hat er dabei die ganze Zeit eure X-Plorer angestarrt!«

»Pah!« Ernie winkt ab. »Der Alte ist doch nur'n verwirrter Hippie. Ein Irrer. Und außerdem, ha, das ist es! Weshalb sollte er das denn überhaupt noch tun, wenn das Gold angeblich verschwunden ist? Na?«

Joey muss nachdenken.

»Siehst du!«, fährt Ernie fort. »darauf hast du *keine* Antwort mehr. Also ist das Gold noch da! Und jetzt hat Ben eben die Konzession, das Zeug auszubuddeln, und ihr Weicheier von der Insel hier habt seit Generationen davor gesessen wie der Hase vor der Schlange. Nur wegen einer albernen Legende über irgendeine Schamanenzauberei! Es gibt ja nicht mal mehr einen Indianerstamm auf der Insel hier! Jetzt könnt ihr euch nur noch ein paar Dollar bei Ben verdienen. Als Taucher, so wie du. Na ja, mir soll's recht sein.«

Der Kleine schweigt beleidigt, aber dann brummt er kaum hörbar: »Einen letzten Indianer gibt's hier noch: den alten Häuptling Grumble!«

»Wenn er überhaupt einer ist, Joey!«

Zurück im Haus am Strand, Sonnendeck

Die darauffolgenden Tage könnten faul und ruhig verlaufen, aber das, was dieser Joey erwähnt hatte, lässt Steven nicht mehr los.

Wenn er dann während der Mittagsstunden in der Hängematte unter dem Vordach der Veranda baumelt, hört Steven sogar die Ankerkettenstimme des alten Grumble. Nur ein Flüstern zwischen dem Rascheln der Palmkronen:

»Seven Waves ... Seven Waves ... Seven Waves ...«

Er versucht, sich abzulenken, schnorchelt im glasklaren, tropenwarmen Wasser zwischen glitzernden Fischschwärmen und braunen Manta-Rochen hindurch oder lässt sich an Delfine heranschwofen, wenn sie besonders nah am Strand vorbeischwimmen.

Abends mischt er sich unter die Gäste der alten Strandbar, die nicht weit entfernt aus dem Grün der Insel lugt. Die »Freundschaften«, die er dort knüpft, dauern allerdings nicht länger als der Genuss einer Dose Energy-Drink. Er bekommt zu spüren, dass er ein Fremder in dieser Welt ist, dass er noch lange nicht zu den braun gebrannten Typen der Insel gehört. Er hat ja auch noch keine dieser Surfer-Geschichten zu bieten, mit denen man hier Eindruck schindet: über die größte Welle, den längsten Ritt des Tages oder den irrsten Sturz der Saison.

Also hockt er allein bis spät in die Nacht im kühlen Sand und fixiert das Flackern der Positionslichter auf der X-Plorer, unter der sich die zwei Wracks befinden: eine unbekannte spanische Galeone und ein altes Schiff mit Namen »Blackbird«.

Dann kreisen seine Gedanken wieder um den Fluch, von dem dieser Ernie erzählt hatte.

Was, wenn an diesem ganzen Gerede vom Fluch tatsächlich etwas dran ist? Trifft es dann etwa als Nächstes die X-Plorer?

Steven fröstelt.

Mitte Mai 2004,
Totale über das Schulgelände, Tag,
Sonne, leichter Wind

Ein paar Tage später beginnt für Steven die Schule auf Sharkfin-Island, in der der anstehende jährliche Surf-Contest des Westcoast-Surfshops Tagesgespräch ist. Die besten Surfer und Surferinnen aus Stevens neuer Klasse sind selbstverständlich mit von der Partie.

Sie wissen natürlich, wer Steven ist: der Sohn des Schatzjägers. Der Sohn desjenigen, der allein wegen seiner Gier nach dem versunkenen Schiff die Insel mit einem Hurrikan bedroht, weil er die Macht des alten Grumble unterschätzt.

Und sie wissen, dass Steven das ist, was sie eine Landratte nennen, einer, der nicht am Meer aufgewachsen ist und deshalb auf dem Surfboard ein Loser sein muss. Beste Voraussetzungen also, um den unwillkommenen Neuankömmling angemessen zu taufen.

Gehsteig vor dem Schulgebäude

Nach der ersten Schulwoche scheint es dann so weit zu sein. Steven verlässt gerade das Schulgelände, kippt sein Skateboard auf den Gehsteig und lässt es ein paar Schritte vorausrollen.

Bevor er aber aufspringen kann, wird das Ding von einem fetten Skaterschuh der Marke *DC* gestoppt. Darüber, auf einem braun gebrannten Unterschenkel, eine Tätowierung mit der Buchstabenkombination *Billabong*. Steven kennt die Kombination bereits: Sie gehört Bruce ... aus seiner neuen Klasse.

Langsam hebt Steven seinen Blick.

Bruce heißt nicht nur so, er sieht auch tatsächlich aus wie Bruce Willis Junior. Extremkurzhaarschnitt, kleiner, süffisant gespitzer Mund, ein Grinsen, ohne wirklich zu grinsen. Auf seinem Kopf hängt – schief, aber wie eine Krone – ein Cap. Natürlich von *Volcom*. Bruce Willis Junior hat sich seit seinem letzten Sieg im vergangenen Surf-Contest selbstverständlich zum »Surf-Champion« ernannt. Davon abgesehen ist sein Vater der Besitzer des Westcoast-Surfshops und damit der Veranstalter des alljährlichen Wettbewerbes.

»Hallo Waves, mein Kleiner. Wie kann man nur so'n Schwein haben, *Waves* zu heißen?«, legt Bruce los. »Der Typ is käsefarben wie 'n Snowbird irgendwo aus dem Norden, hat wahrscheinlich das erste Mal in seinem Leben überhaupt 'ne Welle gesehen und trotzdem sooo 'nen Namen! *Cheese* passt doch da viel besser! Einfach nur Cheese.« Er blickt in die Runde der Zuschauer, die sich inzwischen angesammelt haben, bevor seine Vorstellung weitergeht: »Und ich sag dir was, Cheese: Du solltest schnell wieder nach dahin abhauen, wo alle so aussehn wie du! Zusammen mit deinem verdammten Vater, der hier noch alles zerstören wird!«

Steven hatte so was erwartet. Spätestens, seitdem Mrs Partrich – die Lehrerin – ihn gespielt freundlich vorgestellt hatte, um seinen Vater und seine »Sippe« dann mit ebenso freundlicher Stimme zum Teufel zu wünschen.

»Nenn mich Steven. Einfach nur Steven«, sagt er langsam und mindestens ebenso freundlich wie Mrs Partrich.

»Oder kannst du dir das nicht merken, Bruce? Hat dein Spatzenhirn dafür vielleicht nicht genug Speicherplatz?«

Stevens Vorwärtsverteidigung kommt für Bruce anscheinend völlig unerwartet. Deshalb ist er jetzt baff. Und als ob er einen vorbereiteten Text vergessen hat, rutscht ihm nur noch ein blödes »Äh« raus – was Steven für einen zweiten Gegenangriff nutzt:

»Versuch dir wenigstens, *das* zu merken«, platzt es aus ihm heraus, obwohl er es besser wissen müsste. »Wenn ich so beschissen surfen würde wie du, würde ich an deiner Stelle 'ne Zaunlatte nehmen! Ein echtes Board ist viel zu schade dafür!« Im selben Moment wird Steven klar, dass er damit höchstwahrscheinlich zu weit gegangen ist.

Und Bruce fällt nur was Brutales ein: Er packt Steven am Shirt, zieht ihn zu sich heran und holt aus, um seine Faust auf Stevens Nase zu platzieren. Fertig zum Schlag kommt dem Surf-Champion dann aber doch noch etwas Schlagfertigeres – und seiner Meinung nach Passenderes – in den Sinn:

»Soso ...«, zischt er, »... dann will ich doch mal sehen, wie gut *du* eigentlich bist, Cheese. Und zwar auf'm Surfcup! Du meldest dich am Tag des Contests als *Cheese* bei der Wettbewerbsleitung, kapiert? Dein neuer Name wird auf der Liste der Starter sein, verlass dich drauf!« Und während er Stevens Skateboard quer über die Straße kickt, ergänzt er noch: »Du bist schon so gut wie tot, du Idiot!«

Danach wirft er seine Tasche über die Schulter, winkt seinem Publikum ein »Wir gehen!« zu und verschwindet in der Menge.

Steven bleibt zurück. Nach einer Weile steht er allein auf dem Gelände, sammelt sein Skateboard ein und macht sich auf den Weg zum Strandhaus.

Strandhaus, Tag, wolkenloser Himmel, leichter Wind

Steven baumelt in der Hollywoodschaukel auf der Veranda, leert eine Tüte Tortilla-Chips und denkt nach.

Der Bay-News-Wetterbericht hatte gemeldet, dass sich weiter unten in der Karibik erste Anzeichen für einen Hurrikan entwickelten. Dem West-Coast-Surfshop kommt diese Meldung wie gerufen. Denn der Wettbewerb kann nur dann stattfinden, wenn der Wind draußen im Golf von Mexiko die Wellen in die Höhe treibt. Die Brecher, die dann auf das Land rollen, stellen die Bühne für den Contest.

Wenn er sein Gesicht nicht verlieren will, wird Steven wohl teilnehmen müssen. Er ist ein ganz guter Skateboarder, beherrscht ein paar Kunststückchen. Davon abgesehen hat er einen Jollenschein für Binnengewässer und irgendwann auch einmal einen Windsurf-Kurs gemacht. Er hält sich sogar nicht schlecht auf einem Riverboard, das auf der Welle eines Stadtbaches tanzt, hat sich durch Hunderte dieser Surfclips auf YouTube geklickt und mindestens ein Dutzend Wellenreiter-DVDs angesehen. Mehrfach. Theoretisch ist er also ziemlich gut ausgebildet. Doch er hat noch nie auf einem Board gelegen, um draußen in der Brandung auf die richtige Welle und den richtigen Moment zu lauern.

Also hat er seinen Mund wohl etwas zu voll genommen. Nicht mit Chips, aber damit, dass er Bruce gereizt und dessen Herausforderung provoziert hat. Nun steckt er in einer Zwickmühle, denn wie auch immer er sich entscheidet, er wird verlieren: Kneift er, werden sie ihn auslachen. Macht er aber mit, wird es nicht anders kommen.

Steven versucht sein Grübeln auf später zu verschieben und die Siesta für das zu nutzen, für was sie da ist: für ein Mittagsschläfchen. Doch er findet keine Ruhe. Denn immer, wenn er nicht mehr über den Surf-Contest nachdenkt, kommt der Alte aus der Hazienda zu ihm zurück. Dann hört er wieder die Ankerkettenstimme wie aus weiter Ferne. Doch diesmal ruft sie nicht seinen Namen, diesmal scheint es ihm, als flüstere sie ihm die Lösung seiner Probleme ins Ohr:

Habt Ihr die Planke vergessen, Seven Waves? Sie hat besondere Kräfte! Kann sogar ein Bürschchen wie Euch eine Monsterwelle reiten lassen …

Das Gelände der unheimlichen Hazienda auf dem Dschungelgrundstück, Nachmittag, Hitze, Windstille

Steven starrt auf das verschlossene Tor zur Hazienda, das er noch in der Nacht seiner Ankunft problemlos hatte aufschieben können, um auf das Grundstück dahinter zu gelangen. Es ist später Nachmittag, und sogar die Sonne versucht vergeblich, ihre Strahlen ins Dickicht zu lasern, um das dunkle Geheimnis des Geländes zu durchdringen.

Der Eingang ist mit einer Kette gesichert, die zu einem Klumpen zusammengerostet ist, den sicherlich schon seit dem Beginn der Eisenzeit niemand mehr geöffnet hat.

Dann war das alles also doch nur ein Albtraum! … oder leide ich an Halluzinationen? Einen Moment denkt Steven an Rückzug, doch die Herausforderung des Surf-Großmeisters Bruce hängt an seiner Laune wie die Eisenkugel am Bein eines Sträflings. Sie lässt ihm keine Wahl, und ohne weiter darüber nachzudenken, ob er nun an Hirngespinsten leidet oder nicht, entscheidet er sich für eine zweite Expedition in das Herz der Dunkelheit.

Er folgt dem Zaun hinunter zum Meer, wo das rostige Geflecht im Sand zu versinken scheint. Ins Unterholz spähend stapft er den Strand entlang. Er muss eine Weile suchen, bis er einen schmalen Sandstreifen ausmacht, der in das Gestrüpp hineinführt.

Nach ein paar Metern ist das Dickicht so dicht, dass er nur noch in geduckter Haltung vorwärtskommt. Hier ist es schattig, kühler ist es deshalb nicht. Die Sonne hatte den ganzen Tag lang vom wolkenlosen Himmel heruntergebrannt und das Land aufgekocht. Die Hitze liegt schwer und feucht über den Inseln.

Steven tropft der Schweiß vom Kinn. Äste, Farne und Palmblätter scheuern am Sonnenbrand auf seinen Armen. Nach einer Weile stößt er auf einen stinkenden Tümpel, über den eine schmale, baufällige Holzbrücke führt.

Er sieht sich nach einer Möglichkeit um, die morsche Brücke zu umgehen, doch die grüne Pfütze verliert sich zu beiden Seiten in unzähligen Mangroven-Beinen. *Red Mangroves*, stellt Steven fest, aber er muss sich beeilen, denn jetzt haben ihn die Moskitos entdeckt.

Die Brücke knarzt unter seinen Schritten wie die Planken eines verrottenden Schiffes, die Reste eines verfaulten Geländers hängen in den Sumpf. Steven erwischt eine Querlatte, die sofort nachgibt. *Zurück!*, schießt es ihm durch den Kopf, aber er hat sich bereits zu weit auf das Holzgerippe vorgewagt.

Also entschließt er sich zur Flucht nach vorne, in letzter Sekunde, denn das Brett unter seinen Füßen beginnt zu splittern. Steven springt und landet auf einer Latte, die genauso wie die vorherige sofort nachgibt.

Der Steg ist keine Brücke, er ist eine Falle, die senkrecht nach unten in den grünen Brackwassertümpel führt. Steven rudert mit den Armen, balanciert, hüpft und hetzt vorwärts, während hinter ihm die morschen Holzstücke durch die Luft wirbeln. Mit einem letzten Hechtsprung landet er bäuchlings auf festem Boden hinter dem Tümpel.

Er stemmt sich auf die schmerzenden Unterarme, spuckt Muschelsand und reibt sich Körner aus den Augen. Etwa zwei Mannslängen vor ihm liegen steinerne Stufen, verborgen unter Farnen, verrotteten Kokosnüssen und vertrockneten Palmwedeln.

Veranda

Kurz darauf steht Steven auf den Resten einer Veranda, die wie ein verlassener Dschungel-Tempel von der Natur zurückerobert wurde. Beinahe sieht es so aus, als sei das gesamte Bauwerk von unten her aus der Erde in den Urwald gewachsen und habe dabei die grüne Decke einfach mit angehoben. Der Himmel über der Ruine lugt nur hie und da blau durch die Äste australischer Pinien, auf denen sich plappernd ein Schwarm giftgrüner Papageien niedergelassen hat. Schlingpflanzen und das Spanish-Moss hängen herab ... wie die weißen Haare des alten Grumble.

Steven hat die Rückseite der Hazienda gefunden.

Vor ihm eine schwere alte Holztür, die schief in den Angeln hängt und eine Handbreit offen steht.

Jetzt, kurz vor seinem Ziel, packt Steven wieder die Angst. Dieselbe Angst, die er verspürt hatte, als er vor dem gespenstischen Greis kauerte.

Er zögert, doch dann hat er wieder Bruce vor Augen, der grinsend einen gewissen Surfanfänger namens *Cheese* aus dem Wasser und auf den Strand schleift, während sich das Publikum kaputtlacht. Also legt Steven vorsichtig seine Hand auf die Holztür und drückt sie auf. Gerade so weit, dass er seinen Kopf hindurchstecken kann.

»Hallo ... Mister ... sind Sie da?«

Angestrengt horcht Steven in das Dunkel hinein. Nichts. Nur die Papageien über ihm krächzen aus den Baumkronen.

Verwesungsgeruch.

»I ... ich bin's! Der von neulich Nacht. Sie haben mich *Seven Waves* genannt!«

Wieder nichts.

Steven drückt die Tür langsam ein Stück weiter auf und wagt einen Blick nach drinnen.

Seine Augen müssen sich an das Dunkel gewöhnen, seine Nase an den Gestank. Er macht einen weiteren Versuch:

»Sir, ich ...« Er räuspert sich. »Ähem, i...ich hätte noch eine Frage wegen dem ... Surfboard!«

Steven horcht in die Dunkelheit.

Verdammt, wenn doch mal die blöden Papageien ihre Schnäbel halten könnten!

In diesem Moment verstummen die Vögel.

Jetzt umgibt totale Stille den Dschungel und das Haus. Steven wird es kalt. Gänsehautkalt.

Dann, plötzlich, erwachen die Kronen der Pinien über ihm wieder zum Leben, die Papageien stieben auf und flattern in den Himmel. Ein Rauschen zieht durch das Dschungelgrundstück.

Der Wind ist zurück!

Steven nimmt all seinen Mut zusammen. Er schlüpft durch die Tür und in die Dunkelheit. Im Dämmerlicht erkennt er die Rücklehne des riesigen Sessels, auf dem der Greis in der Sturmnacht gesessen hatte. Auf der Armlehne sieht er schemenhaft die knochige Hand des Alten. Steven nähert sich vorsichtig über die quietschenden Holzbohlen, während der Leichengeruch abermals Übelkeit in ihm aufsteigen lässt.

»Mister?«, flüstert er. Keine Antwort.

Vielleicht hält er ja seinen Nachmittagsschlaf, überlegt Steven. *Bestimmt ist er halb taub. Der Kerl muss ja über hundert Jahre alt sein ...*

Fliegenschwärme surren im Raum. Sie fallen über Steven her, versuchen in Augen, Mund und Nase einzudringen und belagern in Gesellschaft von unzähligen Kakerlaken den zerschlissenen Lehnstuhl.

Steven bewegt sich vorsichtig zur Seite und umrundet den langen schweren Esstisch. Auf einmal blendet ihn das Gegenlicht, das durch die Türöffnung in die Dunkelheit fällt. Er kann jetzt nur noch den Umriss des summenden Insektenthrones ausmachen, auf dem der Alte sitzt. Er tastet sich vorsichtig am Tisch entlang, vorbei an einer Stuhlreihe, deren frühere Samtbezüge völlig von Motten zerfressen sind. Durch die Lichtstraße, die der Türspalt über die Tischplatte legt, huschen Kakerlaken, die ihre langen Fühler vibrieren lassen, als ob sie den Eindringling zu orten versuchen. Und dort, neben dem Kerzenständer, entdeckt Steven auch sein Feuerzeug ...

»Mister?«, flüstert er noch einmal und ergänzt, obwohl er hier selbst derjenige ist, dessen Knie zittern: »Ich ... ich möchte Sie nicht erschrecken!«

Keine Antwort.

Steven wagt sich noch ein Stück näher an den Alten heran, bis er dicht vor dem schwarzen Umriss des Sessels steht. Das Ding ist vollständig von dem dunklen Insektenschwarm überzogen wie von einer sirrenden und wabernden Haut. Mit einer schnellen Handbewegung will Steven das Ungeziefer vertreiben. Der Schwarm stiebt auseinander – und das, was Steven jetzt keine Armlänge entfernt vor sich hat, katapultiert ihn zurück, als wäre er von einem Faustschlag getroffen worden. Sein Herzschlag, sein Atem und sein Verstand scheinen gleichzeitig stillzustehen. Mit weit aufgerissenen Augen stolpert er rückwärts, verfängt sich in den Fransen des Perserteppichs, landet in einem der Stühle, die den Tisch umstellt haben, und kippt mit einem lauten Knall um, den Raum mit einer Wolke aus Staub füllend.

Stöhnend und hustend versucht er, sich wieder aufzurappeln. Der trockene Nebel im Raum legt sich ... bis aus dem Fliegenthron über ihm die leeren Augenhöhlen eines Totenschädels in die Dunkelheit starren, eingewachsen in den mottenzerfressenen Samt der Rückenlehne. Ledrige Hautreste, Fetzen, Risse, Fasern. Harte, leere Adern, fein wie dünne Drähte.

Eine Mumie.

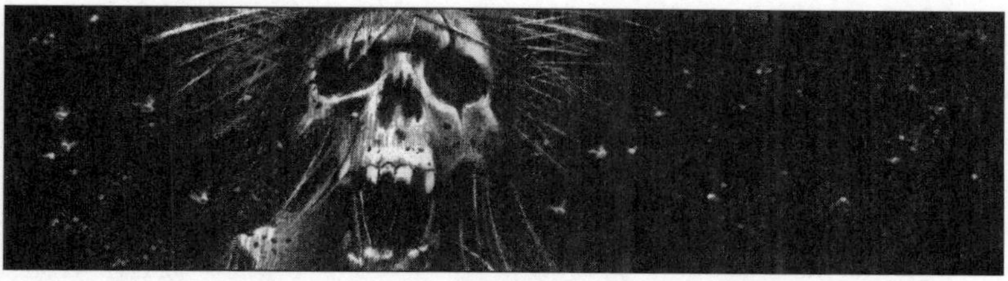

Ihr weit aufgerissener Unterkiefer hängt an ausgetrockneten Sehnen. Ein tonloser Schrei aus einem Gebiss ohne Zähne.

Das Skelett steckt im zerschlissenen Gehrock des alten Grumble, der Säbel vor ihm in den Dielen des Bodens. Sein Strohhut wächst aus den Hautfetzen über dem nackten Knochen der kalkweißen Stirn, durch die sich die schreckliche Bruchstelle zieht, die einst ein Entermesser geschlagen haben könnte.

Steven rappelt sich auf, aber seine Beine wollen ihm den Dienst versagen. Er wankt, stolpert und schlittert um den riesigen Tisch herum, zurück zum Lichtspalt der Tür. Er hat den rettenden Ausgang beinahe erreicht, als sein Blick den langen Schatten neben der Tür streift.

Das Board!

Steven stoppt seine Flucht. Er atmet schwer, schließt die Augen, reißt sie wieder auf. Vor ihm das Licht und der warme Wind des freundlichen Nachmittages, neben ihm das Board und hinter ihm das stinkende Skelett des Greises, das gestern noch mit ihm geplaudert hatte. Er will sich das Brett schnappen und abhauen.

Aber er ist kein Dieb.

So steht er da, zwischen Licht und Dunkelheit, und denkt nach.

Der Alte hatte mir vor ein paar Tagen, also als er noch lebte, Scheiße, also er hatte mir auf jeden Fall erzählt, und ich hab mich doch nicht verhört ...

Steven versucht, seine Gedanken zu ordnen.

Komm schon, beruhige dich, besänftigt er sich. *Locker bleiben! Ganz locker. Ist alles halb so schlimm. Nur'n paar sprechende Knochen in Gesellschaft von'n paar Millionen Fliegen.*

Er atmet tief durch.

Also: Der Knochenmann war noch vor einigen Tagen halbwegs lebendig und hat mir erzählt, dass das Board mich zu 'nem Big-Wave-Surfer machen würde ... und dann hat er noch was von einer Siebten Welle gefaselt ... und jetzt sitzt er einfach nur da, als sei nichts gewesen ...

Steven will erneut nach dem Board greifen und das Weite suchen. Doch während sein Verstand »*Take it and run!*« ruft, findet seine Neugier, dass ihm das Gerippe noch ein paar Erklärungen schuldet.

Er pumpt einen Vorrat frischer Luft in seine Lungen, kramt die Reste seines Mutes zusammen und taucht zurück in die Dunkelheit. Nachdem er sich ein weiteres Mal durch Insektenschwärme und Spinnweben gekämpft hat, blickt er abermals in die toten Augenhöhlen des knöchernen Herrn der Fliegen. Grumble hängt noch exakt genauso in seinem Thron wie damals in der Nacht ihrer ersten Begegnung: Die Reste seines Strohhutes sitzen auf seinem Kopf, der Säbel steckt in den Holzbohlen. Doch irgendetwas stimmt nicht. Etwas hat sich verändert.

Steven tritt einen Schritt zurück.

Die Feder! Sie steckt nicht mehr im Stroh des Hutes, sondern in der rechten Hand der Mumie. Wie eine Schreibfeder. Steven sieht sich um, sucht nach etwas, worauf das Wesen geschrieben haben könnte. Auf dem mächtigen Tisch neben Grumbles sterblichen Überresten steht ein Tintenfässchen. Offen, trocken und durch Spinnweben mit der Eichenplatte verbunden. Steven sucht weiter, bis er das Stückchen pergamentgelben Papieres entdeckt, das aus Grumbles linker Knochenhand ragt.

Vorsichtig versucht er das alte Pergament herauszuziehen, wobei der kleine Finger der Mumie klappernd zu Boden fällt. Für einen kurzen Moment fürchtet Steven, dass sie erbost zum Leben erwachen würde. Aber sie bewegt sich nicht.

Erleichtert sinkt Steven auf einen der Stühle an der Tafel, rollt das brüchige Papier vorsichtig auseinander und drückt es flach auf die Staubschicht auf der Holzplatte – dort, wo ein schmaler Lichtstreifen für ausreichend Helligkeit sorgt.

Das Pergament ist kunstvoll, aber mit unsicherer und zittriger Hand beschrieben, so als habe der Schreiber schon seit sehr langer Zeit keine Feder mehr gehalten, bevor er die fremdartig geschwungenen Buchstaben aneinanderreihte.

Steven fällt es schwer, die altertümliche Handschrift zu entziffern:

An Seven Waves,
der mich warten ließ.
Nimm Moonsurfer.
Hilf Shark. Rette den Schatz,
oder töte Snake!

Der, den ihr Grumble nennt
Juni, im Jahre des Herren 2004
wenn ich mich nicht irre

Steven versucht es mit einem Schlag auf die eigene Wange, er schüttelt den Kopf und zwickt sich mehrmals in den Arm. Doch er wacht nicht auf. Also schläft er auch nicht, woraus er wiederum schließt, dass er umso weniger träumt.

Er tastet seinen Kopf ab, findet jedoch keine Wunde, nicht einmal eine Beule. Sein Gehirn scheint also – zumindest was äußerliche Einwirkungen betrifft – unbeschädigt zu sein. Alles deutet darauf hin, dass sich das, was er vor sich hat, auch dort befindet:

Ein Skelett, das vor einigen Tagen noch lebendig war, zu ihm gesprochen und nun auch noch eine Botschaft geschrieben hat. Folglich scheint es tatsächlich so zu sein, dass er, Steven, ein angeblich magisches Surfboard namens »Moonsurfer« aus seinem Spinnweben-Gefängnis befreien und an sich nehmen soll.

Ein paar Minuten später steht er wieder vor dem Brett, das ihn um drei oder vier Fuß überragt. Er legt seine Hände an die Ränder der knochentrockenen Planke und löst sie mit einem kurzen Ruck von der Wand.

Zurück auf der Veranda

Nachdem Steven das Brett nach draußen getragen und mit einem Palmwedel von einer fingerdicken Staubschicht befreit hat, betrachtet er es im Licht des späten Nachmittages. Es ist handgearbeitet und völlig schmucklos. Entlang der Maserung des Holzes ist es von tiefen Furchen durchzogen, trotz Größe und Form eines Longboards ist es erstaunlich leicht.

Steven setzt sich auf die verbliebenen Stufen der verfallenen Veranda und starrt ratlos auf das Board. Dieser verrottete Einbaum soll ihn zu einem Big-Waver machen? Und von was für einem Schatz redet das Gerippe überhaupt?

Von dem, den Dad sucht? Soll der Schatz vor Dad gerettet werden? Müsste nicht eher Dad vor dem Sturmfluch gerettet werden? Und welcher »Shark« braucht Hilfe und welchen »Snake« soll ich verflixt noch mal … töten?

»Was für ein Unsinn, ich bin doch kein Auftragskiller!«, entfährt es ihm.

Man wird ihn für verrückt halten, wenn er das alles irgendwem erzählt!

Andererseits: Warum sollte er darüber sprechen?

Inzwischen ist es Abend geworden, die Tageszeit der Mücken und der kleinen Beißer, die man hier »*No-see-em's*« nennt, ist angebrochen. Kleine, fast unsichtbare Plagegeister, die einen um diese Tageszeit überfallen, wenn man sich am falschen Ort aufhält: im Gebüsch hinter dem Strand.

Steven beginnt, sich auf Arme und Beine zu schlagen. Er muss hier schnellstens verschwinden. Also zieht er das Board durch das Gestrüpp zu den Resten der morschen Brücke. Über dem brackigen Tümpel haben sich Mückenschwärme versammelt, so dicht wie die Rauchschwaden über einem Grill. Er legt das Board flach über das verbliebene Holzgerippe, und balanciert darüber. Auf dem nächsten noch stehenden Brückenträger führt er einen unfreiwilligen Schlangentanz auf, um nicht im Sumpf darunter zu landen. Dann zieht er das Board nach und tänzelt erneut darüber, immer in der Erwartung, dass das alte Brett nicht viel mehr Gewicht verträgt als die verrotteten Planken der Brücke.

Aber es hält.

Auf der anderen Seite angekommen, klemmt er sich das Board unter den Arm und duckt sich zwischen dem letzten Grün des Dschungelgrundstücks hindurch, wo er endlich den rettenden Strand erreicht, der ihn von den Mücken erlöst und mit einer ordentlichen Südwest-Brise empfängt.

Am Strand, Sonnenuntergang

Die Flaute ist vorüber und das Meer wirft kräftige Brecher auf. Etwas weiter südlich kann Steven eine Gruppe Surfer im Wasser ausmachen, die auf ihren Brettern lauern, die Blicke nach hinten gerichtet, um die passende Welle zu erwischen.

In der Brandung spiegelt sich das allabendliche Sonnenuntergangs-Inferno. Die rot glühenden Farben des Himmels fließen wie Sand in einer Sanduhr hin zur orange leuchtenden Scheibe und ergießen sich dort, wo die Sonne das Meer berührt, in die Weite des Golfes von Mexiko.

Wenig später ist das Schauspiel vorbei, aber noch stehen in Stevens Rücken grellgelbe Quellwolken vor dem satten Dunkelblau des Abendhimmels. Getrieben von einer Mischung aus Unruhe und Neugier durchwatet er die Weißwasserzone und schiebt das alte Brett hinaus durch die Brandung.

So viel ist festzustellen, denkt er, *es schwimmt.*

Er legt sich flach auf das, was das Gespenst »Longboard« genannt hatte, und beginnt zu paddeln, um sich durch die brechenden Wellen zu schaufeln und den Kanal zu finden, der ihn mit der zurücklaufenden Brandung nach draußen zieht.

Doch dieses Manöver ist gar nicht notwendig. Das Board scheint von ganz allein seinen Weg zu suchen und wie nach jahrhundertelanger Gefangenschaft gierig hinaus in die Freiheit zu ziehen. Selbst dann, wenn Steven eine Verschnaufpause einlegt, schiebt es noch kräftig vorwärts, als hätte es so etwas wie einen eigenen Willen. Er muss nicht viel mehr tun, als sich festzuhalten.

Die eigenwillige Planke findet ihren Weg durch die Brecher und erreicht zielstrebig die Line-up Zone hinter der Gischt, wo es ruhiger ist. Ab hier baut sich die vor ihnen liegende Dünung in ruhigem Rythmus auf. Steven macht den Versuch, sich das Kommando zurückzuholen und paddelt drauflos. In diesem Moment vollführt das Board ein Wendemanöver.

Danach zeigt die Nase des Surfboardes auf das Panorama der Insel, die noch immer leuchtet, als wäre sie fluoreszierend, aufgeladen von der längst erloschenen Abendsonne. Von hier draußen aus gesehen erinnert Sharkfin-Island an ein flaches, langes Floß, beladen mit einem Wald von Pinien, Palmen und Banyons, unterbrochen von flachen Bungalows oder den bunten Holzhäusern auf ihren Stelzen. Darüber steht der Mond, der noch vor wenigen Nächten rund und voll war.

Steven weiß, dass man die richtige Welle erwischen muss. Er hockt sich rittlings auf das Board und blickt über seine Schulter zurück, hinaus auf das Meer, um die Dünung zu beobachten und um in dem Moment anzupaddeln, den er für den besten hält. Er lässt die Wellen unter sich hindurchwandern und wartet. Minuten vergehen.

Doch abermals ist es die alte Planke, die die Entscheidung trifft.

Als sich eine vielversprechende Wellenwand hinter ihnen aufbaut, hat Steven gerade noch genug Zeit, sich flach auf das Brett zu legen, denn das Board nimmt im Alleingang Geschwindigkeit auf. Steven beginnt aus Leibeskräften zu paddeln, um wenigstens diesen Teil zum Manöver beizutragen. Er spürt, wie er zum Kamm der Welle nach oben gezogen wird.

Unsicher hin und her kippelnd schafft er es in die Hocke und richtet sich vorsichtig auf. Doch plötzlich fühlt er sich so sicher, als habe er das Surfen gelernt, bevor »Klein-Stevie« seine ersten Schritte über einen Strand watscheln konnte.

Die Planke, die das Gerippe in der Hazienda auch »Moonsurfer« genannt hatte, beginnt zu tanzen. Das Board schießt in einem weiten Bogen durch das Wellental, steigt zurück zum Kamm und vollführt dort eine Drehung, einen Cut-Back, zurück ins Wellental. Steven steht auf dem Brett, als wären seine Füße mit Sekundenkleber fixiert worden. So wie einer dieser kleinen Spielzeugindianer aus Plastik auf ihrem Sockel.

Ein Board und sein Surfer sollten natürlich eine untrennbare Einheit bilden, aber eine mit einem gemeinsamen Schwerpunkt: ein Team, ein perfekt aufeinander abgestimmter Organismus. Sollten. Doch Steven kommt sich eher vor wie Donald Duck auf einem verrückt gewordenen Daniel-Düsentrieb-Skateboard. Nur aus irgendeinem geheimnisvollen Grund stürzt er nicht. Und dann, kurz bevor ihm schwindelig wird, gehen der Rhythmus und die Schwünge des Brettes auf Steven über ... bis er plötzlich ein Teil davon ist. Jetzt hat er das Gefühl, dass *er* es ist, der das Board reitet und nicht andersherum. Jetzt ist es Steven Waves, der ins Wellental schießt, der das Board zurück zum Kamm lenkt, um von dort wieder zurückzuschwingen. Jetzt, schlagartig, spürt er das Adrenalin in seinen Adern und schreit vor Freude in den Abendhimmel:

»Ich werde da sein, Bruce!«

Er richtet sich auf, steht locker, lässt die Arme herabhängen und gleitet zurück zum Strand, der nur noch etwa einhunderfünfzig Fuß vor ihm liegt … und von dem aus er beobachtet wird.

Grumble starrt aus dem Schatten einer Pinie auf die Szene, nickt fast unmerklich, wendet sich ab und humpelt, gestützt auf seinen rostigen Säbel, zurück in seine Gruft.

Er scheint mit dem, was er gesehen hat, sehr zufrieden zu sein.

Zurück auf dem Strand, es wird Nacht.

Während Steven das Board aus dem Wasser zieht, fragt er sich, ob er sich die Bewegung zwischen den Büschen nur eingebildet hat. Aber als er dann vor seinen Schuhen und seinem achtlos in den Sand geschmissenen Shirt steht, weiß er, dass jemand hier war. Schweigend blickt er auf das inzwischen säuberlich ausgebreitete Kleidungsstück, auf dem ein kleiner Gegenstand liegt: Er hat die Form einer Pfeilspitze und ist an einem Lederband befestigt, das sorgfältig um den Kopfausschnitt des T-Shirts gelegt wurde.

Grumble!?

Steven zögert nur kurz, dann hebt er das Schmuckstück auf, legt sich den Anhänger um den Hals und streift sein Shirt darüber.

Danach macht er sich auf den Weg zum Strandhaus, das schwere Board hinter sich herschleifend, denn während des kurzen Ausfluges in die Wellen hatte das ausgetrocknete Holz damit begonnen, gierig Salzwasser aufzusaugen.

Moonsurfer und Steven ziehen ihre Spuren eine Weile durch den im Mondlicht schimmernden Sand, als Steven beschließt, etwas dagegen zu unternehmen, dass sein Board vom Salzwasser zerstört wird.

Denn wenn die alte Planke bis zum Surf-Wettbewerb auseinanderfallen würde, wären natürlich auch alle magischen Kräfte verloren ...

Stevens Zimmer im Strandhaus, Tag

Steven hat sich einen Vorschuss auf sein Taschengeld geben lassen und ist dabei, seine Sparbüchse in Form eines kleinen Hippie-VW-Busses zu knacken, um die stattliche Summe von 60 Dollar plus 73 Euro und ein paar Cents zusammenzukratzen. Danach verlässt er das Haus, zieht sein seltsames Surfboard unter der hölzernen Veranda hervor und trägt es zur örtlichen Ein-Mann-Konkurrenz des Westcoast-Surfshops: zu »*Hitch's Surf-Garage & Board-Ambulance*«. Dort will er es wasserfest machen lassen.

Vor der Garage

Nachdem »Surf-Doc-Hitch« eine sonnenverbrannte Buick-Limousine ohne Kofferraumklappe aus seiner Garagenwerkstatt geparkt und einen vergeblichen Versuch gestartet hat, Steven ein neues Brett aus einem Sortiment an den Garagenwänden anzudrehen, nimmt der alte Freak den Job mit Handschlag an. Kopfschüttelnd macht er sich an die Arbeit.

Schnitt / Vor der Garage, etwa zwei Wochen später

Nachdem Surf-Doc-Hitch den sonnenverbrannten Buick zurück in seine Garagenwerkstatt geparkt hat, verabschiedet er Steven mit einem »Good-Luck!«, während er sich zweifelnd am Hinterkopf kratzt.

Doch das Board ist sorgfältig renoviert: Die Risse wurden mit Polyester aufgefüllt, darüber ein klassisch-schlichtes Streifen-Design in gedecktem Burgunderrot, geschützt von einer hauchdünnen, aber stoßfesten Klarlackschicht.

Aus dem Inneren der Garage melden die Wettervorhersagen hohen Seegang. Eine gute Nachricht, jedoch nur für die Surfer auf der Insel und den Veranstalter des Contests. Eine schlechte Nachricht für alle anderen, insbesondere für die Männer auf der X-Plorer II …

An Bord der X-Plorer II

Stevens Vater steht gemeinsam mit seinem Freund Ernie auf der Brücke. Abwechselnd studieren sie das Barometer und den Himmel weiter unten im Süden.

»Verflucht, Ernie, das hat man davon, wenn Frauen an Bord sind! Ärger, nichts als Ärger. Und dazu noch Pech. Da unten braut sich was zusammen!«

»Wird 'n ordentliches Stürmchen!«

Ben Waves ist seit Wochen keinen Schritt weitergekommen, zumindestens nicht aus seiner Sicht. Denn seine Ex-Frau hat das Gebiet rund um die Fundstelle kurzerhand zur Sperrzone für seine Taucher erklärt, bis Alter und Herkunft der beiden Wracks geklärt sind. Und jetzt hat sich auch noch unten in der Karibik ein Sturm aufgebaut, der sich auf den Weg nach Norden in den Golf von Mexiko macht.

»Das kostet uns mindestens 'ne weitere Woche!«, flucht Waves. »Wird 'ne Weile dauern, bis die verdammte Archäologenbande dort unten fertig ist und wir endlich nach dem Gold baggern können, wegen dem wir hier sind!«

»Wenn es da ist ...«, murmelt Ernie.

»Was soll nicht da sein? Was willst du damit sagen, Ernest?«

»Ach ... nichts, Ben, war nur so'n Gedanke. Aber vielleicht sollten wir die Gelegenheit nutzen und alle einfach mal 'ne Pause einlegen ...«

»Pause von was? Wir sind doch schon seit Wochen zur Untätigkeit verurteilt. Hängen hier, wenn's so weitergeht, auf der Sandbank noch 'ne Ewigkeit fest!«

»Eben, Ben, eben. Genau das befürchte ich ja ...«

Ernie starrt mit besorgter Miene auf die schwarze Unwetterfront draußen über dem Horizont.

»Ben, es gibt da so 'ne blöde Legende ... wahrscheinlich nur Hirngespinste, aber ich mein, vielleicht sollten wir mal für 'ne Weile Anker lichten und die X-Plorer in'n sicheren Hafen bringen, bevor ...«, versucht es Ernie, aber Ben Waves hört gar nicht mehr zu. Der Wind pfeift durch den Kommandoraum, als der Schatzjäger die Tür zur Außentreppe hinunter aufs Deck aufreißt und verschwindet.

»Ich scheiß auf den Hurrikan!«, hört Ernie den Schatzjäger draußen brüllen. Danach vollendet er resigniert das, was er seinem Freund gerade eben erklären wollte: »... bevor der Hurrikan auch die X-Plorer holen wird ...«

3. Juni, Surf-Wettbewerb auf Sharkfin-Island, Mittag, Seegang, hohe Brandungswellen

Steven Waves hat beim diesjährigen Contest keine Chance gegen diejenigen, die hier das ganze Jahr über in den Wellen herumbrettern. Denken sie.

Vor allem denkt das Bruce, der angekündigt hat, »diesen Cheese« beim Duell in den Wellen »umzulegen«, was auch immer er damit genau meinte.

Als »dieser Cheese« mit der Nummer Sieben dann auch noch mit einem steinzeitlichen Longboard aus der Höhle von Fred Feuerstein erscheint, um gegen ihre topmodern geshapeten Shortboards anzutreten, wird er von Lachsalven empfangen.

Erst mit der Durchsage der vom Veranstalter ausgelosten direkten Gegner verstummt das Gelächter wieder. Jedoch nur, bis die Nummer Sieben genannt wird: Steven muss im Duell ausgerechnet gegen Bruce antreten.

»So ein Zufall aber auch!«, murmelt Steven, während das Publikum vor Schadenfreude grölt. Dazu dröhnt vom Dach eines ehemaligen Schulbusses Surfsound der Achtziger, der sich in das Donnern der Brandung mischt. Auf einem Podest stehen Klappstühle für die Punkterichter, davor die Surfboards, die wie der Schildwall einer mittelalterlichen Schlachtaufstellung aufrecht im Sand stecken.

Und natürlich die Stars: Surfshorts, knappe Bikinis und braune Muskeln – von Cheese einmal abgesehen.

»Ich werd's euch schon zeigen«, flüstert Steven sich Mut zu … und seinem Brett droht er leise: »Lass mich jetzt nicht im Stich, sonst gehst du postwendend zurück zu dem alten Gerippe!«

Unterdessen folgen die ersten beiden Gegner dem Aufruf und gehen raus in die Wellen. Doch bis die tosende Bühne auch für die Nummern Sieben – Cheese – und Sechsundzwanzig – Bruce – frei werden wird, müssen Steven und sein Herausforderer erst noch einem Dutzend weiterer Starter den Vortritt lassen. Aber dann ist die nervenaufreibende Wartezeit vorbei, und Steven kann sein Longboard endlich neben Bruce und dessen Shortboard ins Wasser kippen.

Er watet hinein und schiebt sein Brett über die riesige flache Sandbank, die den Strand vor den Brechern schützt. Dahinter tobt sich die Gewalt der Brandung ungehindert aus und türmt ihre Wogen zu mächtigen Wellenbergen auf. Minuten später hat Steven das Weißwasser durchquert, rutscht flach auf sein Board, beginnt zu schaufeln und taucht in die Wasserwildnis ein.

Draußen wendet er und lässt die Wogen unter sich hindurchrollen. Er wartet auf das Vibrieren des Brettes … und auf die Welle, die sich genau in der richtigen Entfernung und exakt in der perfekten Höhe aufbaut.

Gerade hat er den Tiefpunkt eines Wellentales erreicht, hat die nächste Kuppe taxiert und nur noch einen letzten kurzen Moment gezögert, als Moonsurfer wie elektrisiert zu zittern beginnt und schlagartig und wie vom Teufel besessen losschiebt. Sie werden zum Wellenkamm hochgesogen. Steven hat verstanden, richtet sich auf, springt auf die Beine. Wie ein Geschoss nimmt das Board Geschwindigkeit auf und schießt in den Hang aus dunkelgrünem Wasser.

Die Zuschauer starren mit offenen Mündern auf das Meer hinaus: Dieser Cheese vollführt jetzt auf dem scheinbar schwerfälligen und alten Longboard eine schnelle Kette von Bottom-Turns und Cut-Backs, so viele, dass die Punkte-Richter Schwierigkeiten haben mitzuzählen.

Danach lässt der Fremdling seine Welle auslaufen, steht entspannt auf dem Brett und gleitet durch die Brandung über der Sandbank zurück auf den Strand, den er beinahe gleichzeitig mit seinem Konkurrenten Bruce erreicht. Währenddessen heben die Schiedsrichter einer nach dem anderen staunend ihre Tafeln.

Punkte-Gleichstand.

Das bedeutet, dass Bruce und Steven später noch einmal rausgehen müssen. Aber Steven kann sich jetzt schon ein »Cheese« wie bei einem Fototermin nicht verkneifen. Selbst das Gelächter des Publikums ist verstummt und hat sich in ein tonloses Gaffen auf den käsigen Neuling und sein vorsintflutliches Brett verwandelt.

Der Nachmittag geht zu Ende und die untergehende Sonne malt bereits ihr gelb-rot-violettes Flammenmeer in die abendlichen Quellwolken, als es dann endlich so weit ist: Der Veranstalter schickt die Nummern Sieben und Sechsundzwanzig ein zweites Mal ins Wasser.

In der Light-Show des Sonnenunterganges wird Bruce die ganze Aufmerksamkeit des Publikums für sich haben – wenn er Steven, wie er angekündigt hatte, erledigen wird. In der Zwischenzeit hat der Süd-Westwind zugenommen und treibt noch mächtigere Brecher als zuvor über die Sandbank vor der Insel.

Etwas weiter nordwestlich kann Steven die X-Plorer II erkennen, die bereits ihre nächtlichen Positionslichter eingeschaltet hat. Dahinter leuchten die letzten Strahlen der Sonne fächerförmig ins All wie die Scheinwerfer eines Rockkonzertes. Gleichzeitig steht der Mond bereits rund und voll am Himmel …

Bruce ist nach dem Startaufruf sofort raus, während Steven noch eine Weile die Wellen betrachtet, bevor er Moonsurfer ins Wasser schiebt.

Nachdem er dann die Sandbank hinter sich gelassen hat, wartet er auf das Zeichen – das Vibrieren seines Boards. Der Wind zerrt an Stevens nassen Haaren, seine Shorts schlagen knatternd auf seine Oberschenkel. Er sammelt sich, will keinen Fehler machen, denn jetzt geht es endgültig darum, Bruce die Krone vom Kopf zu schlagen.

Der Surfkönig vom vergangenen Jahr ist längst auf sein Shortboard gesprungen, um seine Show vorzuführen. Er hat eine perfekte Welle erwischt und seine Silhouette zeichnet sich im Gegenlicht ab, das durch die beinahe gläsern wirkende Wand einer Tube smaragdgrün leuchtet. Die Menge am Strand johlt auf.

Als es dann geschieht, steht der Vollmond bereits hoch über Sharkfin-Island am Himmel. Die Sonne berührt den Horizont, taucht ein, glüht ein letztes Mal auf und versinkt.

Steven beginnt einer inneren Stimme folgend die Wogen zu zählen, die unter ihm durchrollen:

Eins … zwei …

Sein Board erzittert und Steven wendet.

… fünf … sechs …

Die Siebte Welle baut sich auf.

Take-off.

Steven stemmt den Oberkörper hoch und zieht seine Beine mit einer einzigen schnellen Bewegung in die Hocke. Für einen kurzen Moment befinden er und das Brett sich im freien Fall, dann schießen sie eine Wasserwand hinunter, die sich mit der doppelten Höhe seiner ein Meter achtzig aufgetürmt hat. Das Publikum, das vor der Küste Sharkfin-Islands noch nie ein solches Wellenmonster gesehen hat, verstummt und steht starr, unfähig, die Flucht anzutreten.

Jetzt formt sich der Brecher über ihm zu einer Tube. Ein Wassermaul, das ihn verschlingen will.

Steven versucht, der Röhre zu entkommen. Doch noch bevor er begreifen kann, was wirklich mit ihm geschieht, packen die schäumenden Kiefer des Wassermonsters zu.

Die riesige Welle fällt mit einem ohrenbetäubenden Donnern in sich zusammen.

Wipe-out.

Steven wird verschlungen und mit ihm Moonsurfer.

Zuschauer und Punkterichter starren mit offenen Kinnladen auf die schäumende Wasserfläche, während Bruce zufrieden auf den Strand gleitet.

Doch die Startnummer Sieben bleibt in den Wellen verschwunden.

An Bord der X-Plorer; unruhige See; aus der Ferne der Surfsound des Wellenreiter-Wettbewerbes, kurz vor Sonnenuntergang

Ben Waves donnert mit der Faust auf die Tischplatte in der Messe der X-Plorer. So fest, dass seine Kaffeetasse abhebt. Das Schiff schlingert. Nicht durch die Wucht von Waves' mächtiger Pranke, sondern im Seegang, der vom kräftigen, auflandigen Wind aufgeworfen wird. Die Kaffeetasse fällt neben dem Tisch auf den Boden.

»Verdammter Wind!«, flucht Waves.

Stevens Mutter schüttelt den Kopf, wirft einen zornigen Blick auf ihren Ex-Mann und hebt die Tasse, die in eine Ecke gerollt ist, wieder auf, um sie zusammen mit dem abgesplitterten Griff in den Abwasch der Kombüse zu stellen.

Der kanadische Kapitän der Explorer hat seine Ellenbogen auf die Tischplatte gestemmt. Er ist schon seit vielen Jahren in Ben Waves' Diensten und dreht seelenruhig seine Kaffeetasse in den Händen, während er hineinstarrt, als könne er den Kaffeesatz lesen.

»Wir haben nichts als eine Schiffsglocke und ein paar Kanonenrohre«, poltert Waves, »wir haben noch immer keine Ahnung, wer die zwei Geisterschiffe sind, die hier nebeneinander geparkt haben ... und ob überhaupt was Wertvolles drin ist!« Waves stampft wütend den niedrigen Raum auf und ab.

»Und jetzt, nachdem Wochen verschwendet wurden, in denen wir hätten rausbaggern können, was immer dort unten zu finden ist, macht uns auch noch das verdammte Wetter einen Strich durch die Rechnung!«

Susan Waves hasst das Wort »baggern«, wenn es um Archäologie geht. Aber der Schatzjäger flucht weiter, während aus der Ferne die Lautsprecherdurchsagen und der Westcoast-Sound des Surf-Contests zur Explorer hinüberdringen.

»Mir reichts! Hab die Nase voll von der Warterei auf irgendwelche Radio-Karbon-Messungen. Ich geh jetzt da runter, bevor der Seegang zunimmt! Werde auf der Stelle feststellen, ob sich die ganze Sache überhaupt lohnt!«

Susan Waves weiß, dass sie ihren Ex-Mann nicht mehr aufhalten kann. »Du wirst nichts anfassen, Ben!«, droht sie zornig. »Anderenfalls sorge ich dafür, dass du deine Konzession verlierst. Dann ist Schluss mit dem Schatzsuchen!«

Keine halbe Stunde später hat Ben Waves seine Taucherausrüstung angelegt, sitzt rücklings auf der Reling, streckt den Daumen in die Luft und lässt sich im Alleingang auf der etwas ruhigeren Leeseite in die aufgewühlte See fallen, während Susan Waves ihm noch einmal hinterherruft: »Rühr nichts an, Ben! Rühr nichts an, sonst ...«

Aber der Schatzjäger ist längst in seine Welt abgetaucht.

Die Reste der beiden Wracks liegen in nur etwa fünfundzwanzig Fuß Tiefe und die Explorer hat bei diesem Seegang etwas weiter entfernt in tieferem Gewässer Anker geworfen.

Ben Waves schwimmt mit kräftigen Flossenschlägen gegen die Strömung an, in Richtung der Unterwasser-Grabungsstätte, während die Abendsonne zum Horizont wandert und etwas weiter südöstlich der Surf-Contest gerade seinen Höhepunkt erreicht.

Waves muss sich beeilen, denn im Dunkeln wird seine ohnehin fast sinnlose Aktion völlig unmöglich sein. Die Sicht ist schon jetzt nur mehr mittelmäßig: Die Dünung hat den Meeresgrund aufgewirbelt und zu allem Überfluss auch noch Algenfelder angeschwemmt.

Ein schwarzer Rochen kreuzt seinen Weg. Dann taucht vor ihm die flache Senke auf, die die Archäologen in den vergangenen Wochen geschaffen haben. Er erkennt das - aus seiner Sicht dämliche und vor allen Dingen verdammte - Gitternetz. Susan Waves' Taucher haben es über die Senke gespannt. Auf diese Weise können sie jedes einzelne Fundstück noch unter Wasser auf dieser »kindischen Kunststoffplatte« aufzeichnen, die für eine maßstabsgetreue Abbildung durch Gitternetzlinien unterteilt ist.

Die meisten Kanonenrohre sind inzwischen geborgen worden. Es wurden über zwei Dutzend englische Geschütze gefunden, dafür nur wenige spanische. Ben Waves vermutet deswegen, dass es sich bei dem Spanier tatsächlich um einen kleineren Schiffstyp handeln muss, eine kurze und schwerfälligere Nao zum Beispiel - denn eine Galeone trug mehr als dreißig Geschütze.

Waves verschafft sich einen Überblick, so gut das in der aufgewühlten Suppe möglich ist. Er interessiert sich besonders für den Engländer, der ihm genauso wie seine Exfrau in die Quere gekommen ist.

Während er schwerelos durch das Wasser gleitet, hat er das erste Mal seit Langem völlige Ruhe, um nachzudenken. Seine Gedanken kreisen weiter um die Gravur auf der Glocke des englischen Wracks. Wenn Susan recht hat, ist nur ein Teil des Schiffsnamens eine Gravur: das, was als »BLACK« zu entziffern war. Der zweite Teil des Namens, »BIRD«, scheint zum ursprünglichen Guss zu gehören.

Das kann eigentlich nur eines bedeuten.

Ich Trottel, denkt Waves, *nur der gegossene Teil des Namens ist der echte Name. Der Rest wurde erst später dazugraviert!* Das englische Schiff, das da neben dem Spanier hockt, hieß zunächst einfach nur »BIRD«. Eine »Blackbird« hat es offiziell vermutlich nie gegeben. Aber sicherlich eine BIRD! Diese Archäologen lassen die halbe Welt der Wissenschaft nach dem falschen Schiffsnamen suchen! Sollen mal besser nach einer *BIRD* Ausschau halten. So muss man da rangehen! Mit Grips, nicht mit dieser albernen Radio-Kohlenstoff-Messung ...

Waves gleitet an den wenigen verbliebenen Spanten des Spaniers vorbei, die stumm in einer Reihe aus dem Sand ragen. Nach einigen Minuten ist er bei dem Wrack des englischen Schiffes angelangt. Es ist wesentlich besser erhalten als der Spanier – dürfte also tatsächlich erst später hier gesunken sein.

Ben umkreist das Wrack.

Er lässt sich hinuntersinken, berührt eine Spante, tastet sie ab und beginnt mit den Händen an einer Stelle im Meeresgrund zu graben, wo die Archäologen noch keine Spuren hinterlassen haben. Und schon nach kurzer Zeit hat sich Ben Waves' Instinkt einmal mehr als richtig erwiesen: Er legt eine Rumpfplanke frei, in der dicht an dicht zahlreiche Pfeilspitzen stecken. Offensichtlich muss es noch eine dritte Partei gegeben haben: Indianer, die Ureinwohner der Insel. Hier dürfte sich vor Jahrhunderten ein Drama abgespielt haben ...

Waves ist nicht besonders erfreut über diese Entdeckung.

Die Wilden könnten hinter der wertvollen Ladung her gewesen sein ... und wenn sie Erfolg hatten, gibt es hier auch kein Gold mehr ..., überlegt er, und schwimmt zurück zum Spanier. Auch hier untersucht er die wenigen Reste, die noch zu erkennen sind, auf einen möglichen Angriff der Ureinwohner, wird jedoch nicht fündig.

Also kehrt er wieder zurück zum Engländer und taucht einen großen Bogen um das Wrack. Waves ist vor allen Dingen am Heck der »Blackbird« interessiert, wo sich einst die Kapitänskajüte befand, denn dort könnte er Hinweise auf die Identität des Wracks finden.

Man kann Ben Waves vieles nachsagen: Egoismus, Rücksichtslosigkeit und Gier. Aber er ist ein Vollblutjäger. Und gute Jäger folgen ihrer Nase. Auch unter Wasser.

Waves' Nase führt ihn jetzt zu ein paar unscheinbar aussehenden Klumpen. Sie liegen in der Nähe einiger Beschläge, die wie die Scharniere eines einst mächtigen Heckruders aussehen.

Inzwischen ist die Sonne so tief gesunken, dass sie ihre Strahlen unter dunklen Wolkenbänken hindurch flach in die See schickt und die Welt unter ihrer Oberfläche ein letztes Mal zum Leuchten bringt, bevor es Nacht wird. Tausende großer und kleiner Fische blitzen auf – wie unzählige kleine Sterne in einem türkisgrün leuchtenden Weltall. Kurz kann Waves aus der Perspektive der Meeresbewohner schemenhaft die Unterseite eines Boards in der Ferne erkennen: ein Surfer, der gerade von einer riesigen Woge nach oben gezogen wird. Waves meint, ein Longboard zu erkennen, was ungewöhnlich für den Surf-Contest von Sharkfin-Island ist. Der Teilnehmer des Contests scheint in den Stand gesprungen zu sein, denn nun brettert er die leuchtende Wellenwand herunter … und verschwindet.

Hätte Waves keine Taucherbrille auf, würde er sich jetzt die Augen reiben, doch in diesem Moment versinkt die Sonne am Horizont.

Augenblicklich verdunkelt sich die gerade eben noch flimmernde und leuchtende Unterwasserwelt.

Etwas über 300 Jahre davor; Juni im Jahre des Herren 1693; ruhiges Meer, etwa 70 Fuß vom Strand der Insel Sharkfin-Island entfernt, Nacht, wolkenlos

Steven hat die Augen geschlossen und überlegt, ob er noch lebt oder ob ihn der Brecher erledigt hat. Selbst die Meeresoberfläche scheint in einen Schockzustand geraten zu sein. Nicht die kleinste Dünung ist zu spüren.

Stille.

Er hat die Augen geschlossen und fühlt sich, als sei er für alle Ewigkeit in den Weiten des Meeres verloren gegangen. Wie lange liegt er schon ohne Bewusstsein auf seinem Brett? Minuten? Stunden? Was ist davor passiert?

Seine Gedanken tasten sich entlang der Kette der Ereignisse zurück. Der Wipe-Out … sein Ritt in der Röhre … die Monster-Tube …

Seine Erinnerung arbeitet sich weiter.

... der Surf-Contest ... das Surfboard ... Grumble.

»Reite die Siebte Welle, finde den Schatz, hilf Shark, töte Snake ...!«, hallt es abermals wie aus weiter Ferne in seinem Kopf.

Nach und nach kehren die Geräusche von Sharkfin-Island zurück, so als würde jemand den Lautstärkeregler seiner Wahrnehmung langsam wieder aufdrehen. Doch obwohl ihm das Rauschen des Windes in den Palmkronen, obwohl ihm die Rufe der Lachmöwen, der Pelikane und Silberreiher vertraut sind, kommt ihm das Konzert der Insel seltsam fremd vor.

Es fehlt etwas.

Wo ist das Gröhlen des Publikums? Wo der Westcoast-Sound der Musikanlage? Wo sind die Durchsagen der Wettbewerbsleitung?

Er wagt es, seine Augen zu öffnen.

Sein Blick schweift über die blanke Wasseroberfläche und trifft auf den Strand, der im fahlen Licht des Mondes etwa neunzig Fuß vor ihm liegt. Der Strand ist leer, sämtliche Lichter der kleinen Stadt sind ausgeschaltet und Steven fragt sich, ob er vielleicht so lange bewusstlos war, dass man ihn hier inzwischen vergessen hat.

Hat es einen Stromausfall gegeben? Oder bin ich an eine unbewohnte Insel getrieben worden? Aber es scheint immer noch der ihm vertraute Strand zu sein, nur schmäler, viel schmäler.

Und die Hotels im Süden fehlen. Und auch die Strandbar ...

Ruckartig hebt er seinen Kopf aus dem Salzwasser und sucht verzweifelt nach dem Haus unter den Kiefern, in dem er und seine Mutter seit einigen Wochen leben. Aber auch das Haus ist verschwunden. Er richtet sich auf, reißt den Kopf herum und blickt zur einen, dann zur anderen Seite. Nichts.

Er scheint vollkommen allein zu sein, jede Andeutung einer Zivilisation fehlt – ebenso wie die Silhouette der Explorer.

Den dunklen Schatten in der Ferne erkennt er nicht. Nur sehr schwach zeichnen sich die drei Masten gegen den Nachthimmel ab. Steven versucht, ruhig zu bleiben und nachzudenken.

Als er dann endlich beschließt, ans Ufer zu paddeln, ist er nicht mehr allein.

Er hat Besuch bekommen, der erst ganz klein und spitz im Mondlicht auftaucht, die Wasseroberfläche von unten her aufschneidet und zu einem stattlichen schwarzen Dreieck heranwächst, das etwa drei Mannslängen vor dem Surfboard vorüberzieht, um dann nach weiteren fünf Mannslängen zu wenden und auf ihn zuzuhalten.

Es ist die Rückenflosse eines gewaltigen Haies.

Juni 2004, Ben Waves im Wasser, kurz nach Sonnenuntergang

Augenblicklich ist es so dunkel geworden, dass der Taucher kaum mehr zu erkennen vermag, was unter ihm liegt. Waves vergisst den Surfer, der gerade eben noch da war und plötzlich wie von Geisterhand verschwunden ist. Er wendet sich wieder den Klumpen am Meeresgrund zu, die er angepeilt hatte und greift nach den nächsten beiden Trümmern, die er ohne weitere Hilfsmittel gerade noch transportieren kann. Dann kehrt er um.

Zurück an Bord erwartet ihn eine Dusche aus Beschimpfungen.

Susan Waves kocht vor Wut. Dieser idiotische Schatzjäger hat tatsächlich etwas entfernt! Entgegen ihren Anweisungen und bevor es sorgsam in eine Zeichnung der Ausgrabungsstätte eingetragen werden konnte! Für die Archäologin ist dies unverzichtbar, will sie später einmal Rückschlüsse aus der Lage von Objekten ziehen können.

Sie stampft mit den beiden unförmigen Brocken, die ihr Ex mitgebracht hat, in das Labor an Bord der X-Plorer, verbietet jederart Störung, selbst wenn das Schiff sinken sollte, schlägt wütend die Tür hinter sich zu und verriegelt sie.

Im Labor taucht sie in *ihre* Welt ein. So tief, dass sie in dieser Nacht die Ereignisse um sich herum nicht mehr wahrnimmt: Den Anruf des Marine Rescue Departments, die Aufregung oben an Deck. Nicht einmal das ohrenbetäubende Knattern des Helikopters der X-Plorer dringt in ihr Bewusstsein, mit dem sich Ben Waves an der Suche eines vermissten Contest-Teilnehmers beteiligt: Startnummer Sieben, ein gewisser »Cheese«, richtiger Name unbekannt.

Ihren Sohn Steven vermutet sie sicher im Strandhaus.

Erst kurz vor Sonnenaufgang des nächsten Tages stößt Susan Waves die Tür zum Labor mit einem lauten Knall wieder auf und stürmt durch den schmalen Mittelgang des Achterdecks in die Messe.

Dort hockt Waves mit seiner Mannschaft erschöpft bei einer ersten Tasse Kaffee nach einer »verdammt langen Nacht«. Die Auseinandersetzung am Abend zuvor hat er längst vergessen. Müde hebt er seinen Kopf. Er will gerade dazu ansetzen, seiner Exfrau von der nächtlichen Suche sämtlicher verfügbarer Rettungsmannschaften des Counties nach dem vermissten Surfer »Cheese« zu berichten, aber Susan Waves interessiert das nicht.

Sie wirft sich ihm an den Hals, als habe es nie eine Meinungsverschiedenheit gegeben und als habe Ben Waves soeben das Golden-Goal im entscheidenden World-Cup-Spiel geschossen, das ihn und seine Mannschaft ins Endspiel tragen würde.

Sie presst Waves den ersten Kuss seit einem Jahrzehnt mitten auf seine breite Nase, sodass er beinahe hintenüberkippt, während eine weitere Kaffeetasse einen hohen Bogen beschreibt und auf dem Boden der Messe zerschellt.

»Ben, du alter Mistkerl«, platzt sie heraus. »Du hattest tatsächlich die richtige Nase! Ein Goldnäschen!«

Sie hat die ganze Nacht die Klumpen untersucht, die Ben Waves am Abend zuvor an die Oberfläche geholt hatte. Um festzustellen, was sie verbergen könnten, hat sie stundenlang damit verbracht, Stück für Stück der Seepocken, der Korallen und Muscheln zu lösen. Jetzt beendet sie den Überfall auf Waves Nase und zerrt ihn ins Labor, wo ihr Ex auf einen verbeulten Zinnteller starrt – soeben befreit von den Ablagerungen, die ihn seit Jahrhunderten eingeschlossen hatten.

»Ist das alles?«

»Sieh doch mal, Ben, eine Gravur. Der Teller gehörte

einem gewissen Bartholomeus Periwinkle. Damit können wir das Schiff und die Besatzung endlich identifizieren!«, antwortet die Archäologin.

Doch der Schatzjäger interessiert sich für etwas anderes und lässt sich in Susan Waves' Arbeitsstuhl fallen.

»Das ist Blei oder Zinn, wie es auf jedem alten Schiff zuhauf vorkommt, Susan. Das ist fast vollkommen wertlos! Davon abgesehen kenn ich den wahren Namen des Schiffes bereits ...«, will er erklären, doch Stevens Mutter ist bereits dabei, vorsichtig einen zweiten Gegenstand auf den Tisch zu stellen.

Jetzt glotzt Waves auf einen goldenen Totenschädel. Das Ding ist oben offen wie ein Blumentopf, denn es ist auf Höhe der Stirn aufgesägt.

Ben vergisst, was er seiner Ex gerade eben erklären wollte. Stattdessen stößt er einen Pfiff aus und sitzt für einen kurzen Moment regungslos in seinem Stuhl. Dann fragt er: »Hast *du* den Knochen aufgesägt?«

»Unsinn! Das ist entweder ein Trinkgefäß, wenn auch ein ziemlich makabres, oder irgendeine Opferschale!«

So still wie jetzt ist Ben Waves normalerweise nur unter Wasser, mit einem Atemgerät im Mund. Er nimmt den goldenen Schädel vorsichtig in seine Hände und dreht ihn andächtig hin und her. Plötzlich geht er damit hinüber zum Bullauge ins Licht.

»Da hat ja jemand einen Namen reingekratzt ...«

Susan läuft um den Arbeitstisch. »Was willst du damit sagen? Ich würde niemals ... wo hat jemand was reingekratzt?«

Sie greift sich den goldenen Knochenkopf und dreht

ihn ihrerseits im Licht hin und her. Die Schriftzeichen sind selbst im hellen Sonnenschein kaum mehr erkennbar.

»Wie konnte ich das bloß übersehen?«, murmelt sie.

»Jaja, die Archäologin ...«

Susan Waves ignoriert das Sticheln des Schatzjägers: »Es sind sogar mehrere Namen. Eine Liste vielleicht. Sehr klein, sieht fast aus wie ein Muster, Verzierungen, kaum zu sehen.« Und sich rechtfertigend fügt sie hinzu: »Deshalb hab ich's wohl nicht als Schrift erkannt ...«

Doch plötzlich wird sie leichenblass.

»Ben«, flüstert sie, »es *ist* eine Liste!«

»Und? Ist es ein historischer Einkaufszettel oder ist es das Telefonbuch des Kapitäns der Blackbird?«

»Nein, außerdem ist das nicht der richtige Moment für deine Boshaftigkeiten. Eine Liste auf einem Totenschädel ist eine Todesliste. Und ganz unten auf dieser Liste steht ...«, sie zögert, «st...steht der Name ... deines Sohnes ... hier steht: Steven Waves!«

**Juni im Jahre des Herren 1693,
ruhiges Meer, etwa 70 Fuß vom Strand der Insel
Sharkfin-Island entfernt,
Nacht, wolkenlos, Windstille**

Steven befindet sich in Schockstarre. Er muss sich verteidigen, irgendwie. Aber er hat nichts weiter als eine Taucheruhr, seine Surfshorts und das Amulett von Grumble am Leib.

Irgendwo hat er mal gelesen, dass man Haien auf die

Nase treten soll. Oder in ein Auge. *Und wenn ich nicht treffe?*

Er beginnt, hektisch und mit aller Kraft zum Strand zu paddeln. Gleichzeitig wird ihm klar, dass das völlig aussichtslos angesichts einer Haifischflosse ist, die bereits mit hoher Geschwindigkeit auf ihn zuhält.

Also gibt er den Versuch wieder auf, wendet und kauert sich auf das Board, die Spitze auf den Hai gerichtet, um so wenig wie möglich Angriffsfläche zu bieten. Das Vieh ist nur noch eine Mannslänge von ihm entfernt, als es plötzlich abdreht und einen Bogen durch das Wasser zieht. Möglicherweise nur, um sich in eine bessere Angriffsposition zu bringen.

Es verharrt einen Augenblick, als würde es seinem Opfer ein paar letzte Sekunden auf dieser Welt gönnen wollen, dann nimmt es Fahrt auf, diesmal jedoch mit der Beschleunigung eines Torpedos.

Steven schließt die Augen und kann nichts anderes mehr tun, als den Angriff zu erwarten.

Doch nichts geschieht.

Er reißt die Augen auf. Der Hai ist verschwunden. Er blickt sich nervös um, wirft den Kopf viel zu hektisch nach rechts, nach links und nach hinten und kippt dabei beinahe vom Brett.

Nachdem er sich wieder gesammelt hat, kauert er auf seinem Surfboard und sieht so verloren aus wie ein Grill-Hähnchen auf einem Teller. Zitternd hockt er da und betet, dass sich das Vieh endgültig verzogen hat.

Aber was, wenn der Hai jetzt von unten kommt? Wenn er sich gar nicht verzogen hat, sondern nur deshalb abgetaucht ist, um aus der Tiefe des Ozeans heraus Anlauf zu nehmen? Was, wenn er jetzt gerade beschleunigt, um senkrecht nach oben zu stoßen und ihn in der Luft zu zerreißen?

Wie in diesen *Great-White-Shark*-Filmen …

Sein Leben in Europa war ziemlich unspektakulär gewesen, keinerlei Stunts, die einen Clip auf YouTube wert gewesen wären. Den einen oder anderen Nervenkitzel hätte er sich schon gewünscht. Aber nichts, was über einen Fünfer-Looping oder eine kleine Alligatorfütterung im Zoo hinausging. Und erst recht nichts, was dem hier gleichkommt.

Minuten vergehen.

Das Mistvieh scheint sich verzogen zu haben! Doch Steven freut sich zu früh, denn schon im nächsten Moment macht er einen Schatten unter sich aus.

»Hau ab!«, brüllt er in seiner Verzweiflung die Wasseroberfläche an. »Verpiss dich!«

Seine Augen versuchen vergeblich, die Dunkelheit unter dem Board zu durchdringen, doch selbst der Mond kann die nachtschwarze See nicht aufhellen.

In diesem Moment flackert etwas weiter südlich ein schwaches Licht auf und tanzt über dem Horizont, etwa so, wie das Feuerzeug in Grumbles Knochenhand. Aber das Licht ist weit entfernt, dort, wo sich dunkel die mächtige Silhouette des Dreimasters abzeichnet, dessen Rigg schräg in den Nachthimmel ragt.

Steven hört eine ferne, heisere Stimme: »Heee, is da wer?«

Steven wäre erschrocken, wenn er sich nicht schon in einem so schrecklichen Angstzustand befinden würde, dass keine Steigerung mehr möglich ist.

Das muss die Küstenwache sein!

»Hiiiiiiiiiiierher! Hiiiiiier bin ich!«, kreischt er mit verzweifelter Stimme in die Nacht.

Weitere Lichtpunkte leuchten auf und beginnen den Tanz des ersten aufzunehmen. Umrisse von Männern an Bord eines Schiffes. Rufe, Befehle.

Steven winkt, während sich die Fingernägel seiner anderen Hand in das alte Holz des Boards graben.

»Hiiiilfee, Hiiiiier, Hiiilf…!«, versucht er es weiter, als der Schatten aus dem Wasser schießt.

Er kommt von hinten und packt Steven am Arm, um ihn in das Dunkel des Meeres zu zerren. Das Board kippt und Steven taucht unter.

Er versucht, sich zu befreien und schlägt und tritt mit seiner freien Hand und mit den Füßen auf das Ungeheuer ein.

Plötzlich lässt das Vieh los. Steven kämpft sich nach oben, saugt mit einem heiseren Schrei Frischluft in seine Lungen und greift nach Moonsurfer. Er wirft seinen unverletzten Arm darüber. Das Wasser um ihn herum ist zu dunkel, um zu erkennen, wie viel Blut er verliert. Er hat keine Schmerzen, also wagt er einen Blick auf die Reste des anderen Armes, der das Ziel der Haiattacke gewesen ist.

Doch der Arm ist völlig unversehrt.

Und bevor er sich darüber Gedanken machen kann, wie das möglich ist, wächst genau vor ihm ein Kopf aus dem Wasser, der schwarz im Mondlicht schimmert. Zwischen nassen Haarsträhnen hindurch starrt Steven das Augenpaar eines Mädchens an.

Eine Seejungfrau!, schießt es ihm durch den Kopf. *Oder*

vielleicht bin ich ja auch tot, und das da ist ein Engel, der ins Wasser gefallen ist.

Doch das Wesen sieht nicht wirklich aus wie ein Engel, während es bis zu den nackten Schultern aus der schimmernden Oberfläche herauswächst. Würde es ein wenig freundlicher blicken, würde es Steven vielleicht an eines dieser Mädchen erinnern, wie er sie von den alten, kitschigen Postkarten aus Hawaii kennt: lange, schwarze Haare, dunkle Haut, fremdartige Tätowierungen.

»B…bist du … also, bin ich …« Aber noch bevor Steven fragen kann, ob er sich bereits im Paradies befindet, schnellt die Seejungfrau – oder der Engel – lautlos aus dem Wasser.

Sie landet quer über Stevens Board und presst blitzschnell eine Hand auf seinen Mund. Dabei schüttelt sie langsam und wortlos den Kopf, um ihm anzudeuten, dass er keinen Ton von sich geben soll. Ihre Haut ist dunkel wie die Nacht. Sie wäre wahrscheinlich unsichtbar, würde nicht Wasser über Rücken und Beine perlen und im Mondlicht schimmern. Engelsflügel oder gar ein Fisch-Schwanz sind nicht vorhanden.

Das Mädchen, das nichts weiter als einen Rock aus Spanish-Moss trägt, rutscht zurück, taucht unter dem Board hindurch und versucht ein weiteres Mal, Steven – diesmal behutsamer – in die Wellen zu ziehen.

Aber es ist zu spät: Befehle hallen aus der Ferne durch die Nacht.

Das seltsame Mädchen verschwindet so plötzlich, wie es aufgetaucht war, nur ein paar Luftblasen bleiben von ihr übrig.

Das Geräusch dumpfer Schritte über Holzplanken dringt zu Steven herüber. Weitere Fackeln und Laternen flackern auf. Etwas klatscht ins Wasser, wahrscheinlich ein Beiboot. Männer springen hinein und lassen Ruder in die Wellen kippen. Dann hält das Boot geradewegs auf Steven zu.

Er blinzelt den Lichtern entgegen, hinter denen er jetzt auch die drei Masten eines Schiffes wahrnimmt, das nicht die X-Plorer sein kann ... und ebensowenig ein Boot der Küstenwache.

Die Ruderschläge nähern sich, dann sind sie da.

Hämisch grinsende Gestalten, ausgemergelt und sonnenverbrannt. Nur mit ein paar Fetzen bekleidet, aus denen rostige Messer und altertümliche Pistolen lugen. Angenagte Gürtel, an denen verbogene Säbel baumeln. Stinkende Figuren, spuckend, sabbernd und rülpsend. Unzählige große und kleine offene Wunden, besiedelt von Maden.

Diejenigen, die noch Ohren haben, tragen riesige Ohrringe, andere verlauste Bärte. Glatzen, fettige Zöpfe, Zotteln, Bürsten und letzte Büschel. Drei verrotzte Kopftücher, ein rostiger spanischer Helm, ein bemooster Turban und ein Dreispitz mit zwei Spitzen.

Steven kommt auf acht Männer, zählt dreizehn Augen und sechs halbwegs unversehrte Nasen. Hier und da ein letzter schiefer Zahn.

Skorbut, Lepra oder beides zusammen. Das Schiffsskelett am Horizont – ein Schiff voller Aussätziger?

Eine der Figuren zieht unvermittelt eine schwere antike Steinschlosspistole aus dem zerschlissenen Hosenbund und richtet den Lauf auf Steven.

Dann knallt es.

Schwarz, nichts mehr.

Nach Mitternacht, in der Kapitänskajüte eines Schiffes, ruhige See; der Dreimaster liegt mit starker Schlagseite unbeweglich auf einer Sandbank.

Splash!

Steven reißt die Augen auf. Schmerzen hämmern in seinem Kopf. Auf seiner Stirn wächst eine breite Beule, die ihm der verpestete Kerl auf dem Beiboot mit dem eisenbeschlagenen Knauf seiner Steinschloss-Pistole verpasst hatte.

Vor ihm eine grobschlächtige Muskelmasse, die noch den eben entleerten Holzeimer über Stevens Kopf hält, um einen letzten Tropfen der Soße abzuschütteln.

Abgenagte Knochen, Fischgräten, Teller, Becher, Scherben und schnarchende Bündel bedecken die Planken einer düsteren Kajüte, die ein historischer Schrottplatz sein könnte. Der gesamte Raum neigt sich so stark nach Backbord, dass sich der größte Teil der Müllkippe zusammen mit ein paar schnarchenden Körpern in der versifften Ecke gesammelt hat, die der abschüssige Boden mit der Seitenwand des Schiffes bildet. Den fetten Kakerlaken, die träge durch die schräge Szene knattern, ist die schauerlich gekippte Kajüte egal, ebenso den Flammen der Öllampen und Kerzen, die den niedrigen Raum mäßig erhellen, und auch dem barocken Vogelkäfig, der von einem mächtigen Decksbalken baumelt.

Steven blinzelt unter dem monströsen Kerl hindurch und erkennt einen schweren Eichentisch, an dessen Steuerbord-Beine zwei Säbel wie Gefangene an einen Marterpfahl gebunden worden waren. Augenscheinlich dienen sie dazu, die Tischbeine so weit zu verlängern, dass das Möbelstück auf dem abschüssigen Plankenboden einigermaßen gerade stehen kann. So, dass die beiden Männer, die schnarchend und mit ausgebreiteten Armen auf der Tischplatte liegen, nicht herunterrollen können.

Zwischen den beiden Schläfern steht eine Armee aus großen und kleinen, kristallenen, silbernen oder goldenen Trinkgefäßen.

Hinter dem Tisch hängt ein massiger Glatzkopf in einem Stuhl, auch dieser auf der Steuerbordseite verlängert, um eine ungefähr waagrechte Position halten zu können. Auf der Schulter des Mannes balanciert ein einbeiniger schwarzer Vogel, ein Rabe, dessen fehlendes Bein durch eine sorgfältig geschnitzte Holzprothese ersetzt wurde. Der halslose, fette Kerl, dessen Kiefer von zwei zügellos wuchernden Backenbartgewächsen in die Zange genommen wird, rülpst in das allgemeine Schnarchen. Er starrt Steven durch die glaslosen Ränder einer Nickelbrille an.

Nach einer Weile hebt der Fette, von dem Steven annimmt, dass er hier der Kapitän ist, langsam seinen Arm und nimmt einen kräftigen Zug aus seinem Trinkgefäß: einem vergoldeten Totenkopf.

Danach legt er mit einem zufriedenen Grunzen die freie Pranke auf seine haarige Brust, fächert die öligen Finger auf und schiebt ein Kinn aus den Hautfalten um seinen Hals heraus. Mit der anderen Hand streckt er noch immer den Trinkschädel in die stickige Luft. In dieser lächerlichen Haltung sagt er: »Darf ich mich vorstellen: Professor S. Kullingham!« Nach diesen Worten fällt er wieder in sich zusammen – wie ein enttäuschtes Kind, dem gerade eine Tüte Eis verwehrt wurde – und brummt: »Mangels allgemeinen Respektes vor meinem akademischen Grad verdiene ich mir derzeit meinen bescheidenen Unterhalt als Kapitän der Blackbird: Käpt'n Skull, um es kurz zu machen. In dieser Funktion im Übrigen auch der Richter an Bord der Blackbird!«

Die Blackbird?, durchfährt es Steven. *Das ist doch alles nicht möglich*!

Nach den durchaus emotional vorgetragenen Formalitäten richtet sich der offensichtlich selbsternannte Akademiker, Richter und Kapitän der Blackbird in seinem ächzenden Stuhl schlagartig wieder auf und schiebt die beiden besoffenen Männer mit einer einzigen Bewegung seiner haarigen Pranke vom Tisch. Sie krachen zusammen mit splitternden Gläsern auf die Decksplanken, rollen die Rampe des schiefen Kajütenbodens hinunter und gesellen sich zu dem schnarchenden Sägewerk an der Backboard-Wand.

»Käptnskull, Käptnskull, Käptnsku…!«, krächzt der Rabe.

»Halt den Schnabel, Äquator …«, raunzt der Käpt'n. Er zieht eine schwere Steinschlosspistole unter dem Tisch hervor und hält sie dem zerzausten Vogel vor den Kopf, sodass dessen Pickwerkzeug im Lauf der Waffe verschwindet: »... oder du kommst auf meinen Seziertisch!« Dabei pocht er mit dem fleischigen Finger der anderen Hand auf einen grauen Zinnteller, auf dem noch die dürren Knochen einer unglücklichen Möwe kleben. Äquator erstarrt augenblicklich und gibt keinen Ton mehr von sich. Der Käpt'n gibt den Schnabel des Vogels frei, lässt die Waffe wieder unter dem Tisch verschwinden und wendet sich Steven zu.

»Wäret Ihr jetzt so freundlich und würdet mir Euren werten Namen verraten?«

Steven sieht sich nach der versteckten Kamera um, findet aber leider keine Anhaltspunkte für einen TV-Scherz.

»Deinen verdammten Namen will ich wissen, Spion!«, brüllt Skull.

Stevens Zunge klebt wie eine Pizza auf dem Ofenblech am trockenen Gaumen. »Ich ...«, versucht er zu erklären.

»Wer denn sonst? Seht Ihr hier vielleicht noch einen zweiten verdammten Spion, hä?« Skull läuft rot an und will einen weiteren Zug aus seinem goldenen Totenschädel nehmen.

Steven versucht es nochmals: »Ich bin ... also, ich heiße ...«

Doch Skull hat schon ein neues Problem. »Snake! Wo ist dieser Wurm? Snaaaaaaake!!«

Irgendwo hinter Steven schlägt eine schwere Holztür auf. Der sommersprossige Junge, der den schiefen Raum betritt, ist nicht viel älter als Steven. Er ist barfuß, trägt eine Baumwollhose, die in Fetzen um seine Waden hängt, und ein schmutziges, mit Rüschen besetztes Hemd, das einmal weiß gewesen sein könnte. Um seinen Kopf hat er ein rotes Tuch gewickelt. Die Haare hat er, so weit möglich, zu einem struppigen Zopf gebündelt, der Rest klebt verschwitzt auf seinem Gesicht.

»Wenn du Nichtsnutz mir nich Rum herbeischaffst, bevor ich bis zehn gezählt habe, häng ich dich gleich mitsamt dem Spion auf!«

Der Junge, den dieser Skull »Snake« genannt hatte, stoppt mitten in der schwungvollen Bewegung, mit der er in die Kajüte geplatzt ist. In unbequemer Haltung steht er auf dem schrägen Boden vor dem verkannten Professor, Käpt'n und Richter. »Ihr könnt doch gar nicht bis zehn zählen, Professor Käpt'n.«

»RRRRRAUS und bring RRRRRUM oder du überwinterst wieder auf der RRRRRRAAAAAHNOCK!«

»Geht klar, Käpt'n, hab schon verstanden.« Snake macht kehrt und will gerade den Raum verlassen, als sein Blick auf Steven fällt. Er mustert kurz die armselige und geschundene Erscheinung samt deren seltsamer blumengeschmückter Hose, dann verschwindet er.

Steven starrt auf den schiefen Türrahmen, durch den der Schiffsjunge hereingekommen und wieder gegangen war. Währenddessen bohrt sich der Name des Jungen in sein Bewusstsein: Snake!

Der, den der Kapitän Snake genannt hatte, kehrt mit einem Fässchen unter dem Arm zurück und kippt Rum in den goldenen Schädel.

Skull nimmt einen gierigen Zug, bei dem die Hälfte des Getränkes vom Backenbart aufgesaugt wird. Von dort aus läuft der überschüssige Rum in kleinen Rinnsalen ab und tropft in Äquators Schnabel, während der Vogel flatternd auf einer der Armlehnen des Sessels balanciert. Danach wischt sich Skull mit dem Unterarm über seinen Mund. »Snake!«

»Käpt'n?«, fragt Snake.

»... ich brauch zwölf Geschworene! Dies hier is'n ordentliches Verfahrn und ordentliche Gerichtsverfahrn auf 'nem Piratnschiff wern mit 'ner Abstimmung entschieden. Wie viel Mann siehst du hier?«

Snake beginnt zu zählen. »Mit Euch, Käpt'n, sind's dreizehn.« Snake deutet mit dem Daumen auf Steven: »Ausgenommen der Angeklagte.«

»Sehr gut, richtig, Snake! So viele hab ich auch festgestellt. Wir ham also zwölf Geschworne, 'nen Richter und auch 'nen Angeklagten, hab ich recht?«

»Großartig gerechnet, Professor Käpt'n!«

»Gut. Ich verlese die Anklage: Spionage! Beweis: Der Angeklagte hat sich geweigert, seinen Namen zu nennen. Nur Spione verhalten sich derartig verdächtig ... um nämlich unerkannt zu bleiben!« Und nach einer verschwitzten Schnaufpause: »Angeklagter, ich gebe Euch zum letzt'n Mal die Gelegenheit, Euern Namen zu nennen! Macht die Sache für Euch nich schlimmer, als sie is!«

»Ich ... ich heiße ... also ich bin Ste...«, versucht Steven zwischen dem Hämmern in seinem Kopf herauszupressen, aber Skull lässt ihm nicht genügend Zeit.

»Kraft meines Amtes als Richter an Bord dieses ehrwürdigen Schiffes beantrage ich die Strafe: Ritt auf'm Geschütz!«

Snake verzieht das Gesicht, er weiß, was das für einen Gefangenen bedeutet.

»Damit wird der Spion die letzte Ehre ham, ein Experiment zur näheren Betrachtung der Schwerkraft zu unterstützen!«, fährt Skull fort, nimmt einen tiefen Zug aus seinem goldenen Schädelkrug und lässt seinen glasigen Blick durch das schiefe Kajütendeck und über die Geschworenen schwanken.

»Ich … bin kein Spion. Mein Name ist …«, versucht Steven, sich stammelnd zu verteidigen, während ihm die Sinne schwinden.

»Ichbinskull!«, unterbricht ihn torkelnd und flatternd der Rabe.

Skull ignoriert das magere Vieh und hämmert mit seinem goldenen Trinkschädel auf den Mahagonitisch.

Stöhnend versucht es Steven ein letztes Mal: »Mein Name ist St…Steven W…Waves …« Doch er wird übertönt vom Schnarchen, das aus der tiefer liegenden Ecke der Kajüte dringt – von dort, wo sich die übrigen Geschworenen versammelt haben.

»Ruhe im Saal!« Skull blickt mit strengem Blick um sich. »Geschworne, schreiten wir also zur Abstimmung! Wer der Auffassung is, dass der Angeklagte nich schuldig is, hebe seine rechte Hand, sofern er noch eine hat oder weiß, welche das is! Alle andern hem eben irgendne Hand!«

Um zu vermeiden, dass sich wider Erwarten jemand meldet, legt Skull zwei seiner schweren Pistolen auf den Tisch. Danach hebt er den goldenen Trinkbecher wie ein Auktionator seinen Hammer und versucht, diese Position schwankend eine Weile zu halten.

Zehn der Geschworenen schnarchen, die tätowierte Muskelmasse hat nichts von all dem verstanden. Der Rabe kippt besoffen von der Armlehne des Sessels und landet Federn lassend und mit einem dumpfen Schlag auf dem

Boden. Von dort aus rutscht er benommen die schiefe Ebene hinunter.

Snake hebt langsam seine Hand.

Skull wirft dem Schiffsjungen einen wütenden Blick zu, legt seine fleischige Hand auf eine seiner Pistolen und fährt fort: »Soso, einer der anwesenden Hurensöhne hält den Angeklagtn also *nich* für'n Spion. Bleibt's dabei?«

Noch immer meldet sich niemand außer Snake. Im nächsten Moment donnert der Schädel auf den Tisch.

»Angeklagter, ihr seid demnach für schuldig befunden wegen Spionage und Störung des nächtlichn Friedns eines ehrbaren Schiffes! Ihr werdet verurteilt zum Ritt auf dem Geschütz. Ist, wie ich schon sagte, 'n kleines Experiment im Interesse der Wissenschaft. Morgen Abend um die gleiche Zeit. Bootsmann, sperrt ihn zu den andern!«

Der Muskelberg packt Steven am Fuß und schleift ihn hinaus auf das nächtliche Sonnendeck, durch die Kanonendecks, bis hinunter ins Unterdeck. Dort öffnet er eine Luke und stößt den Gefangenen eine letzte steile Leiter hinunter in den tiefsten Lagerraum des Schiffes.

Skull, zufrieden mit dem Ergebnis der Gerichtsverhandlung, hängt unterdessen in seinem Stuhl, nimmt einen tiefen Schluck aus dem goldenen Schädel, rülpst und sagt dann zu dem Schiffsjungen: »Wie hat sich der Spion genannt? Waves? Steven Waves? Ritz mir den Namen des Narren zu den anderen in meiner Sammlung!« Dann leert er den Totenkopf, wedelt damit vor Snakes Nase herum und donnert ein Messer in den Tisch.

Snake rüttelt das blitzende Ding aus dem löchrigen Holz, nimmt das makabre Trinkgefäß, hockt sich in eine

Ecke der schrägen Kajüte und macht sich an die Arbeit, während sich der Rabe aufrappelt und krächzt:

»Stevnwaves ... Stevnwaves ... Stevnwaves.«

Im Laderaum der Blackbird, völlige Dunkelheit, Hitze

Steven hat das Gefühl, seinen letzten Gang anzutreten, und zwar direkt hinunter in die Hölle. Er stolpert, rattert die glitschigen Holzsprossen hinunter, schlägt auf und sackt zusammen. Sofort hämmert sein Kopfschmerz wieder los, als würde eine Billardkugel in seinem Schädel hin und her springen. Der Bootsmann rumpelt hinterher, packt Stevens Füße, zieht ihn mit einem brutalen Ruck nach vorne und drückt dann gebogene Eisen über die Knöchel des Gefangenen. Steven presst seine Augen zu, als könne ihn das davor bewahren, in Ketten gelegt zu werden. Rasseln, wie von einem schweren Schlüsselbund. Dann die Tritte des Bootsmanns auf der Leiter nach oben und das Donnern der Luke, die wie ein Sargdeckel in ihren Rahmen fällt.

Er öffnet die Augen.

Schwarzes Nichts. Nur die Geräusche der Wellen, die an die Planken des bewegungslos daliegenden Rumpfes schlagen, und das dumpfe Trampeln einzelner Seeleute dringen noch von weit her. Sofort kneift er die Augenlider wieder zusammen und versucht, aus diesem Albtraum zu erwachen, in der Hoffnung, gleich wieder auf seinem Board zu liegen – und von den Helfern des Surf-Contests aus dem Wasser gezogen zu werden.

Doch es ist kein Albtraum.

Steven kann nur noch in kurzen, flachen Zügen atmen, denn es stinkt so erbärmlich nach Ammoniak, Fäulnis und Urin, dass kein Platz mehr für genügend Sauerstoff übrig zu sein scheint.

Er versucht, sich zu beruhigen und über irgendetwas nachzudenken, um die Dunkelheit und den Gestank ertragen zu können.

Ist das hier das »wissenschaftliche Experiment«, von dem der fette Kerl mit dem goldenen Trink-Schädel gefaselt hat? Soll etwa festgestellt werden, wie lange ein Mensch in einem Schiffsbauch ohne Atemluft überleben kann?

Aber die fehlende Atemluft ist nicht das einzige Problem: Es ist auch noch unerträglich heiß. Eine Sauna ist dagegen ein Kühlschrank.

Die wollen mich kochen.

Steven hat das Gefühl, von der Bilgensuppe, in der er hier sitzt, verdaut zu werden. Er beginnt zu husten, muss würgen und übergibt sich, als aus der Dunkelheit plötzlich ein leises Wimmern zu ihm herüberdringt.

Jemand stöhnt. Nur ganz kurz. Danach ist es wieder still.

Steven erschrickt, zugleich ist er froh, hier wenigstens nicht allein begraben zu sein.

»H…hallo?!«

Nichts. Keine Antwort, nur hin und wieder das kaum vernehmbare Stöhnen.

Später, Steven hat das Gefühl dafür verloren, wie viel später, fällt er in einen Halbschlaf. In eine Art Koma, das ihn mit einem irren Mix aus den Erlebnissen der vergangenen Stunden und Tage traktiert. Als er wieder erwacht, verspürt er quälenden Durst.

Seine Zunge klebt am Gaumen, die aufgeplatzten Lippen brennen.

Er reißt die Augen auf, blickt aber nur wieder in das gnadenlos schwarze Nichts. Panik will erneut nach ihm greifen und er versucht, sich so klein wie möglich zu machen. Es scheint ihm, als würde er wie ein verlorener Gesteinsbrocken durch das lichtlose All treiben, verfolgt vom Geräusch der an den Bordwänden nagenden Wellen des Meeres. Er verliert das Gefühl dafür, wo oben und unten ist, denn sein Gleichgewichtssinn hat alle Orientierungspunkte verloren.

Übelkeit.

Aber er hat nichts mehr im Magen, das er herauswürgen könnte.

Irgendwann fasst seine rechte Hand an das linke Handgelenk und er spürt seine Taucheruhr – die sich mit einem der drei Einstellknöpfe beleuchten lässt.

Ein Ziffernblatt kann kaum etwas erhellen, aber in der Dunkelheit des Verlieses im Bauch der Blackbird wirkt jede Lichtquelle, und sei sie auch noch so schwach, wie ein kleiner Scheinwerfer. Außerdem ist da noch etwas. Etwas, das den kleinen Lichtschein der Uhr tausendfach verstärkt und Steven verschlägt es endgültig den Atem. Diesmal jedoch nicht wegen des Gestankes aus der Bilge, oder der Unmengen schleimiger Würmer, die die Spanten bevölkern, und auch nicht aufgrund der unerträglichen Hitze: Steven hockt inmitten glitzernder Berge aus goldenen Masken, Schmuck, Ketten, archaischen Kunstwerken, Statuen und Edelsteinen, die in allen Farben blitzen! Er konnte sich bislang nicht einmal vorstellen, dass es so viel Gold auf einem Haufen geben kann.

Doch zwischen ihm und all diesen Schätzen steht etwas noch viel Wertvolleres: ein Holzeimer mit lebensspendendem Wasser.

Er greift über seine rostigen Fußfesseln hinweg nach der noch rostigeren Kelle, die aus dem Kübel ragt.

Brackwasser.

In der schmierigen Flüssigkeit schwimmt ein totes Etwas mit Schwanz, aber das brühwarme Wasser ist das, was er zum Überleben benötigt. Er fischt den Kadaver an seinem hintersten Ende aus dem Kübel, schwingt ihn in die Dunkelheit, packt die Kelle, trinkt, hustet, und trinkt noch einmal.

Kurz darauf geht es ihm ein wenig besser und er kann endlich ein paar klarere Gedanken fassen.

Snake ... die Blackbird ... das Gold. Ist das der Schatz, den Dad sucht?, überlegt er. *Grumbles Botschaft, der Sonnenuntergang während des Contests, die Monsterwelle. Es war genau die Siebte, nachdem der letzte Sonnenstrahl erloschen war.*

In diesem Moment begreift Steven, dass ihn das seltsame Longboard zum Schatz gebracht hat. Dem Schatz, der seit Jahrhunderten versunken ist. Was bedeutet, dass Moonsurfer ihn in eine längst vergangene Zeit katapultiert haben muss, in der er nun mit eisernen Fußfesseln festgekettet ist. Die Enden der rostigen Schellen um seine Gelenke bestehen aus daumendicken geschmiedeten Ösen, die über eine quer verlaufende Eisenstange geschoben wurden. Fußfesseln, wie man sie auf den Sklavenschiffen früherer Jahrhunderte verwendete – Seelenverkäufern, die die Unglücklichen von der Westküste Afrikas in die neue Welt verfrachteten.

Hier komm ich nie wieder raus. Und falls doch: Wo soll ich schon hin? Gibt es auch einen Weg zurück? Also in die Zukunft? Das hab ich alles allein diesem Grumble und seinen Sprüchen zu verdanken: Das Board solle besondere Kräfte haben. Bei Vollmond. Danke, hab ich gemerkt. Ich habs kapiert! Das wars dann also.

Doch dann kommt ihm doch noch der entscheidende Gedanke, der Einfall, der ihm neuen Mut gibt, weil er alles verändert:

Der Alte hat das Board ›Moonsurfer‹ *genannt. Ist der Name eine Botschaft? Funktioniert die Zeitreise vielleicht auch umgekehrt, Hauptsache, es ist Vollmond? Also Rückkehr auf der Siebten Welle bei Vollmond?*

Seine Überlegungen lenken Steven von der erbärmlichen Lage ab, in der er sich befindet. Also spekuliert er weiter, bis er zu der Annahme gelangt, an die er sich von nun an klammern will: Er wird zurückkehren können, indem er auf Moonsurfer erneut eine Siebte Welle reiten wird. Bei Vollmond, aber möglicherweise nicht bei Sonnenuntergang, sondern dann, wenn auch die Sonne zurückkehrt, also bei Sonnenaufgang!

Aber ...

Dazu brauche ich das Surfboard!

Und das Board ist verloren. Jedenfalls nimmt er an, dass die zerlumpten Gestalten, die das Wrack der Blackbird bevölkern, sein Board der See überlassen haben. Und ohne die magische Planke ist alles umsonst, ohne Moonsurfer ist die Zukunft unerreichbar. Er ist in der Welt gefangen, zu der er sich einst so sehr Zugang gewünscht hatte: die Welt des Schatzjägers Ben Waves. Allerdings hatte er sich das Ganze etwas anders vorgestellt ...

Plötzlich dringt aus der Dunkelheit erneut das kaum hörbare Stöhnen und holt ihn zurück in die Realität. Steven leuchtet mit seiner Uhr in die Richtung, aus der das Geräusch gekommen ist.

Im dünnen Lichtschein erkennt er drei Jungen, die, wie er selbst, mit Fußfesseln an die Stange über dem Kiel gekettet sind. Bis auf einen Lendenschurz um ihre Hüften sind sie nackt und erinnern Steven an die indianischen Völker, die es im 21. Jahrhundert nur noch im Dschungel Mittelamerikas geben wird.

Im Laderaum der Blackbird, dann auf den Decks, Abend/Nacht, bewölkt, kaum Wind

Steven kann nicht sagen, wann, aber irgendwann wird die Luke über den Gefangenen erneut aufgerissen. Männer steigen herab, lösen die eisernen Fußfesseln und zerren ihn nach oben in das schief hängende Kanonendeck. Unzählige Hängematten baumeln hier zwischen den Geschützen, aus denen ihn ölige Visagen angrinsen. Der Gestank ist hier nicht viel besser, nur anders: Schweiß, Moder, fauler Atem und grauer Vogelkot, der in die Niedergänge tropft.

Brutal wird Steven weiter nach oben gestoßen, bis er die letzten Stufen geschafft hat und auf das Hauptdeck stolpert. Endlich kann er trotz des beißenden Geruches, den die lärmenden Möwenschwärme hier verbreiten, wieder frischen Sauerstoff in seine Lungen pumpen. Sofort geht es ihm etwas besser, neue Lebensgeister erwachen in seinem schmerzenden Körper.

Es ist immer noch – oder wieder – Nacht. Diesmal jedoch eine noch dunklere Nacht als bei seiner Gefangennahme: Der Himmel ist bedeckt, der Mond machtlos.

Steven fällt es schwer, sich auf den Beinen zu halten, noch dazu an Deck eines Dreimasters in Schräglage. Immerhin bewegt sich das Schiff nicht, es liegt wie festgebacken in der Sandbank darunter.

Er sieht sich um: Der gesamte Seelenverkäufer ist gespickt mit Pfeilen und Speeren, von der Wasserlinie bis zu den Mastfüßen und bis hoch hinauf in die Rahen. Segel sind zum Schutz vor der Sonne wie Zeltplanen um die Masten herum aufgespannt worden und reichen, aufgespießt auf lange Stangen, bis weit über die Reling. Möwen umkreisen lärmend das Schiff, oder hocken auf den Rahen, auf dem Großmars, dem Vormars und auf dem Bugspriet wie Hühner auf einer Stange. Von ihren Logenplätzen aus zielen sie durch die Löcher in den Sonnensegeln, die aussehen wie riesige Pilzhauben, von deren Rändern lange Tröpfe aus Möwenkacke bis auf das Deck herunterreichen.

Das Schiff hat sich anscheinend schon sehr lange Zeit nicht mehr frei im Wind und in den Wellen bewegt. Halb versenkt vom Gewicht des riesigen Goldschatzes in seinem Bauch, überladen und zur Unbeweglichkeit verurteilt in die darunterliegende Untiefe gepresst. Außen am Rumpf lassen sich die Gezeiten ablesen, markiert vom glitschigen Bewuchs grüner Algen.

Das Einzige, was sich an dem ehemals prächtigen Dreimaster noch bewegt, ist eine riesige zerschlissene Flagge, die das Bild eines schwarzen Raben über gekreuzten Knochen im Westwind tanzen lässt.

Das Gold im Bauch des Schiffes wird bewacht von einem Haufen zerlumpter Gestalten. Keiner dieser Aussätzigen wagt es, die Wahrheit auszusprechen, doch sie kennen sie alle: Das ehemals schnelle und wendige Schiff ist hoffnungslos überladen. Es steckt fest, während die Ureinwohner auf der Insel ihr Eigentum zurückhaben wollen. Es gibt kein Entrinnen, ohne den Schatz aufzugeben. Dennoch ist die Gier stärker als alle Vernunft und hält – wie ein mächtiger Magnet – jeden Einzelnen auf der Sandbank fest.

Zwar sitzen sie alle im selben Boot, doch je weniger überleben werden, desto reicher werden die Überlebenden sein …

Die Meute der zerlumpten Irren hat sich auf dem abschüssigen Deck unter den Pilzen aus Möwendreck versammelt, ungeduldig grunzend, kichernd oder knurrend. Sie halten Fackeln und Öl-Lampen in die Höhe, die ihre Piratenvisagen gespenstisch flackernd beleuchten. Manche der ausgemergelten Gestalten hocken unbeteiligt und mit dem Blick aufs Meer hinaus auf dem Schanzkleid und versuchen, sich ein Abendessen zu angeln. Wenn einer dann einen zappelnden Fisch am Haken hat, wird dieser meist von einem Schwarm gieriger Möwen noch in der Luft in Stücke zerrissen, bevor der Angler ihn zu sich an Bord ziehen kann. Dem Unglücklichen bleiben nur mehr ein paar Reste, die an den Gräten hängen, oder ein Fischkopf, der in einen brodelnden Topf in der Mitte des Decks geworfen wird.

Dort verrichtet der Schiffskoch seine Arbeit, indem er ein Ruder kreisend und grabend durch den Kessel schiebt: ein Eintopf aus verendeten Möwen und halben Fischköpfen.

Von seinen Bewachern in den Hintern getreten, stolpert Steven in die grölende und grunzende Meute hinein.

»Lasst uns den Spion in den Topf schmeißen, nich über Bord!«

»Jawoll, wir ham Hunger!«

Steven bekommt es mit der Angst zu tun. Ist er unter Kannibalen gelandet?

In diesem Moment fliegt eine Ratte über die Decks und die Köpfe der Aussätzigen und platscht genau in die Fischsuppe. Ein paar Dutzend wahnsinnige Augen starren auf Snake.

»Ich esse keine Spione!«, mischt sich Snake vom Sonnendeck aus ein. »Dann noch lieber 'nen Ratteneintopf!«

»Was hast'n du hier auf der Blackbird zu sagen, hä? Weshalb solln wir den Spion zu'n Haien schicken?! Den Biestern solls wohl besser als uns gehen, was? *Wir* wollen den Spion inner Suppe ham!«

»Seit wann bist du 'n Menschenfresser, O'Malley? Ich jedenfalls esse nicht mal 'nen dreckigen Spion! Aber du kannst von Glück sagen, dass wir *dich* noch nicht verkocht haben. Hast noch weniger mit einem Menschen gemein als die Wilden dort draußen!«

O'Malley löst sich aus der Meute und stapft wutschnaubend auf die Leiter zum Sonnendeck zu, auf dem Snake sich aufgebaut hat.

»Jetzt pass mal gut auf, Snake, du Wurm von einer Schlange. Jetzt bist *du* dran mit 'nem Bad in der Fischsuppe, und ich werd sie dann verdammt noch mal genießen!«

O'Malley hat gerade eben das Sonnendeck so weit erklommen, dass er mit seinem Kopf über die steile Treppe hinausragt, als ihm ein knurrendes, schwarzhaariges Geschoss mit gefletschten Zähnen ins Gesicht springt und sich in seine Nase verbeißt. Der Pirat kippt mit einem Schrei nach hinten, torkelt und rammt den Fisch-Ratten-Eintopf. Das haarige Knäuel, das ihn angegriffen hat, fliegt in hohem Bogen weiter, rutscht, kugelt noch ein Stück und kommt dann genau vor Stevens Füßen zum Sitzen. Dort bleibt der Hund so bequem hocken, als wäre nichts gewesen.

Der Eintopf kippt und O'Malley kracht rücklings in die eiserne Wanne, in der die Kohlen unter dem Kessel glühen.

O'Malley brüllt, sein Hinterteil brennt.

Die heiße Brühe ergießt sich über das Deck und die barfüßige Piratenbande beginnt, auf der Stelle zu tanzen oder auf die Reling zu springen, um der kochenden Suppe zu entrinnen.

O'Malley, von den Flammen an seinen Beinkleidern angefeuert, springt mit blutender Nase weit über das Schanzkleid hinaus und segelt kreischend als feuriger Komet hinaus in die Dunkelheit. Mit einem Bauchklatscher im Wasser landend serviert er sich zischend als gegrillte Vorspeise den Haien.

Steven steht auf der höher gelegenen Seite des schrägen Decks, sicher vor der kochend heißen Suppe, die nun abläuft und einen Teppich aus Gräten, Fischköpfen und einer toten Ratte zurücklässt.

Der zottelige Hund, der noch auf einem knorpeligen Stück von O'Malleys Säufernase herumkaut, hat sich zurück auf das Sonnendeck zwischen Snakes Beine verzogen und kassiert ein »Böser Scouba!«

Doch nachdem O'Malleys Abgang zischend beendet ist und der Koch Fischköpfe, Gräten und die Ratte fluchend eingesammelt und den Topf zurück in die Ketten gehängt hat, erinnert sich die Meute wieder an den eigentlichen Grund der Versammlung: die Bestrafung des Spions.

Stevens Arme werden nach hinten gerissen, seine Hände und Füße gefesselt. Doch es wäre gar nicht nötig gewesen, ihn wie ein Geschenk für den Klabautermann zu verpacken, denn Steven befindet sich noch immer in Schockstarre. Die Todesangst, die ihn in der Dunkelheit der Schiffsbilge gepackt hatte, hatte ihn nicht mehr freigegeben und war Steven bis hierher an die Reling der Blackbird gefolgt, über die er wohl im nächsten Moment geworfen werden soll.

Skull taucht auf.

Sichtlich betrunken versucht er auf dem abschüssigen Deck das Gleichgewicht zu halten. Umständlich befiehlt er, dem Verurteilten ein Tau um den Brustkorb zu legen und ihn über das Schanzkleid zu heben. Kurz darauf wird Steven außenbords hinabgelassen. Danach baumelt er hilflos über einer Geschützpforte, deren hölzerne Klappe entfernt worden war.

Skull hat es jetzt ebenfalls zur Reling geschafft, um den Vorgang zu befehligen, den er im Laufe des sogenannten Verfahrens gegen den angeblichen Spion ein »Experiment« genannt hatte.

»Is alles vorbereitet, die Kanone geladen? Is der Stückmeister bereit?«

Keine Antwort. Die Meute schweigt betreten.

»Antwortet gefälligst! Wo ist O'Malley?«

»Gerade eben über Bord, Käpt'n!«, druckst einer der Männer betreten.

»Verdammt! Das is Fahnenflucht! Fangt ihn ein! Er wird zum Tode verurteilt!«, brüllt Skull.

»Der dürfte schon tot sein, Käpt'n!«

Skull wirbelt herum und sucht die Takelage ab, aus der die Antwort kam, bis er Snake hoch oben auf dem Besanmars entdeckt. Sein Pfannkuchengesicht läuft rot an: »Was?!«

»Ich sagte, der Stückmeister dürfte schon tot sein, Käpt'n!«

»Schon tot, obwohl gerade erst zum Tode verurteilt? Ohne Hinrichtung? Das ist zweifache Fahnenflucht! Drückt sich sogar vor 'ner anständign Hinrichtung!«

Snake erklärt, dass sich das Todesurteil gegen den desertierten Stückmeister O'Malley damit bereits erledigt haben dürfte. Davon abgesehen gibt er zu bedenken, dass Skulls Experiment mit dem bereits außenbords baumelnden Spion ohne den Stückmeister nicht fortgesetzt werden könne.

Doch auch dieser letzte Versuch, Steven zu retten, scheitert. Stattdessen fühlt sich Skull dazu veranlasst, eine seiner Steinschlosspistolen zu ziehen und auf Snake anzulegen.

Der Schiffsjunge duckt sich augenblicklich tief auf die Planken seines Ausgucks zwischen ein paar Möwen. Gerade noch rechtzeitig, denn Skull jagt bereits einen

Schuss hinauf in die Takelage. Eine der Möwen, die ihren Kopf nicht rechtzeitig eingezogen hat, explodiert. Ihre Federn werden vom Wind davongetragen.

»Das Experiment findet statt!«, brüllt Skull. »Hat noch irgendwer von euch Hurensöhnen 'ne Meldung zu machen, bevor wir weiterverfahrn?«

Die Meute hat keinerlei Interesse mehr daran, Meldungen zu machen. Noch während sich der Qualm der Steinschlosspistole ihres irren Kapitäns mit dem Wind verziehen kann, wenden sich die Männer wieder zum Angeln ab. Manche pfeifen teilnahmslos ein Liedchen oder ritzen mit Dolchen unter schwarzen Fingernägeln herum, andere zählen unbeteiligt die Sterne.

Ein Stockwerk darunter, im Kanonendeck

Skull torkelt hinab ins Kanonendeck, um den Kanonenschuss und damit das Experiment eigenhändig durchzuführen.

Die Geschütze der Blackbird warten hinter verschlossenen Stückpforten auf ihren Einsatz. Nur die Luke, über der Steven außenbords baumelt, ist offen. Steven hängt an der Leine, die ihm unter den Schultern durchgezogen worden war, die Hände auf dem Rücken gefesselt, die Füße zusammengebunden.

Jetzt stößt Skull einen Schwarzpulversack als Treibladung von vorne in das Rohr des Geschützes, das – noch im Inneren des Kanonendecks – vor der offenen Luke wartet. Dann lässt er die vierundzwanzig Pfund schwere gusseiserne Kugel hineinrollen. Schließlich sichert er die Ladung mit alten Lappen, die zu einem Wergpfropfen zusammengestampft worden waren. Das Ganze stößt er mit einem Ladestock fest.

Danach wird die Kanone ausgefahren, jedoch nur so weit, dass Steven außenbords auf dem Ende des Rohres zum Stehen kommen kann.

Außenbordwand der Blackbird

Steven wird auf dem glitschigen Rohr abgestellt, das jetzt hinaus in den Nachthimmel zielt, als ginge es darum, die Sterne herunterzuschießen.

Er lehnt an der Bordwand und spürt, wie die Leine, die seinen Brustkorb schmerzhaft zusammendrückt, gekappt wird.

Der Schmerz lässt nach, doch nun balanciert er ungesichert auf dem Rohr der Kanone, das durch die Stückpforte ragt.

Wenn er abrutscht und gefesselt in die Tiefe stürzt, wird er ersaufen. Falls er jedoch noch auf dem Rohr des Geschützes stehen sollte, wenn es abgefeuert wird, wird der Rückschlag die gesamte Kanone schlagartig unter seinen nackten Füssen wegziehen, zurück in den Rumpf. Dann wird er wohl vor der Mündung des

24-Pfünders herabstürzen: genau vor dem austretenden Geschoss.

Im Kanonendeck

»Wir werden jetzt im Interesse der Wissenschaft feststellen ...«, hebt Skull zu einem einleitenden wissenschaftlichen Vortrag an, »... wann genau ein Spion vor einem Kanonenrohr hinabfallen wird, wenn ihm der Rückschlag des Schusses das Rohr unter den gefesselten Füßen wegzieht. Falls ich recht habe, wird die austretende Kanonenkugel ein Loch in einen Spionenbauch braten!«

Skull scheint also feststellen zu wollen, ob die Kanonenkugel schneller als das stürzende Opfer ist und unter Steven hindurchjagt, oder ob sie ihn trifft oder ob er stürzt, *bevor* die eiserne Kugel das Rohr verlässt ...

Außenbordwand der Blackbird

Die Mannschaft ist ganz von Skulls komplizierten Ausführungen eingenommen und die Reling über Steven ist für kurze Zeit unbewacht.

Er konzentriert sich verzweifelt darauf, nicht den Halt zu verlieren.

Um sich zu beruhigen, starrt er geradeaus, auf den weißen Sandstreifen in der Ferne. Blickt er nach unten, sieht er das Kanonenrohr und die hoch aus dem Wasser ragende Wölbung der Schiffswand, gespickt mit Pfeilen und Speerspitzen. Darunter die Wasseroberfläche, nachtschwarz wie ein düsteres Grab.

Steven kann sich kaum bewegen, aber es gelingt ihm wenigstens, sich ein wenig aus seinem Schockzustand zu lösen. Ihm wird klar, dass ihm so schnell wie möglich etwas einfallen muss, wenn er weiterleben will.

Er müsste irgendwie die Fesseln loswerden, dann könnte er ins Wasser springen und sich danach dicht unter dem fetten Bauch des Rumpfes halten, wo ihn die Musketenschüsse der Bande nicht erreichen. Auch der Hai würde ihn dort vielleicht nicht entdecken. Unter dem Rumpf könnte Steven dann ausharren, bis er sicher wäre, dass die Piraten ihn für mausetot halten. Danach müsste er irgendwie den Strand erreichen.

Doch ihm ist bewusst, dass er nur eine sehr geringe Chance hat, dem riesigen Vieh zu entkommen, mit dessen Rückenflosse er bereits Bekanntschaft gemacht hatte. Aber hier am Rumpf der Blackbird auf die Explosion der feuerbereiten Kanone zu warten, bedeutet, dass er *überhaupt* keine Überlebenschance hat.

Steven versucht, seine tauben Hände aus den Handfesseln zu winden. Der Schweiß tropft von seiner Stirn, das raue Holz der Schiffsplanken reibt seinen nackten Rücken auf. Längst hat er das Gefühl in den zusammengebundenen Füßen verloren.

Kanonendeck

Skull erklärt die möglichen Ergebnisse aus dem Experiment genauer und deren Bedeutung für die Erforschung der Schwerkraft. Die hechelnde Meute, die nichts von alldem versteht, interessiert sich jedoch nur für das Naheliegendste: *Bumm!*, und der Delinquent wird zerfetzt.

Außenbordwand

Steven dreht und windet seine blutig geriebenen Handgelenke in den Stricken. Verzweiflung, dann wieder die verdammte Panik. Todesangst.

Doch plötzlich liegt die Lösung vor ihm, zum Greifen nahe: Die Speerspitzen, die im Holz des Rumpfes stecken! Eine davon ragt keine zwei Fuß von seinen Handgelenken entfernt aus dem Holz.

Er kann sie erreichen und beginnt sofort, die Stricke an den scharfen Kanten der Waffe zu reiben. Sekunden, die ihm vorkommen wie Minuten.

Kanonendeck

Skull faselt weiter und weiter, spekuliert, ob das Geschoss ein Loch in den Spion brennen würde oder ihn in tausend kleine Knochenstückchen zerlegen würde, damit die Mannschaft ein kleines nettes Puzzle-Spiel als Zeitvertreib erhält. Hoho! Schiffszwieback und Spiele! War das nicht der römische Kaiser Nero, der das einst gesagt hatte oder war's dieser Caligula? Unwichtig, jetzt habe *er* es eben gesagt: Professor Skull! ... wo war er gleich stehen geblieben?

Außenbordwand

Ein Glück, denkt Steven, *der fette Skull ist ein Schwätzer! Quassel weiter, du Arschloch! Vergiss die Kanone! Quassel weiter!*

Dann ein letzter Ruck, und seine Hände sind frei.

Doch als er einen Blick nach unten wirft, bemerkt er, dass in der Zwischenzeit etwas aus dem Wasser gewachsen ist, das mächtig und schwarz in der nächtlichen Seeluft glänzt. In der Dunkelheit sieht es aus wie der monströse Kopf eines Urzeittieres, das unter der Blackbird geschlafen hatte, bevor es offenbar von Skulls Geschwätz gestört wurde. Lange Streifen aus Seegras hängen seitlich an seinem riesigen Körper herab und schwingen in der Brandung. Steven erkennt mächtige Stümpfe muschelbewachsener Rippen, die auf ihn zukommen wie riesige Finger, die nach ihm greifen wollen.

Jetzt scheint auch noch der letzte Fluchtweg versperrt zu sein: der Weg nach unten ins Meer, bevor das Geschütz losdonnert.

Kanonendeck

Einige von Skulls Männern sind im Stehen eingeschlafen, andere halten sich tapfer.

Doch dann endlich beendet Professor S.Kullingham seinen Vortrag. Mit einer Ahle, die er durch eine kleine Röhre am hinteren Ende der Kanone schiebt, stößt er einen Schlitz in den Pulversack, der zuvor mitsamt der schweren Kugel in das Innere des Kanonenrohres gestoßen worden war. Jetzt kann die Ladung gezündet werden.

Die Meute, die sich unter Deck um ihren Kapitän versammelt hat, wacht auf, gähnt, gestikuliert und nickt Interesse heuchelnd, obwohl der Vorgang des Ladens und Scharfmachens eines Geschützes so alltäglich ist wie der allmorgendliche Dünnpfiff in den Abtritt unter dem Bugspriet.

Außenbordwand

Steven versucht verzweifelt, die Speerspitze aus dem Holz zu rütteln, um sich mit ihrer Hilfe auch von seinen Fußfesseln zu befreien.

Kanonendeck

Skull brüllt »FEUER!« und zieht die Reißleine am Schloss.

Die Männer halten sich die Ohren zu, die Pulverleitung im Inneren des Geschützes zischt für den Bruchteil einer Sekunde und die Flamme frisst sich blitzschnell zum angestochenen Schwarzpulversack durch. Die Kanone entlädt sich mit einem infernalischen Donnern und rammt durch den Rückstoß zurück in das Innere des Schiffsbauches, wo sie von armdicken Tauen aufgefangen wird.

Das lahme Schiff vibriert, die Spanten ächzen und der niedrige Raum ist von beißendem Pulverdampf erfüllt. Das tonnenschwere Geschütz hängt wie tot auf dem abschüssigen Kanonendeck in den Tauen. Die mächtige Kanone hat ihre Arbeit getan, sie hat ihr Höllenfeuer und ihren Donner hinaus in die tropische Hitze einer Nacht des Jahres 1693 geschickt.

Juni 2004, am Strand von Sharkfin-Island, Sonnenaufgang, Seegang, Wind

Bruce hängt völlig erschöpft auf seinem Jetski. Die Dünung rollt in unruhigem Rhythmus über die Untiefen vor der Insel. Sie hebt ihn hoch und schickt ihn wieder zurück in ihre Wellentäler, so dunkel und erdrückend wie sein Gewissen. Er lässt seine tauben Hände über den Lenker des kleinen, schnellen Wasserfahrzeuges baumeln, sein Kopf hängt tief gesenkt zwischen den Schultern.

Er ist die ganze Nacht hier draußen auf und ab gerast, über Wellenberge gesprungen, durch die Gischt gestochen, hat gegen den Sturm angekämpft und sich die Kehle aus dem Leib geschrien. Sein muskulöser, braun gebrannter Körper, abgehärtet durch das Leben eines Surfers auf Sharkfin-Island scheint ihm jetzt den Dienst zu verweigern. Er zittert erbärmlich.

Der Wind hat während der ganzen Nacht nicht nachgelassen, eher wieder zugenommen und Brecher um Brecher auf den Strand getrieben. Wellen, die Bruce noch gestern Abend während des Surf-Contests willkommen geheißen hatte, um darin sein Können unter Beweis zu stellen. Jetzt verflucht er sie, denn sie sind ihm auf der Suche nach Steven zum Feind geworden. Steven, den er »Cheese«

genannt hat und den er auf dem Surf-Contest in das offene Maul eines dieser Wassermonster hineingetrieben hat.

Bruce ist ein grober, meist rücksichtsloser Kerl, ein Angeber, der gewissenlos seinen Vorteil sucht. Als Sohn des Besitzers des West-Coast Surf Shops hat er schon im Babyalter auf einem Surfboard stehen gelernt, um erst viel später zu begreifen, dass man auf seinen Füßen auch laufen kann. Aber seine Rücksichtslosigkeit geht nicht so weit, dass er tatsächlich einen Menschen auf dem Gewissen haben möchte.

Außerdem hatte er den Neuling eigentlich sogar gemocht. Wollte ihm ja nur zeigen, wer hier das Sagen hat. Eine Feuertaufe eben oder besser gesagt: eine Wassertaufe. Nicht mehr und nicht weniger. Und jetzt hat er ihn in den Tod geschickt. So sieht es jedenfalls aus.

Die Helikopter, die während der stürmischen Nacht über ihm kreisten und mit ihren Scheinwerfern das aufgewühlte Meer absuchten, sind zum Auftanken in ihre Hangars zurückgekehrt, die Boote der Küstenwache haben sich verteilt, um ein größeres Gebiet abzusuchen, so aussichtslos das nach so vielen Stunden auch scheinen mag.

Bruce ist also der Letzte, der Steven noch dort sucht, wo bereits alles abgegrast worden war: dort, wo die Monsterwelle zugeschlagen hatte. Aber er will nicht aufgeben. Dieser Steven muss irgendwo hier sein, wenn er noch am Leben ist. Bruce kann nicht glauben, dass wahr sein sollte, was er befürchtet ... und was er allein zu verantworten hätte.

Steven *muss* also noch am Leben sein!

Er hat doch sein Surfboard, an das er sich klammern kann ...

... wenn er es nicht verloren hat.

Doch Bruce war die ganze Nacht über hier draußen und langsam verlassen ihn die Kräfte. Zusätzlich droht die kleine Tankanzeige des Jetskis den nahen Stillstand des Sportgerätes an.

Der nächtlich schwarze und wolkenverhangene Himmel über Bruce nimmt langsam die graue Farbe des frühen Morgens an. Es wird hell. Bei Licht kann er Steven vielleicht finden, sofern er noch lebt. ... *oder wenigstens das Board!* ... auch wenn ein verlassenes Brett die schreckliche Gewissheit nur verstärken würde, dass Steven verloren ist.

Er starrt hinaus auf die See, in seinem Rücken liegen die Insel und das Strandhaus, in dem Steven und seine Mutter leben. Jetzt reißt die Wolkendecke sogar ein wenig auf. Sie erhellt die unendlich weite Bühne aus Wolken und Meer, in der der einsame, erschöpfte Jetskifahrer dümpelt und das Schatzsucher-Schiff in den Wogen stampft, während es an seinen Ankerketten zerrt.

In Bruce erwacht ein letzter Hoffnungsschimmer. Er gibt noch ein letztes Mal Gas, um einen besonders hohen Wellenkamm zu erreichen.

Da sieht er es für den Bruchteil einer Sekunde, bevor es auch schon wieder verschwunden ist. Es ist so klein und so weit entfernt, dass es kaum mehr wahrzunehmen ist. Wie eine Ameise auf dem riesigen Parkplatz eines Supermarktes. Es könnte ein Palmenstamm sein oder ein Krokodil, das einen Ausflug in das Salzwasser macht, eine Planke des Sharkfin-Island-City-Piers, aber eben auch ... ein Surfboard.

Bruce kneift die müden und vom Seewasser geröteten Augen zusammen. Er versucht zu erkennen, ob sich noch jemand an das Objekt klammert, aber da ist es auch schon wieder in den Wogen verschwunden. Also macht er eine schnelle Peilung zur Nordspitze der Insel, um den Winkel festzulegen, in dem das Objekt aufgetaucht war. Und gibt Vollgas.

Der Jetski heult auf und schießt durch die Gischt, springt über die Wellenkämme und segelt in die Wellentäler, wo er mit einem lautem Schlag auf die Wasseroberfläche kracht, um anschließend wieder die nächste Wellenrampe hochzuschießen. Das Salzwasser peitscht Bruce ins Gesicht und raubt ihm den Atem. Er donnert im Stehen durch die Brecher, klammert sich mit allen Kräften an den Lenker, dreht den Gashebel auf Anschlag und kämpft sich mit brachialer Gewalt auf sein Ziel zu, das jetzt immer öfter vor ihm auftaucht, aber nur langsam, viel zu langsam näher kommt.

Da beginnt der Jetski zu stottern. Kurz darauf fällt die Geschwindigkeit in sich zusammen und das Gerät sinkt mit leerem Tank stumm und wehrlos in die Wellen.

Aus.

Doch Bruce gibt einfach den Jetski auf, springt in

die Gischt und krault mit verzweifelten Schlägen auf sein Ziel zu. Seine Muskeln schmerzen, als er es endlich erreicht.

Die Sonne ist gerade eben im Osten hinter Sharkfin-Island aufgegangen und schickt ihre warmen Strahlen über die X-Plorer, über einen verlassen treibenden Jetski und über die aufgewühlte See, durch die sich Bruce kämpft, bis er mit letzter Kraft nach dem seltsamen Longboard greift.

Juni im Jahre des Herren 1693; die Blackbird vor der Insel; Vogelperspektive, Nacht

Einst wurde die Blackbird von hellen Segeln, die an drei Masten gesetzt werden konnten, durch die Weltmeere getrieben. Jetzt liegt sie seit Monaten sterbend im Schlick einer Sandbank. Bis auf eine kleine Schaluppe wurden sämtliche Beiboote zerstört, um Meuterer und Diebe daran zu hindern, sich im Alleingang mit einem Teil der Beute abzusetzen.

Fast alle Männer sind dem Wahnsinn nahe, frisches Wasser gibt es immer erst dann, wenn sich die nachmittäglichen Schauer der Regenzeit einstellen. Rum jedoch ist noch genug vorhanden und so halten die Männer durch, denn jeder zählt sich selbst zu den am Ende Überlebenden, die später auch den Anteil der Toten erhalten werden. Die Hoffnung auf unermesslichen Reichtum erfüllt sich umso ergiebiger, wenn reichlich gestorben wird und wenn das Sterben nicht einen selber trifft.

Für die Überlebenden wird es dann nur noch darum gehen, dass sie die Blackbird noch aus eigener Kraft manövrieren können, um sie den Belagerern zu entreißen: den rechtmäßigen Eigentümern des Goldes, dem Stamm der Tocobaga-Indianer, der die Insel seit Jahrhunderten bewohnt.

Plötzlich dröhnt der Befehl »FEUER!« durch die Nacht.

Zoom auf das Schiff, die Außenbordwand der Blackbird

Von dem Moment an, in dem Skull »Feuer!« gegrölt und die Kanone gezündet hat, dauert es eine kurze Sekunde, bis das Geschütz Eisen und Flammen speien wird. In dieser Sekunde springt Steven mit gefesselten Füßen zur Seite, hinunter auf das schwarze Monstrum, das sich unter ihm aus der See gehoben hat. Beinahe gleichzeitig donnert das mörderische Geschütz sein tödliches Geschoss mit einem infernalischen Krachen in die friedliche Nachtluft hinaus und wird vom gewaltigen Rückschlag zurück in den Rumpf des Schiffes getrieben.

Heißer, beißender Qualm hüllt die Bordwand ein. Ein stechender Schmerz stößt wie eine Messerklinge in Stevens Ohren, während er fällt ... und hart auf dem vermeintlichen Seeungeheuer aufschlägt.

Er rutscht weiter über den glitschigen Körper und landet in den Wellen.

Auch die Meute über ihm ist für kurze Zeit taub vom Donner des Geschützes und so hört keiner der Halsabschneider an Deck der Blackbird, wie Steven auf der Wasseroberfläche aufschlägt.

Er geht unter, schaufelt sich allein mit den Armen zurück zur Oberfläche und paddelt dann wie ein Hund, um eine der mächtigen Rippen zu erreichen, die die Blackbird in ihrem Griff gefangen halten. Es sind die Spanten eines Wracks, viel älter als der Dreimaster. Steven war auf dem Achterkastell dieses uralten Schiffes unter der Blackbird gelandet und auf dem Algenteppich weitergerutscht, der sich dort schon vor langer Zeit angesiedelt haben musste.

Am ganzen Körper zitternd klammert er sich an eine der glitschigen Spanten, als ihm der Hai wieder einfällt.

Ist er hier sicher vor dem Vieh? Und selbst wenn, wie lange kann er sich hier im Salzwasser unter der Blackbird verstecken? Spätestens das Licht des anbrechenden Tages wird ihn verraten.

Inzwischen dringt Steven die nächtliche Kühle des Meeres bis in die Knochen, und seine Kräfte lassen nach ...

Auf der Blackbird

Der Qualm hat sich verzogen. Skull starrt auf das Geschütz, das vom Rückschlag zurück ins Kanonendeck gestoßen worden war und nun in seinen Tauen hängt, umringt von Männern, die sich noch immer die Ohren zuhalten. Dann springt er zur Luke, um das Ergebnis seines Experimentes näher zu untersuchen.

Außenbordwand

Der Kapitän der Blackbird hat seinen Glatzkopf durch die Geschützpforte in die Nachtluft geschoben und sieht sich verdutzt um. Sein vermeintlicher Spion ist spurlos verschwunden. Keine Blutspuren, keine Gehirnmasse, keine Knochensplitter. Weder an den Planken der Bordwand, noch unten im Wasser, soweit er das in der Dunkelheit feststellen kann. Nichts.

»Er is weg!«, brüllt er über seine Schulter zurück ins Innere der Blackbird. »Is einfach nur weg! Hat sich in Luft aufgelöst, oder is pulverisiert wor'n!«

Doch dann kratzt er sich an seiner Glatze. »Oder hat's der milchgesichtige Galgenvogel tatsächlich unversehrt ins Wasser geschafft?«

»In diesem Fall dürfte er ersoffen sein, Professor Kapitän!«

Snake ist von seinem Ausguck heruntergeklettert und steht jetzt am Schanzkleid. Er könnte auf Skulls polierten Schädel spucken, der noch immer aus der Luke ragt, aber er widersteht der Verlockung.

Skull dreht seinen Kopf, sodass es beinahe so aussieht, als habe er ein Gewinde zwischen Schultern und Ohren. Er linst nach oben zu seinem Schiffsjungen.

»Das glaub ich erst, wenn du seine Reste da unten rausgefischt hast!«

Unter dem Schiffsbauch, Steven im Wasser

Der Fettwanst will mich suchen lassen!

Aber auch die Haie werden sich auf die Lauer legen, wenn sie erst Stevens Einladung zum Frühstück – bestehend aus Angst und Schweiß – erhalten haben. Dann hat er keine Chance mehr, den Strand unbeschadet zu erreichen. Also muss er hier verschwinden, bevor Skulls Männer nach seinen Resten suchen, bevor die Haie auf ihn aufmerksam werden und bevor der Morgen graut. Verzweifelt versucht er, einen der spitzen und scharfkantigen Pfeile zu erreichen, die sogar bis hier unten im Rumpf der Blackbird stecken, um seine Fußfesseln damit zu durchtrennen. Vergeblich.

»Macht das Boot klar!«, hört er Skull brüllen.

Ihm bleibt keine Zeit mehr.

Steven lässt sich sinken. Mit gefesselten Füßen stößt er sich vom Rumpf der Blackbird ab. Bevor ihn Sauerstoffmangel wieder zurück an die Oberfläche zwingen wird, muss er das Schiff so weit wie möglich hinter sich gebracht haben.

Seine Lungen brennen, als er wieder auftaucht. Er saugt Frischluft ein und versucht, sich so gut er kann allein mit den Armen über Wasser zu halten. Verzweifelt paddelt er weiter, einfach nur weg von der Blackbird. Er taucht, holt wieder Luft, paddelt wieder. Irgendwann wagt er es, sich umzusehen.

Es sieht so aus, als habe er das Beiboot, das um die Blackbird kreist, weit genug hinter sich gelassen.

Gespenstisch flattert die schwarz-rote Flagge Skulls über dem havarierten Schiff, unter dem die Ebbe die Spanten des sehr viel älteren Wracks freigegeben hat. Sie ragen aus der See wie das Gerippe eines Urzeitmonsters, das hier vor Jahrmillionen verendet ist.

Steven schluckt Salzwasser, würgt, hustet und schnappt nach Luft, während er immer wieder untertaucht.

Der weiße sichelförmige Strand scheint unerreichbar fern, so sehr er auch paddelt und verzweifelt im Wasser tritt.

Niemals zappeln, wenn Haie in der Nähe sind!

Seine Arme, müde und kraftlos, beginnen zu schmerzen. Er dreht sich in Rückenlage. Jetzt kann er tief Luft holen und für einen Moment ausruhen. Mit angehaltenem Atem schwebt er ruhig in den Wellen.

Ich muss die Fußfesseln loswerden!, hämmert es in seinem Kopf.

In diesem Moment hat er die Lösung.

Er atmet aus, holt wieder Luft, so tief es geht, dreht sich zurück, lässt sich sinken und greift nach der Pfeilspitze des alten Grumble, die noch immer um seinen Hals hängt.

Er streift das Lederband des Anhängers über den Kopf und stößt sein Werkzeug mit dem letzten wütenden Überlebenswillen in die Stricke zwischen die Knöchel, wieder und wieder, bis es ihm endlich gelingt, seine Füße zu befreien.

Doch inzwischen ist er bis zum Grund abgesunken und die wolkenverhangene Nacht lässt kein noch so schwaches Licht mehr bis hier unten durchdringen. Wie weit ist es bis nach oben?

Steven stößt sich vom Meeresboden ab und als ob sie ihm zur Hilfe kommen will, gibt die Wolkendecke für einen kurzen Moment den Mond frei. Steven sieht den Lichtpunkt hoch über den Wellen flackern. Mit wütenden Stößen und letzter Kraft schaufelt er sich nach oben.

Aber noch bevor er die Oberfläche erreichen kann, verschwindet der rettende Lichtschein wieder, denn ein langer dunkler Schatten gleitet zwischen Steven und die Scheibe des Mondes.

Er hat sich den Fußknöchel mit der Pfeilspitze verletzt. Er blutet, und um diese Zeit jagen die Haie.

Strand von Sharkfin-Island, Brandung, Nacht

Moonsurfer dreht seine Spitze zum Strand. Danach nimmt das Board langsam Fahrt auf. Die Blutspur des verletzten Fußes verliert sich im Wasser hinter Steven, der jetzt flach auf dem Brett liegt. Kurz darauf rammt das Surfboard auf den feinen Sandstrand der Insel und wird Stück für Stück weiter hinaufgezogen, bis hinein ins Dickicht. Unter ein paar hochgewachsenen Palmen bleibt es liegen.

Das dunkelhäutige Mädchen muss schwer atmen, als es sich neben das Board in den Sand sinken lässt. Eine einzige fließende Bewegung ohne jedes Geräusch. Aus ihren langen schwarzen Haaren perlt Salzwasser über tätowierte Schultern, über Arme und Hände bis zu den feinen Schwimmhäuten, die sich zwischen ihren Fingern spannen.

Der Fremde leuchtet im Mondlicht, denkt sie in ihrer Spache, der Sprache der Tocobaga-Indianer. *Auch die Zahnlosen sind so hell wie er, aber sie sind schmutzig und riechen schlimmer als verfaulte Fische. Dieser hier riecht gut. Sogar im Wasser.*

In der Nacht vor dieser Nacht wollte sie das Schiff der

Zahnlosen erreichen, als sie den alten Hammerhai sah, der einen fremden Jungen auf einer Planke umkreiste. Sie hatte den Hai weggeschickt und sich den Fremden angesehen, der verängstigt auf seinem seltsamen Einbaum kauerte und herumschrie wie ein kleines Kind.

Er sah nicht so aus, als käme er von den Inseln im Süden, wo das Gebiet der feindlichen Stämme beginnt. Genauso wenig passte er auf das große stinkende Kanu der Zahnlosen. Er ist einfach dagewesen, kam von nirgendwoher.

Also hatte sie instinktiv versucht, ihn vor den Zahnlosen zu bewahren, aber sie hatte es nicht schnell genug geschafft, den Fremden von seinem seltsamen Einbaum herunter und ins Wasser zu ziehen. Zu heftig hatte er sich dagegen gewehrt. Deshalb musste sie wieder abtauchen, gerade noch rechtzeitig, bevor der ungeschickte Fremde von den Zahnlosen entdeckt und gefangen genommen wurde.

Jetzt ist ihr der dumme Junge mit den goldenen Haaren ein weiteres Mal in die Quere gekommen, obwohl es eigentlich das Donnern der Kanone war, das sie davon abgehalten hatte, ihr Vorhaben durchzuführen.

Und nun liegt er neben ihr im Sand, ist noch benommen und atmet schwer. Mit seiner Faust umklammert er ein Lederband, an dem eine Pfeilspitze ihres Stammes hängt.

Sie schlingt die Arme um ihre Knie und blickt hinüber zur Blackbird, in deren Bauch drei ihrer Brüder sterben werden, wenn sie nichts unternimmt. Das große Kanu sitzt wie ein Vogel im Nest zwischen dem Gerippe des noch viel älteren Schiffes, das einst ebenfalls versucht hatte, das Gold ihrer Ahnen zu stehlen.

Als Steven zu sich kommt, ist er in Sicherheit und in Gesellschaft des Engels, der auch eine Seejungfrau sein könnte – oder einfach nur ein Mädchen.

Sie hockt im Sand und wendet Steven ihren nackten, schlanken Rücken zu, auf dem schwarze Haare kleben wie das Muster eines weit verzweigten Flussdeltas.

Wer ist sie? Ist er jetzt irgendwelchen Ureinwohnern in die Hände gefallen? Ist sie eine Indianerin? Aber ihre Haut ist dafür viel zu dunkel, fast schwarz.

Das Mädchen starrt hinaus auf das Schiff. Plötzlich fragt sie, ohne sich umzusehen, aber in gebrochenem Englisch:

»Du hast meine Brüder gesehen?«

In Stevens Ohren pfeift es noch immer, er hört das Mädchen nur wie aus weiter Ferne. Da er nicht antwortet, wiederholt sie ihre Frage: »Du hast Sha-nas Brüder gesehen?«

Steven will etwas sagen, aber seine Stimme versagt. Er hustet, versucht es ein zweites Mal und stammelt dann: »W…wer bist du? Bist du … eine Indianerin? Aber du … ich meine, deine Haut … und du sprichst meine Sprache … «

»Du hast die Brüder des Panther-Clans gesehen?«, wiederholt das Mädchen abermals. »Sie sind gestohlen worden.«

»Also … du meinst die drei im Bauch dieses Seelenverkäufers dort drüben? J…ja, ich hab sie gesehen! Und jetzt erklär mir doch bitte …«

»Sie leben noch?«

»Äh … ja, noch. Aber es geht ihnen natürlich nicht besonders gut …«

»Sie werden sterben?«

»Wenn sie da bleiben, wo sie gerade sind, dann werden sie das wohl irgendwann.«

»Ich muss sie holen!«

»Aber, moment mal, du kannst da nicht einfach rein- und wieder rausspazieren. Die sind im untersten Deck angekettet ...«

»Tief im Bauch?«

»Im Rumpf, ja. Tief drinnen unter dem untersten Deck, zwischen dem ganzen Gold. Da kommst du nicht rein und auch nicht lebend wieder raus. Das Schiff ist voll mit Verrückten, Kannibalen, Wilden. Du wirst zusammen mit deinen Brüdern in ihrem riesigen Kochtopf landen, wenn du da rüberschwimmst.«

»Sha-na *muss* ihren Brüdern helfen. Ich habe einen Freund dort. Er wird mir helfen!«

»Wer?«

»Snake.«

Sie kennt diesen Snake?!

Das Mädchen schweigt, also versucht er, das Gespräch wieder in Gang zu bringen: »Dein Name ist Sha-na? Also, ich bin Steven!« Er streckt ihr seine Hand entgegen.

Sie bewegt sich nicht. »Snake nennt mich ›Shark‹. Mein Volk nennt mich ›Sha-na‹, die Tochter des Häuptlings. Meine Mutter ist wie der schwarze Panther.«

Sie ist anscheinend die Tochter eines Häuptlings und ... einer Schwarzen? Und was ist mit diesem Snake? Steven schluckt. *»Rette Shark!«, hatte der Alte gesagt, und »Töte Snake!«*

Steven muss mehr über Snake erfahren. »W...wie alt sind deine Freunde, also ich meine, deine Stammesbrüder. Naja, und dieser Snake?«

»Der, den Snake ›Turtle‹ nennt«, antwortet sie, »ist vor so viel Regenzeiten gekommen.« Sie zieht elf Striche in den Sand.

»Der, den er ›Sting‹ nennt, ist vor so viel Regenzeiten gekommen.« Sie zieht drei weitere Striche in den Sand, sodass es jetzt vierzehn sind.

»Der, den er ›Alligator‹ nennt, ist zusammen mit Sting gekommen. Die Regenzeiten von Snake weiß ich nicht.«

Steven will sie fragen, wie es möglich ist, dass sie seine Sprache spricht, aber sie wechselt das Thema: »Die Wolken sind gegangen, der Mond ist gekommen. Sha-na muss warten, wenn sie sich wieder mit der Nacht verbünden will. Ich gehe meine Brüder holen, wenn die Wolken zurück sind.«

Und als ob sie Stevens Gedanken lesen kann, ergänzt sie: »Snake stinkt, aber er ist gut. Er besucht mich, erzählt mir seine Wörter, lernt Sharks Wörter.«

Das Mädchen aus einer anderen Welt, das nur mit einer Art Rock aus Spanish-Moss bekleidet ist, steht plötzlich auf. Steven blickt verstohlen und ein wenig verklemmt auf seine Füße, während sie sich umdreht, an ihm vorbeigeht und in die Büsche hockt.

Ich müsste auch mal ..., denkt er.

Nach wenigen Minuten kehrt sie zurück, setzt sich wieder in den Sand, und reicht ihm eine Kokosnuss, die sie mit einer Muschelscherbe angebohrt hat. Dazu ein paar lange Blätter.

»Dein Fuß verliert Blut.«

Steven trinkt gierig aus der Nuss.

»Die Blätter? ... auf die Wunde?«

Sie nickt.

Erschöpft, zerschunden und zerstochen hockt er im kühlen Sand. Sein Kopf hämmert wieder, in seinen Ohren pfeift es.

Aber er und Shark unterhalten sich noch eine Weile, denn die Wolken nehmen nur langsam wieder zu, und die Nacht ist für Sharks wahnsinniges Vorhaben nicht dunkel genug.

Sie interessiert sich für das Amulett um seinen Hals, für seine blonden Haare, lacht über das Blumenmuster auf seinen Surfshorts, und da Steven weiterhin nur seine Zehen anstarrt, will sie wissen, ob Sha-na ihm vielleicht nicht gefalle.

Die will mit mir flirten!, fürchtet Steven und stottert: »N…nein, das ist es nicht …«

»Ich gefalle dir nicht?«, will sie jetzt erst recht wissen. Und Steven antwortet:

»Doch, schon …!« Aber dann versucht er schnell zu erklären: »Also, es ist so, Sha-na … oder Shark … Ich komm aus einer anderen Welt. Da laufen die Mädchen am Strand nicht so rum …«

»Laufen nicht?«

»Nein, das mein ich nicht … ich mein: nicht ohne …«

»Füße …?«

»Doch, natürlich, sie laufen auf ihren Füßen. Ich wollte sagen: … nicht ohne was anzuziehen!«

Das Gesicht des Mädchens hellt sich auf: »Deine Mädchen ziehen Stiefel über die Füße! Wie die Stinkenden, die dich töten wollten?«

»Aber nein, es ist so: Unsere Mädchen laufen nicht am Strand rum, ohne einen Bikini anzuziehen!«

»Bi-ki-ni?« Sha-na kichert amüsiert, ohne auch nur

eine Silbe davon verstanden zu haben. »Bi-ki-ni-bi-ki-bi-ni ...!«

Jetzt muss Steven ebenfalls lachen, trotzdem probiert er es ein letztes Mal: »Ja, so heißt das Ding wirklich. Die Mädchen ziehen es über ihren B... ach egal!«

Steven bricht seinen Erklärungsversuch ab und versucht, das Gespräch in eine andere Richtung zu lenken:

»Die Stinkenden glauben vielleicht, ich sei einer, der sich den Schatz schnappen könnte. Oder einer, der etwas über den Schatz herausfinden will. Ein Spion.«

»Ein ... Sch-pi...?«

»Ein Feind der Stinkenden«, vereinfacht Steven.

»Dann bist du mein Freund!«, folgert das Mädchen. Sie rutscht näher an Steven heran, so nahe, bis ihre Schulter die seine berührt. Dann schnüffelt sie an seiner Wange. »Du riechst gut!«

Die gibt nicht auf!, denkt Steven und läuft rot an. Zum Glück ist es stockdunkel. Doch sie lacht: »Du kannst deine Farbe verändern!« Und Steven wird noch röter.

Später verrät sie ihm, dass sie mit den Delfinen taucht und mit dem großen Hammerhai sprechen kann, der in der Bucht lebt. Außerdem sei sie schon sechzehn oder siebzehn Regenzeiten alt. Alt genug, um einen Mann zu nehmen.

Steven wird abermals nervös.

Doch die Männer aus dem Dorf, erzählt sie weiter, würden sie fürchten, weil sie Schwimmhäute zwischen ihren Fingern und den Zehen habe. Aber das mache ihr nichts aus, denn es sei keiner dabei, der ihr gefallen würde, weshalb sie die Gesellschaft der Tiere im Meer vorziehe. Auch verstehe sie sich gut mit ihrer Großmutter, mit Ke-

Lo, der alten Schamanin. Eines Tages würde sie selbst die Schamanin sein.

Als Steven sie dann nach dem Schatz in der Blackbird fragt, erklärt sie ihm, dass schon einmal, vor vielen Lebensaltern, ein so großes Schiff wie die Blackbird kam. Das habe die Schamanin erzählt. Es habe Krieger getragen, die in Eisen gekleidet waren.

Shark zeichnet den Helm eines spanischen Konquistadoren in den Sand. Die Eisenmänner, erzählt sie weiter, seien auf der Flucht vor Huracan gewesen. Der Sturmgott habe die Eisenmänner auf eine Sandbank getrieben, wo sie alle ertranken.

Danach hätten die Krieger ihres Stammes das Gold im Bauch des großen Schiffes der Eisenmänner gefunden. Sie hätten es herausgeholt und den alten Schamanen gegeben. Das sei geschehen, lange bevor sie selbst auf die Welt gekommen war.

»Aber ... wie kommt das Gold dann in die Blackbird?«, will Steven wissen.

»Vor wenigen Monden kam die Blackbird hierher«, erzählt das Mädchen weiter. »Die Männer von der Blackbird haben mein Volk überfallen und das Gold genommen. Aber auch diese Männer sind dumm. Auch ihr Schiff kann nicht mit vollem Bauch über die Sandbänke fahren.«

Damit beendet Shark ihre Geschichte vom Tauziehen um den Schatz, hockt schweigend da und blickt zum Schiff ihrer Feinde hinüber. Steven hat seine schmerzenden Glieder ausgestreckt und liegt neben ihr, den Kopf hat er auf sein Surfboard gelegt.

Er blickt den Strand hinunter. Dort, wo irgendwann einmal das Strandhaus stehen wird, ist nichts als dichtes Gebüsch zu erkennen, das sich über kleine, mit Gräsern bewachsene Dünen erstreckt. Weit und breit kein Gebäude, obwohl er sich nur einen Steinwurf von der Stelle entfernt befinden dürfte, wo das Strandhaus einmal stehen wird.

Erst jetzt frisst sich die Erkenntnis endgültig in sein Bewusstsein wie die Holzwürmer durch den Rumpf des Seelenverkäufers: *Diese verflixte Tube, durch die mich Moonsurfer gejagt hat, war tatsächlich ein Zeittunnel!*

Seine Gedanken wandern vom Gold in den Laderäumen der Blackbird zur Yacht seines Vaters, der im Jahr 2004 versucht, die Vergangenheit zu enträtseln, in der er, Steven, gelandet ist.

Wird sein Vater das Gold finden? Wird der Schatz auch während der kommenden Jahrhunderte dort drüben im Bauch der Blackbird liegen bleiben? Oder wird sich der Panther-Clan, von dem das Mädchen gesprochen hatte, das Gold zurückholen?

Es steht nicht einmal fest, ob es Steven gelingen wird, ins Jahr 2004 zurückzukehren, um seinem Vater berichten zu können, was er hier gesehen und erfahren hat. Dann würde er ihm endlich einmal weit voraus sein, statt immer nur hinterher wie der wacklige Van der Autovermietung hinter Ben Waves' silbernem Sportwagen! Dann wird er allein wissen, was es hier wirklich zu finden gibt und in welchem der beiden Schiffe man suchen muss.

Stevens Blick landet wieder auf dem Rücken des Mädchens, doch plötzlich springt Shark auf, geht hinunter zum Meer und watet in die Brandung.

Steven blickt einem Wesen nach, das sich so anmutig wie ein schwarzer Panther bewegt und schöner ist als alles, was er bisher gesehen hat.

Sie durchquert die um diese Zeit flache Weißwasserzone und verschwindet mit einem Hechtsprung in einer Welle, bevor er begreift, was geschieht.

Es ist zu spät, doch Steven springt auf. Seine Muskeln schmerzen, sein Fuß versagt und er kann nur krumm wie Quasimodo hinter ihr herhumpeln.

»Shark …!«

Wie gelähmt steht er in der Brandung, besorgt um ein fremdes Mädchen, das in ihm ein Gefühl erweckt hat, wie er es noch nie zuvor empfunden hatte. Ein Gefühl, das ihm das Blut in den Ohren pochen lässt, warm und angenehm.

Er humpelt zurück auf den Strand und sinkt in den Sand. Noch lange starrt er hinaus auf die schwarzen Wellen, in denen sich die schwachen Lichter des Seelenverkäufers spiegeln.

Währenddessen wird es langsam hell.

Auf einmal dringt Lärm von der Blackbird herüber. Ein Musketenschuss donnert über die Bucht und trifft Steven mitten ins Herz.

Juni 2004, auf der X-Plorer, Morgendämmerung

Auf der Mitte des Tisches im Labor der X-Plorer liegt der vergoldete Totenkopf und grinst Susan und Ben Waves an. Die Hirnschale des Schädels wurde vor Hunderten von Jahren aufgesägt und in den Hinterkopf wurde eine Liste von Namen geritzt – darunter der von einem gewissen Steven Waves.

Sicher nur ein Zufall, beruhigt sich Susan Waves, ein ungutes Gefühl bekämpfend, das sie seit dem Morgen befallen hat. Zum x-ten Mal untersucht sie den Schädel.

»Steven ist im Haus …«, versichert sie sich selber. »Dort ist er sicher, auch wenn er die ganze Nacht über allein war!«

»Natürlich«, brummt ihr Ex. »Er ist alt genug. Muss sich selber zurechtfinden. Oder glaubst du etwa, er hat einen Ausflug in die Vergangenheit gemacht, um sich dort in eine Gästeliste auf diesem Goldkopf einzutragen?« Und selbstgefällig fügt er hinzu: »Als ich so alt war wie er, hatte ich schon die Santa Maria des Christoph Kolumbus geortet …«

»Als du so alt warst, hattest du *geglaubt*, das Schiff des Kolumbus am Strand von Miami geortet zu haben. Soweit ich informiert bin, war es am Ende aber bloß ein altes Fahrrad!«, kontert Susan Waves, während sie die Nummer des Strandhauses in ihr Mobiltelefon tippt.

Zwei Minuten später versucht sie es mit Stevens Handynummer. Ohne Erfolg. Sie hakt das Gerät zurück an den Gürtel, öffnet die stählerne Tür, die direkt aufs Außendeck führt, und verlässt das Labor.

Draußen klammert sie sich an die Reling und blickt hinüber zum Strandhaus. Die X-Plorer schwallt heftig in der See und die hohen Wellen geben nur ab und zu die Sicht zur Insel frei.

Schließlich ruft sie energisch über die Schulter: »Ich will an Land, Ben. Sofort!«

Juni im Jahre des Herren 1693, auf dem Strand von Sharkfin-Island, Vormittag

Steven erwacht.

Der Musketenschuss, der am Abend zuvor von der Blackbird herübergehallt hatte, musste Shark gegolten haben. Ein zweiter Schuss schien nicht notwendig gewesen zu sein. Die Erkenntnis, dass das Mädchen tot sein dürfte, hat Steven mitten ins Herz getroffen.

Ihm ist zum Heulen zumute, aber auch sonst fühlt er sich elendig.

Höllendurst.

Die Verletzung am Fuß pocht, Fliegen stochern in der offenen Wunde und suchen ein geeignetes Plätzchen für die Eiablage.

Doch das Schlimmste sind die Stiche. Sein Gesicht ist angeschwollen wie nach einer Prügelei mit einem Dutzend Bruces. Arme und Beine sind von den Bissen der Moskitos und der Sandflöhe übersäht, sie jucken entsetzlich. Sein Körper sieht aus, als wäre Steven der letzte Überlebende einer Pocken-Epidemie.

Er liegt mit ausgestreckten Armen flach und auf dem Rücken unter einem umgestülpten Kanu, einem schmalen, schweren Einbaum. Doch auch hier ist die Hitze des späten Vormittages fast unerträglich. Zum Durst gesellt sich der Hunger, aber Steven hat nur knirschende Sandkörner zwischen den Zähnen.

Er zieht seinen Arm in den Schatten des Einbaumes und hebt ihn vor sein Gesicht. Die Uhr funktioniert noch: Elf Uhr fünfundzwanzig vormittags. Durch den Spalt zwischen Kanuwand und Sandboden dringt grelles Licht herein. Er versucht, mit einem der beiden verklebten Augen hinaus- und über den Strand zu blinzeln.

Er lauscht nach draußen, aber da sind nur die Geräusche der Natur. Dschungel, Wind in den Büschen und Baumkronen, ein gelegentliches Krächzen, Quaken, ein Vogel, dessen Meldung wie ein hämisches »Hähä« klingt, im Hintergrund der Rhythmus der Brandung.

Der Nacken schmerzt, wenn er seinen Kopf zu heben versucht, um zur Seite zu blicken. Alles schmerzt. Durch den Spalt blendet ihn unberührter, gleißendweißer Sand. Sein Kopf kippt zurück, über ihm wieder der Boden des Kanus.

Plötzlich hört er ein kurzes Trommeln, als schlüge jemand mit der flachen Hand auf das Boot. Zwei-, dreimal. Er schreckt hoch und stößt mit der Stirn gegen eine der Querstreben im Rumpf.

Eine Stimme sagt wie aus weiter Ferne: »Ihr müsst trinken und essen, Spion!«

Steven rührt sich nicht, wagt nicht zu atmen, liegt still wie zu Stein erstarrt und lauscht. Das Ganze ist ein einziger Albtraum ...

Sie haben mich entdeckt!

Schritte. Sie umkreisen das Kanu. Ein Schatten huscht

über den Lichtstreifen zwischen Kanuwand und Sandboden, dann tauchen zwei nackte Füße auf. Jemand lässt sich neben das Kanu auf seinen Hintern fallen. Und dann baumelt eine braune Flasche vor dem Spalt.

Durst! Steven greift nach der Flasche und zieht sie zu sich in den Schatten. Er zerrt und dreht am Korken. Ein dumpfes *Plopp!*, die Hände zittern, Flüssigkeit spritzt über seine Brust und rinnt aus seinen Mundwinkeln, als er einen tiefen Schluck nimmt.

Feuer! Es brennt in seiner Kehle und frisst sich nach unten durch, bis in den Magen. Steven kippt das schwere Kanu mit aller Kraft zur Seite. Er schnappt nach Luft, röchelt, hustet und springt auf, als hätte er einen Skorpion verschluckt. Dann würgt, spuckt und kotzt er wie ein Vergifteter.

Der, der eigentlich von Steven getötet werden soll, hat es sich unterdessen im Schatten einer Palme bequem gemacht. Snake hockt genau dort, wo noch in der Nacht das geheimnisvolle dunkelhäutige Mädchen saß. Neben ihm der schwarze Hund, klitschnass, den Kopf ein wenig zur Seite gedreht, Zunge raus, hechelhechel, zwei listig blitzende Augen.

»Rum holt einen jeden zurück zu den Lebenden, ob er es wünscht oder nicht!«, sagt Snake grinsend. Dann lacht er und wirft Steven einen bauchigen Sack zu.

»Hier, nehmt das Wasser!«

Steven fängt den Sack auf, macht einen kurzen Test, was den versprochenen Inhalt betrifft, erst dann trinkt er gierig.

Snake hat seine langen, rotbraunen Haare im Nacken zu einem Zopf zusammengebunden und grinst Steven jetzt mit seinem schmalen, dicht von Sommersprossen besiedelten Gesicht an. Auf einmal springt er auf, nimmt Anlauf und landet nach einem mächtigen Satz etwa in Mannshöhe am Stamm der Palme, um nach nur wenigen schnellen Kletterbewegungen hoch droben zwischen den weit ausladenden Palmwedeln zu verschwinden.

Zwei Kokosnüsse fliegen zu Steven herunter, der sie mit dem Reflex eines Footballspielers auffängt. Schon steht Snake wieder vor ihm, diesmal mit dem Säbel in der Hand, der gerade eben noch an seinem Gürtel hing.

Steven stolpert rückwärts, bereit zur Flucht.

»Keine Sorge, mein Freund! Seid vergewissert, ich töte Euch nicht, das heißt, noch nicht. Aber nur, wenn Ihr mir freundlicherweise mindestens eine der beiden Kokosnüsse überlasst, die Ihr da vor Eurer Brust haltet, als wären sie die Auslage einer fetten Hure aus Port Royal!«

Der Junge, der wie ein Zirkusartist die Palme rauf- und wieder runtergeklettert ist, greift sich eine Hälfte der Auslage aus Port Royal und zeigt Steven, wie man eine Kokosnuss mit einem Säbel und wenigen gezielten Schlägen öffnet.

Mit einem gewissen Sicherheitsabstand lässt sich Steven neben Snake im Schutz der Büsche nieder. Sie trinken Kokoswasser, lösen das weiße, frische Kopra heraus und essen. Scouba ist verschwunden, kehrt dann aber mit einem Fisch im Maul zurück.

»Wer seid Ihr?«, fragt Snake kauend.

Steven, ebenfalls kauend, antwortet: »Steven Waves. Und du? Ich mein, wenn dein Käpt'n dich nicht gerade *Snake* nennt?«

Snake schluckt ein paar Kokosbrocken herunter. »Ihr seid mir ein wenig zu neugierig, mein Freund«, sagt er. »Snake muss Euch fürs Erste genügen!« Doch mit Stevens Antwort gibt er sich nicht zufrieden, und nachdem Snake eine Weile an einem weiteren Stückchen der nahrhaften Frucht herumgekaut hat, hakt er nach: »Ihr hattet Euch bereits an Bord der Blackbird als ›Steven Waves‹ vorgestellt, mein Freund. Von viel größerem Interesse ist für mich also, wer Ihr *wirklich* seid. Auf ein Wort: Seid Ihr nun ein Spion, oder nicht?«

»Ich ...«, setzt Steven an und bricht sogleich wieder ab. »... ach Scheiße, das glaubst du mir eh nicht.« Er reibt sich die Augen, kratzt sich die zerstochenen Beine. »Ich kapier das ja selber alles nicht, aber es scheint tatsächlich so zu sein, wie's eben ist. Einfach zu verrückt. Snake ... ich ... welches Jahr habt ihr hier? In welchem Jahrhundert befinde ich mich?«

»Es scheint, als hättet Ihr einen Sonnenstich, mein Freund«, sagt Snake und tippt sich mit der flachen Hand auf die Stirn. »Wir haben das Jahr des Herrn 1693, ungefähr Juni.«

»Sechzehnhundertdreiundneunzig?!« Steven schüttelt den Kopf und sucht nach Worten, während Snake ihn erwartungsvoll ansieht.

»Na gut, Snake«, versucht es Steven nach ein paar Minuten. »Glaub es oder nicht, es sieht so aus, als werde ich erst in etwa dreihundert Jahren geboren und dann, im Alter von fünfzehn Jahren, auf dieser Planke dort drüben, die wir ›Surfboard‹ nennen, 'ne verfluchte Siebte Welle reiten, die mich in die Vergangenheit beamt. Genau hierher.«

Snake blickt ihn an, als wäre der vermeintliche Spion der Teufel persönlich. Also ergänzt Steven schnell: »Sieh mal, Snake, das hier, das Ding an meinem Handgelenk ist keine Sonnenuhr, das nennt man ›Taucheruhr‹. Ist 'ne original *G-Shock*. So was gibt's in etwa dreihundert Jahren im Sportfachgeschäft!«

Steven nimmt die Uhr ab und reicht sie Snake, der misstrauisch das glitzernde Gerät inspiziert, in seinen Händen dreht und schüttelt. »Sieht nach nichts weiter aus als nach einem Kompass, der seinen Dienst verweigert!«

Mit diesen Worten greift er nach seinem Säbel und hält ihn Steven an die Kehle. »Mit Euch stimmt etwas nicht, mein Freund, so viel steht fest.« Er senkt den Säbel auf Stevens Mitte und seine Surfshorts. »Und ich hoffe für Euch, dass das Tragen von Weiberwäsche mit Blümchenmuster Euer einziges Problem darstellt. Denn falls Ihr gar von Captiva hierhergeschickt wurdet, um uns auszuspionieren, dann gnade Euch Gott! Wenn Ihr mir für Eure überraschende Anwesenheit auf unserer Insel hier also keine bessere Lügengeschichte verkaufen könnt als diejenige, dass Eure arme alte Mutter noch dreihundert Jahre lang warten muss, um Euch zur Welt zu bringen, während Ihr hier bereits höchst lebendig vor mir hockt, dann habe ich dort draußen auf der Blackbird ganz umsonst versucht, Euer Leben zu retten!«

Snake unterbricht, um den folgenden, ebenso komplizierten Gedankengang sorgfältig vorzubereiten:

»... denn im Falle Eurer Geburt in über dreihundert Jahren existiert Euer Leben heute ja noch gar nicht. Wenn Ihr also nicht wollt, dass ich mit meinem Säbel hier an Ort und Stelle teste, ob Ihr nun bereits unter uns Lebenden weilt oder noch nicht, dann, hört Ihr, dann versucht nie wieder, mir eine derartige Lügengeschichte aufzutischen!«

Snake benötigt eine weitere Gedankenpause.

»... und versucht auch nicht, mir zu verkaufen, dass Ihr mit einer Schiffsplanke auf einer Welle reiten könnt. Gleichgültig ob es die erste, die siebte oder Eure letzte ist. Dazu müsst Ihr mir dieses Kunststückchen erst einmal vorführen!«

»Je höher die Welle, desto besser!« Steven grinst.

Snake lässt kopfschüttelnd den Säbel sinken: »In ein paar Wochen kommt der große Sturm, so sagen es jedenfalls die Indianer. Dann werden die Wellen hoch bis zum oberen Kanonendeck schlagen. Wenn Ihr dann noch immer unter uns Lebenden weilt, wird sich zeigen, ob Ihr auf Wellen reiten könnt. Bedankt Euch also ab jetzt jeden neuen Morgen beim lieben Herrgott, dass ich Euch nicht im Schlaf die Kehle durchgeschnitten habe, Spion! Doch ... ah, ich verstehe, das kann Euch ja gleich sein, denn Ihr werdet ja - hoho - in dreihundert Jahren noch einmal geboren!«

Stevens Grinsen verpufft.

»Verdammt, ich bin kein Spion, Snake!«

»Gaspar, der Gouverneur von Captiva-Island, hat in der Tat nichts übrig für Männer in blumiger Wäsche«, antwortet Snake. »Sollte sich aber doch irgendwann herausstellen, dass Ihr einer von Gaspars Spionen seid, werdet Ihr mich kennenlernen! Und solltet Ihr versuchen von dieser Insel hier ...«, er klopft mit der flachen Hand auf den Strand, »... zu fliehen, werde ich Euch finden, noch bevor Ihr den Schatz an Gaspar verraten könnt.

Dann, verlasst Euch darauf, werde ich Euch einen Kopf kürzer machen!«

Noch während Snake spricht, steht er auf und schlendert zu einer riesigen Schildkröte, die sich gerade daran gemacht hatte, auf den Strand zu robben. Er dreht das Tier auf den Rücken und schlurft zurück.

Die Schildkröte beginnt, mit den Beinen zu rudern.

»Sie wird in der Sonne ersticken«, erklärt Snake. »Genauso wie Ihr, wenn Ihr Euch am Tage auf dem Strand blicken lasst. Ich komme heute Nacht zurück und lade Euch dann zum Schildkröten-Dinner ein. Seid dann besser noch hier, anderenfalls jage ich Euch bis in die Hölle!«

»Wüsste nicht, wo ich hinsollte ...«, murmelt Steven, während Snake sich zum Gehen wendet. Der Schiffsjunge ruft Scouba und durchwatet die Brandung, um mitsamt seinem langhaarigen Begleiter zurück zur Blackbird zu schwimmen.

In diesem Moment fällt Steven das Mädchen wieder ein. Er springt auf und stolpert hinter den beiden her.

»Snake, warte ...«, ruft er, »... Shark ... ist sie letzte Nacht ... verletzt worden?« Doch seine Worte verlieren sich im Rauschen von Wind und Wellen und Snake ist längst nicht mehr zu sehen.

Am Abend

Snake kehrt von der Blackbird zurück. Als er feststellt, dass Steven sich nicht aus dem Staub gemacht hat, um ein möglicherweise in der Nähe verstecktes Boot zu erreichen, nickt er zufrieden.

»Man scheint Euch tatsächlich trauen zu können«, sagt er. »Folgt mir!«

Im Inneren des Dschungels

»Was ist mit dem Mädchen geschehen, Snake?«, will Steven wissen, während sie die tote Schildkröte an ein paar knorrigen Stangen befestigen, die das Meer an Land gespült hat.

»Von welchem Mädchen sprecht Ihr?«

»Von der schwarzen Indianerin, Sha-na ... oder Shark, wie du sie nennst.«

Snake hält mitten in der Bewegung inne, starrt in den Sand und dann auf Steven. »Ihr habt sie getroffen? Habt mit ihr gesprochen? Was hat sie Euch verraten?«

»Was soll sie mir schon verraten haben? Deine verdammten Freunde selbst haben mir doch den Schatz gezeigt! Dachten wohl, ich wäre bereits erledigt!« Es ist, als müssten sich sein Körper und seine Seele wenigstens von einem Teil des Adrenalins befreien, das sich in jeder Faser seiner Nerven eingelagert hat, nachdem er in den vergangenen Tagen nicht nur einmal um sein Leben fürchten musste. »Aber das Mädchen hat mich vor den Haien gerettet und aus dem Wasser gefischt, nachdem mich die Arschlöcher dort draußen, die du für deine Freunde hältst, auf die beschissene Kanone gestellt hatten ...«

»Reißt Euch zusammen, Sir Waves, wenn Ihr uns nicht an die – wie hattet ihr sie genannt? – ›Arschlöcher‹ dort drüben verraten wollt!«, unterbricht ihn Snake und schmunzelt: »Eine interessante Formulierung übrigens, um die Ehre einer Person herabzusetzen, die ich mir nur zu gerne merken werde!«

»Verdammt, Snake, merk dir, was du willst. Ich will wissen, was mit Shark geschehen ist!«

Snake hebt sein Ende der Stange mit der Schildkröte an. »Ihr wollt zu viel wissen, mein Freund. Seid Ihr vielleicht doch ein Spion?«

Dann gibt er den Befehl zum Aufbruch.

Steven schweigt, aber er befürchtet endgültig das Schlimmste für das Mädchen. Doch später, während sie ihr Abendessen in den immer dichter werdenden Urwald schleppen, erklärt Snake plötzlich:

»Es steht nicht gut um Shark. Sie wurde drüben auf der Blackbird gefangen genommen. Konnte nichts dagegen unternehmen.«

»Der Schuss ... ist sie verletzt?«

»Der Schuss hätte getroffen, wäre ich nicht dazwischengegangen.«

Steven entspannt sich. Aber nach ein paar weiteren Schritten fragt er: »Kannst du sie nicht befreien?«

»Ihr seid mir ein großartiger Einfaltspinsel, Sir Waves! Ich habe bereits einer Wilden das Leben gerettet, indem ich einem der Männer dort drüben die Muskete aus der Hand geschlagen habe! Was glaubt Ihr: Wird man mich dort drüben noch einen einzigen Schritt unbeobachtet übers Deck machen lassen? Man misstraut mir und es gibt einige unter Skulls Leuten, die mir lieber gestern als morgen die Kehle durchschneiden würden!«

»Hier scheint ja jeder jedem nicht über den Weg zu trauen ...«

»So ist es, Waves. Dort drüben auf dem Schiff ist es in der Tat nur noch eine Frage der Zeit, bis man sich auch meiner entledigen wird!«

»Weshalb kehrt ihr dann noch zurück?«

»Ihr fragt schon wieder zu viel, mein Freund. Nehmt euch in Acht: Auch *ich* brauche Euch nicht!«

Kurze Zeit später haben sie die Wurzelbeine eines riesigen Banyon-Baumes erreicht. Dazwischen baumeln über ein paar halb verfaulten Kisten eine zerschlissene Hängematte und eine ölige Sturmlaterne. Snake entzündet eine kleine Flamme. Sie ist gerade so groß, dass die Höhle, die das Geflecht der Luftwurzeln bildet, mäßig beleuchtet im Licht flackert. Dann hockt er sich auf eine der Kisten und spreizt mit seinem Säbel den Panzer der toten Meeresschildkröte auf. Er schneidet rohes Fleisch heraus, das er Steven reicht. Auch Scouba erhält einen Anteil.

»Esst! Ein Feuer würde uns gleichermaßen an Skull wie an die Indianer verraten!«

»Weshalb? Ich mein, weshalb darf dein Käpt'n nicht wissen, dass du hier bist?« Doch Snake antwortet nicht.

Die letzte Mahlzeit, die Steven zu sich genommen hat, liegt Tage zurück, besser gesagt: dreihundertelf Jahre in der Zukunft. Sie wird aus einem Doppel-Whopper, einer mittleren Portion Pommes mit Ketchup und einer eisgekühlten Cola bestehen. *Liegt meine letzte Mahlzeit nun hinter oder vor mir?*, überlegt Steven und schiebt sich das Zeug in den Mund, obwohl rohes Schildkrötenfleisch nicht gerade zu seinen Leibgerichten gehört.

Während sie dann schmatzend und kauend nebeneinanderhocken, überlegt er, ob sie – obwohl sie hier wohl sicher vor Skull sind - auch vor den Indianern sicher sind.

»Eine letzte Frage, Snake ...«

Der Schiffsjunge verdreht die Augen, aber Steven spricht weiter:

»Wär ich ein Spion, müsste ich *das* ja wohl wissen: Also, wo stecken diese Indianer, die angeblich die Insel bewohnen? Können die uns nicht genauso gefährlich werden wie dein Käptn Skull?«

»Die Insel misst etwa fünf Seemeilen in der Länge«, antwortet Snake müde, »und eine und eine weitere halbe Meile an ihrer breitesten Stelle. Hier, im nördlichen Teil, ist das Geisterreich der Ahnen des Panther-Clans. Das Dorf hingegen liegt weit genug weg, im südlichen Bereich der Insel. Dazwischen ist nur Dschungel. Deswegen sind wir hier vor den Wilden sicher: Hierher, in das Reich der Ahnen, wagen sich nur eine alte Schamanin und Shark. Außerdem beginnt auf den anderen Inseln noch weiter südlich«, erklärt Snake weiter, »das Gebiet eines mit dem Panther-Clan verfeindeten Stammes: Kopfjäger.«

»Scheiße!«, entfährt es Steven. »... und dieser Panther-Clan? Ich meine, sind das etwa auch Kopfjäger ...?«

»Macht Euch nicht gleich in Eure Mädchenwäsche, Waves!«, antwortet Snake. »Die haben nur etwas gegen die Blackbird und Skull, der sich ihren Schatz geholt hat. Davon abgesehen will sich der Stamm nicht mit seinen eigenen Ahnen anlegen. Hier im Norden der Insel werden die Krieger nicht auftauchen!«

Steven entspannt sich und erzählt dem Schiffsjungen, dass die Insel in etwa dreihundert Jahren dicht mit Ferienhäusern bebaut und von Straßen und Kanälen durchzogen sein wird, »Sharkfin-Island« genannt und zwei Fishing-Piers haben wird, auf denen man in kleinen Restaurants Red Snapper »cooked or boiled«, French-Fries, Onion-Rings oder frittierte Tintenfischringe bestellen kann. Woraufhin Snake dem geschwätzigen fremden Jungen abermals seinen Säbel an die Kehle hält.

Steven ergibt sich mit erhobenen Händen: »Okay, okay, war alles nur'n Scherz! Lass mich am Leben!«

Snake lässt sein Enterwerkzeug wieder in den Sand fallen. Steven grinst und setzt erneut an: »Außerdem werden die Häuser Klimaanlagen haben, mit denen man sie im Inneren auf Nordpol-Temperaturen herunterkühlen kann!«

Snake greift erneut nach dem Säbel, Steven springt zwischen die Banyon-Wurzeln in Sicherheit. Snake hält den Säbel auf Steven gerichtet, ohne aufzustehen: »Ich nehme tatsächlich an, dass Eure verwirrte Lordschaft eine Abkühlung benötigt. Aber ich werde Euch heute nicht mehr ins Meer jagen, denn Ihr habt Glück: Ich muss Euch jetzt wieder verlassen«, teilt er Steven mit. »Und falls ich nicht in den Morgenstunden zurück sein sollte, dann lasst Euch das Folgende raten: Haltet Euch tagsüber so gut es geht im Schatten der Büsche am Strand auf. Die leichte Brise dort macht die Hitze erträglicher. In den Abendstunden jedoch solltet Ihr Euch wieder hier unter dem alten Banyon einfinden. Schmiert Euch außerdem mit Kokoswasser ein. Die Moskitos beißen Euch anderenfalls die Haut vom Fleisch. Und lasst Euch auch nicht von der Schamanin erwischen!«

Er befiehlt Scouba zu sich und wendet sich zum Gehen.

»Meine Wache an Bord der Bird beginnt. Ich werde sehen, was ich für Shark tun kann. Doch Ihr bleibt dort, wo Ihr gerade seid!« Und ehe Steven noch etwas erwidern kann, ist Snake auch schon in Richtung Strand verschwunden.

Zwei Tage später, im Inneren des Dschungels auf Sharkfin-Island, klare Nacht

Steven liegt neben dem Schiffsjungen in einer eigenen Hängematte, die er in Snakes Lager gefunden hat. Durch das Dach des Dschungels hindurch blickt er zu den Sternen.

»Ich versteh immer noch nicht, weshalb du mich vor Skull gerettet hast, wenn du mich doch genauso wie er für einen Spion hältst!«

»Ihr seid zu töricht für einen Spion«, brummt Snake mit geschlossenen Augen. »Lasst uns eine Mütze voll Schlaf nehmen!«

Doch Steven kann nicht schlafen. Er hat sich bereits im Schatten zweier Nachmittagssonnen erholt, und die Vorstellung, wie Shark und ihre drei Brüder in der höllisch heißen Bilge der Blackbird in Ketten liegen, lässt ihm keine Ruhe mehr.

»Wir müssen ihr helfen, Snake! Müssen sie irgendwie dort rausholen. Gemeinsam schaffen wir es!«

»Ich hatte mich offenbar in Euch getäuscht«, murmelt Snake. »Ihr seid nicht töricht, Waves, Ihr seid mehr als das! Lasst mich jetzt schlafen!« Der Schiffsjunge dreht sich um und Steven ist mit seinen Gedanken allein.

Er weiß, dass er – falls seine Theorie richtig ist – frühestens in einem Monat versuchen kann, zurück ins Jahr 2004 zu surfen. Beim nächsten Vollmond, wann immer das genau sein wird.

Bis dahin kann er sich entweder hier verstecken oder versuchen, dem Mädchen zu helfen, das ihm das Leben gerettet hat.

Eigentlich eine ziemlich bescheuerte Idee, dem Mädchen zu helfen. Ich kann kaum für mich selbst sorgen …

»Snake?« Er startet einen letzten vorsichtigen Versuch.

»Verflucht!« Der Schiffsjunge wirbelt entnervt herum: »Shark ist bereits weg! Die haben das Mädchen und ihre Brüder heute Abend ins letzte Beiboot geworfen und bringen die vier zur Stunde nach Captiva-Island, zur Gefangeneninsel von Gouverneur Gaspar!«

Steven starrt Snake an, als hätte der Schiffsjunge gerade eben den Weltuntergang verkündet.

»Captiva!«, murmelt Steven, während die Bilder vom Ausflug mit seiner Mutter vor seinem inneren Auge erscheinen: Die Fahrt über die Inselkette nach Süden, über Longboat Key und Sarasota, dann auf der Einundvierzigsten, dem Tamiami Trail entlang, bis hinunter nach Cape Coral. Danach über Sanibel bis nach … Captiva-Island. Alles in allem fast einhundert Meilen.

»Kommst du an ein zweites Boot ran?«, hört er sich plötzlich sagen, »… dann könnten wir versuchen, ihnen zu folgen …«

Ich muss verrückt sein, denkt er.

Snake stöhnt entnervt. »Es gibt nur noch diese eine Jolle, mit der sie unterwegs sind. Skull hat alle anderen Boote versenken lassen, damit keiner mit dem Schatz verschwindet!« Er will sich wieder umdrehen, doch dann entscheidet er sich anders und erklärt, möglicherweise in der Hoffnung, danach endgültig seine Ruhe zu haben: »Außerdem ist der Vorsprung des Gefangenentransports zu groß. Sie werden Captiva auf jeden Fall vor uns erreichen. Und damit Ihr nun nicht auch noch darüber nachdenkt, die vier aus Captiva herauszuholen, solltet Ihr wissen: Dort steht der ausgediente Rumpf eines Frachtschiffes inmitten einer versteckten Bucht. Die Indianer werden in seinem Inneren gefangen gehalten, bis sie als Sklaven verkauft werden. Da kann niemand einfach so hinein- oder wieder herausspazieren!«

»Aber Shark hat mir das Leben gerettet, verdammt noch mal! Dann nehmen wir eben das Kanu!« Steven deutet in Richtung Strand, wo Sharks hölzerner Einbaum noch immer im Gebüsch versteckt liegt.

Snake starrt den fremden Jungen fassungslos an. »Ihr wollt mit dem Kanu einer schnellen Jolle folgen? Seid Ihr von Sinnen? Bei allem Respekt, Admiral Waves, das wäre glatter Selbstmord! Steckt Eure Nase in den Wind: Er frischt auf. Das nächste Unwetter rückt bereits näher. Wir haben schon Juni! Die Zeit der Stürme beginnt, vergesst das nicht! Und seht Euch Eure Hände an!«

Steven studiert seine Hände, die er vor seinen Augen hin und her dreht.

»Was soll damit sein?«

Snake lacht. »Mann, Ihr könnt wahrlich kein Spion in Gaspars Diensten sein! Langsam möchte ich Euch sogar Glauben schenken, wenn Ihr von einer anderen Welt sprecht, aus der Ihr kommen wollt!«

Noch immer betrachtet Steven ratlos seine Hände.

»Seht her!«, sagt Snake und streckt Steven seine rechte Hand entgegen. »Seht Ihr die Schwielen? Die Risse und Narben? Und nun vergleicht! Ihr habt die Hände eines verwöhnten Jungen aus hohem Stand! Glaubt Ihr, das ist mir noch nicht aufgefallen? Wie auch immer, ich sag Euch was, Sir, oder Earl oder Was-auch-immer-Waves: Ihr werdet dort draußen auf offener See in einem Einbaum und mit einem Paddel in Euren Händen nach einer halben Seemeile zusammenbrechen! Um also Captiva lebend zu erreichen, braucht Ihr ein Boot mit einem Segel! Mit Muskelkraft ist das nicht zu bewerkstelligen!«

Steven hat verstanden. Entmutigt lässt er seine Hände zurück in den Schoß fallen und starrt schweigend in die mächtige Krone des Banyons.

»Der Wind kommt meist von Südwesten, stimmt's?«, fragt Steven nach einer Weile, wartet die Antwort Snakes aber nicht ab, denn er hat eine Idee. »Wir haben nicht nur das Kanu, wir haben auch das Surfboard. Wir haben …«, er deutet auf die Kisten, »… die Vorräte, Waffen, das Leinen der Hängematten und Palmholz im Überfluss. Wir bauen aus dem Kanu und dem Board ein Segelboot mit Ausleger! Damit könnten wir …«

»… dem Panther-Clan in die Hände segeln?«, kontert Snake, bevor Steven zu Ende sprechen kann. »Großartig, Sir Waves, großartig! Ihr vergesst, dass die Indianer den südlichen Teil der Insel kontrollieren, zu Wasser und zu Lande. Außerdem sind sie wegen der Gefangennahme ihrer Stammesbrüder aufgebracht. Ich habe deshalb nicht den geringsten Zweifel daran, dass ein neuer Angriff auf die Blackbird bevorsteht. Damit ist uns der Weg nach Süden versperrt. Oder wollt Ihr vielleicht aufs offene Meer hinaus, um die Blackbird gar zu umrunden?«

Weshalb nicht?, will Steven erwidern. Er hat den Mund bereits zur Antwort geöffnet, doch dann lässt er seinen Kiefer wieder zuklappen. Denn in diesem Moment wird ihm bewusst, dass er sich in den letzten Minuten allein vom Wunsch, Shark zu helfen, leiten ließ, nicht aber von seinem Verstand.

Denn dieser würde nur eine einzige Antwort kennen: Steven sollte sich hier unter dem Banyon verkriechen, bis der nächste Vollmond eintritt … und damit hoffentlich auch die Tube entsteht, die ihn wieder nach Hause bringt.

Tage später, Strand von Sharkfin-Island, Morgengrauen, Südwestwind

Steven fröstelt in der frischen Morgenluft. Er zieht sich eine zerschlissene Wolldecke über die nackten Schultern, kauert im Schutz der Büsche und blickt hinaus zur Blackbird, die sich um diese Zeit nur dunkel und unscharf vor dem Nachthimmel abzeichnet. Pelikane kreisen über den Wellen, stoßen hier und da nach unten und ziehen sich ihr zappelndes Frühstück aus dem Wasser. Abertausende von Vögeln bevölkern die weitläufige, sandige Landzunge: schwarzweiße Scherenschnabler, Lachmöwen und kleine Strandläufer, die vor der Brandung hin und her tippeln. Ein Silberreiher stakst auf langen dünnen Beinen im Wasser auf und ab.

Steven wartet schon seit kurz nach Mitternacht auf den Schiffsjungen. Vergeblich hatte er versucht, Schlaf zu finden. Hinter ihm im Gebüsch liegt das kleine Auslegerboot, das die beiden in den vergangenen zwei Tagen gebaut haben, nachdem Snake eines Abends von der Blackbird zurückgekommen war und überraschend erklärt hatte, dass sie Shark in der Tat nicht im Stich lassen könnten. Darüberhinaus sei Stevens Idee, ein kleines Segelboot aus dem Kanu und der Planke zu fertigen, nicht die schlechteste.

»Wir warten den nächsten Angriff der Indianer auf die Blackbird ab«, hatte er erläutert. »Und wenn dann allesamt auf der Seeseite der Insel beschäftigt sind, können wir unbeachtet von den Streithälsen durch die Bay zwischen der Insel und dem Festland schlüpfen – ohne auch nur einen einzigen verräterischen Ruderschlag machen zu müssen!«

Danach hatten sie Kanu und Surfboard parallel zueinander ausgerichtet und miteinander verbunden, sie hatten schmale, leichte Palmstämme quer darübergelegt und alles fest miteinander vertäut.

Nun wächst ein etwa vier Mannslängen hoher Mast aus dem Einbaum empor, daran ein paar leichtere Stangen, um das Segeltuch aufspannen zu können. Am Heck des so entstandenen Seglers: Pinne und Ruderblatt, die das Boot auf Kurs halten werden. Snakes Seemannskiste ist auf das Kanu geladen worden, und auf einem Netz, das den Raum zwischen Surfboard und Kanu überspannt, sind Waffen und Vorrate vertäut.

Steven weiß, dass er nur begrenzt Zeit hat, bis er zurück sein muss, damit ihn die nächste magische Welle nach Hause bringen kann. Bis dahin müssen sie es schaffen: nach Captiva segeln, das Mädchen und ihre Brüder befreien und gemeinsam nach Sharkfin-Island zurückkehren.

Jetzt, während er auf den Schiffsjungen wartet und unter seiner Wolldecke mal wieder aussieht wie ein Bettelmönch im Gebet, überlegt er, ob es Furcht oder nur die kühle Morgenluft ist, die seine Zähne klappern lässt.

Indianer greifen nicht während der Nacht an, hatte Snake erklärt. Doch in den Morgenstunden müsse Skull auf der Hut sein. Also hatten sie vereinbart, sich regelmäßig frühmorgens am Strand zu treffen. Gemeinsam wollten sie den Angriff auf die Blackbird abwarten, der es ihnen ermöglichen würde, unbeachtet nach Süden durchzuschlüpfen.

Doch an diesem Morgen ist Snake nicht aufgetaucht.

Plötzlich bemerkt Steven Bewegungen weiter südlich auf dem Wasser. Er springt auf und rennt in geduckter Haltung entlang der Büsche den Strand hinunter. Als er ungefähr die Stelle erreicht hat, an der in ein paar hundert Jahren das Strandhaus seiner Mutter stehen wird, dröhnt ein gewaltiger Donner über die See und die Insel. Möwen, Silberreiher, Pelikane und alles, was sonst noch fliegen kann, schreckt auf und flattert in panischem Durcheinander gen Himmel.

Steven duckt sich in die Gräser zwischen die Dünen und späht hinaus aufs Meer.

Kanus, er schätzt fünfzehn oder zwanzig, jedes mit gut einem Dutzend Kriegern besetzt, lösen sich vom Ufer und verteilen sich auf der See, um das Wrack draußen auf der Sandbank anzugreifen und ihm endlich den Todesstoß zu versetzen. Signale aus stacheligen Muschelhörnern dringen von den schmalen Langbooten herüber. In den dumpfen Ton mischt sich der Hall des Kanonendonners und das Kreischen der Seevögel.

Dann wird das Konzert von einem sirrenden Pfeifen übertönt. Gleich darauf schießt eine Fontäne wenige Mannslängen vor dem ersten Kanu aus dem Meer.

Die Vögel sind verschwunden, der Strand ist mit einem Schlag gespenstisch leer. Weitere Feuersäulen stoßen aus den Kanonenluken der Blackbird, gefolgt vom Pulverdampf, vom Donnern und dem Pfeifen der Geschosse, die Skull abfeuern lässt. Wasserfontänen brechen senkrecht aus der See, aber die Indianer haben längst gelernt, die ersten Salven außer Reichweite abzuwarten.

Im Osten hinter der Insel und dem Festland von Florida geht die Sonne auf, schickt ihre ersten Strahlen über das flache Land und lässt die Mastspitzen der Blackbird glühen.

Eine ganze Batterie Blitze schießt aus der Bordwand des morschen Seglers.

Eine Breitseite.

Steven weiß, was jetzt folgt und presst seine Hände flach auf die Ohren. Und das Donnern der ersten Kanonen war tatsächlich nur ein Flüstern gegen den infernalen Höllenlärm, der die Natur diesmal erzittern lässt. Das Schiff scheint vom gewaltigen Rückstoß ein Stück weiter in die See gedrückt zu werden. Grelles Pfeifen kündigt die Geschosse an und vor den Bugnasen der Indianerboote steigt eine ganze Wasserwand in die Höhe, als die schweren Eisenkugeln in die Wellen schlagen. Eines der

Kanus hat sich zu weit vorgewagt und zersplittert in tausend Stücke. Der Wind trägt den beißenden Geruch des Pulverdampfes und den hämischen Jubel von der Blackbird herüber.

Verdammt, wo bleibt Snake nur? Das ist genau der Moment, auf den wir gewartet haben! Wir müssen los!

Stattdessen wird Steven angegriffen.

Der Stoß kommt von hinten, wirft ihn auf den Bauch und drückt sein Gesicht auf eine flache Düne. Er spuckt und hustet, hat Sand in Mund und Augen. Aber er kann sich zur Seite wälzen, um den Säbel zu greifen, den er sich inzwischen genauso wie Snake mit einem Ledergurt um die Hüften geschnallt hat. Blind fuchtelt er mit der Waffe in der Luft herum.

»Wuff!«

»SCOUBA?! Du verdammter Mistköter!«

Steven reibt sich die Augen, bis er zumindest wieder blinzeln kann.

Scouba steht vor ihm. Der Hund ist pitschnass, schüttelt sich, wedelt mit dem Schwanz, springt ein paar Sätze Richtung Brandung, kehrt zurück und vollführt den Tanz aufs Neue.

»Wo ist Snake, Scouba, wo hast du Snake gelassen?«

Scouba führt weiter sein Hin und Her auf.

»Scouba, ich bin nicht Shark. Ich kann mich nicht mit Wassermonstern wie dir unterhalten!«

Scouba dreht sich im Kreis, plötzlich beendet er seinen Tanz, wetzt den Strand entlang und kurvt dann in den Dschungel. Dorthin, wo das kleine Segelboot von Steven und Snake versteckt ist und auf seinen Einsatz wartet.

Steven hinterher.

Am Auslegerboot angekommen, schnappt sich Scouba die Bugleine und zerrt daran, als ob er es ganz alleine hinaus auf den Strand und in die Brandung schleifen könnte.

»Was? Ich soll ohne Snake ... « Aber dann begreift Steven: »Scheiße, er sitzt auf der Blackbird fest! Hat er stattdessen dich geschickt? Glaubt der Verrückte vielleicht, dass ich mitten in den Kampf hineinschipper, um ihn abzuholen? Genau dorthin, wo sich Indianer und Piraten gegenseitig Löcher in die Köpfe schießen?«

Scouba steht still und wedelt mit dem Schwanz. Kopf schief, hechelhechel: *Ja!*

Steven starrt den Hund an und will es nicht glauben.

Doch ohne Snake kann er es nicht wagen. Ohne ihn hat Steven keine Chance, Shark zu helfen.

»Also gut«, sagt er zu dem Hund. »Ich werde sowieso in dreihundert Jahren noch mal geboren ... «

Kurz darauf schlägt Steven mit dem Säbel eine Schneise in das Grün, durch die er das kleine Segelboot, zusammengesetzt aus Kanu und Board, schleifen kann.

Inzwischen hat sich ein Trupp aus der indianischen Flotte gelöst und die Blackbird in weitem Bogen umrundet. Auf der bis zum Schanzkleid im Wasser liegenden Seeseite des Schiffes sind nur eine Handvoll kleinerer Geschütze - Drehbassen - einsatzbereit, und so ist das Schiff von dort draußen wesentlich leichter zu erobern.

Steven schiebt den kleinen Segler durch die Brandung,

bis er den Boden unter den Füßen verliert. Dann zieht er sich auf sein Board und springt von dort aus hinüber ins Kanu und zur Pinne am Heck des Einbaums. Im Bug sitzt bereits Scouba, der die Nase in den Wind hält.

Wieder erbebt die Erde unter dem Gewitter der Kanonenschüsse. Dazwischen das dumpfe Dröhnen der Muschelhörner, dann wieder markerschütterndes Kriegsgeschrei.

Keiner der Gegner achtet auf den kleinen Segler, der etwas weiter nördlich in See sticht.

Die vordersten Kanus sind der schlecht geschützten Seeseite des lahmen Piratenschiffes gefährlich nahe gekommen. Pfeilhagel gehen auf die Blackbird nieder, Körper kippen ins Wasser, Skulls Befehle gellen über das Deck. Schüsse peitschen, Pulversäulen steigen auf und verlieren sich im Wind.

Steven setzt sein Segel, richtet es aus und das kleine Auslegerboot nimmt Fahrt auf. Das Gefährt liegt nicht schlecht im Wasser, obwohl die See hier noch sehr flach und kabbelig ist. Er schätzt nicht mehr als sieben bis acht Fuß Tiefgang. Sandbänke lassen den Grund hier draußen immer wieder ansteigen, zudem ist Ebbe.

Die Insel hinter ihm wird kleiner. Der Wind bläst noch immer stetig aus Südwesten und Steven will so schnell wie möglich in den toten Winkel unter dem Bug der Blackbird gelangen. Nur dort kann er vielleicht unentdeckt Snake an Board nehmen, danach das Ruder herumreißen, wenden und wieder aus der Gefahrenzone verschwinden. Dies wird Snakes einzige Chance sein. Wird Steven jedoch entdeckt oder sogar angegriffen, dann muss er ihn seinem Schicksal überlassen und sich auf das offene Meer hinaus retten.

Ich muss völlig verrückt sein, denkt er.

Inzwischen steht die Sonne hinter der Insel so hoch über den Baumwipfeln, dass sie erste Strahlen flach in das Meer hineinschickt. Jetzt ist der helle Meeresgrund gut durch das glitzernde Türkis des Wassers zu erkennen.

Auf einmal springt Scouba mit einem gewaltigen Satz von Bord.

»Scouba! Was zum ...?!«, flucht Steven und dreht bei. Das Segel knattert laut im Wind, während Scouba querab paddelt. Stevens Plan ist gefährdet, denn mit dem außerplanmäßigen Manöver brettert er nicht mehr wie ein Geist aus dem Nichts auf den Bug der Blackbird zu, sondern dümpelt wie auf dem Präsentierteller in der See.

Da bemerkt Steven, dass der Hund auf einen großen dunklen Schatten im Wasser zuhält, der langsam und zielstrebig in Richtung Strand wandert. Er späht in die Wellen und rätselt, ob das Ding eine Riesenqualle ist, vielleicht eine Art, die es in dreihundert Jahren nicht mehr gibt, oder ein monströser Tintenfisch ...

Inzwischen ist Scouba dem Wesen gefährlich nahe gekommen.

»Scouba, komm zurück, es wird dich ...!«

Doch Scouba ist ein reinrassiger portugiesischer

Tauchhund, der sich so schnell und leicht im Wasser bewegt, als wäre er dort geboren worden. Kaum hat er das seltsame Ding in den Wellen erreicht, versucht er, auf dessen glatten, kahlen Kopf zu klettern, der jetzt hin und wieder die Wasseroberfläche durchbricht. Aber der Hund rutscht und taucht ab. Gleich darauf ist er nicht mehr auszumachen, verschwunden, eins geworden mit der vermeintlichen Riesenqualle, die plötzlich still im Wasser steht.

Sie hat Scouba gefressen!

Steven manövriert das Segelboot näher heran, bis er dicht genug dran ist. Er richtet sich auf und späht in das glitzernde Meer.

Jetzt kann Steven erkennen, was dort unterwegs ist und Scouba gefressen hat, und muss lauthals lachen: Vor ihm schwebt der umgestülpte Suppentopf vom Deck der Blackbird im Wasser! Genauer gesagt: Er hat Beine bekommen und wandert über den Meeresboden.

Der Topf schwankt wie ein riesiger Hut über dem Oberkörper eines Tauchers, der einen blinden Unterwasserspaziergang zur Insel unternimmt.

Steven lässt seinen kleinen Segler dichter heranschwallen und klopft mit dem Säbel an. Der Kessel kippt mit einem dicken *Blubb!* von der Luftblase, die sich darunter befand, und Snake und Scouba treiben in den Wellen.

Snake grinst: »Guten Morgen, Admiral Steven Waves!«

»Glückwunsch«, antwortet Steven, nicht weniger breit grinsend. »Du hast die Taucherglocke erfunden!«

Steven und Snake hieven den Kessel an Bord ihres kleinen Seglers und befestigen ihn am Mast. Sie werden ihn brauchen, um Regenwasser aufzufangen. Aber zunächst setzt Snake seinen Freund Scouba hinein. Der Hund streckt seine Nase über den Rand, während sie in den Wind gehen und Fahrt aufnehmen, um sich zwischen der Insel und dem Kampfgetümmel rund um die Blackbird hindurchzustehlen.

Doch Steven war bereits entdeckt worden, als er in See gestochen war. Der Panther-Clan hatte zwei seiner Kanus auf der Insel zurückgelassen, etwa zwanzig Krieger, die Steven dabei beobachtet hatten, wie er Snake zusammen mit dem Kessel aus dem Wasser gefischt hatte.

Muschelhornsignale ertönen.

Als Steven und Snake backbord voraus die zwei Kanus bemerken, die sich aus dem Schatten der Bäume lösen und auf ihr kleines Boot zuhalten, ist es zu spät.

Offensichtlich soll keiner der Zahnlosen entkommen.

Sofort gehen sie härter an den Wind, legen an Geschwindigkeit zu und drehen die Bugnasen ihres Gefährtes ein Stück weiter zum offenen Meer hinaus, das sie hinter der Bucht erwartet.

Da der Mast ihres Bootes im Rumpf des Kanus fußt, muss Steven hinüber auf den Ausleger - sein Surfboard - klettern, damit ihr Gefährt nicht kentert, wenn der Wind in das Tuch greift. Er kontrolliert die Leine zum Segel, die er sich um die rechte Hand geschlungen hat, während Snake am Ruder kauert und die Pinne hält.

Doch die Krieger durchschauen das Manöver und ändern ihre Taktik. Plötzlich halten sie nicht mehr direkt auf den kleinen Segler der Flüchtlinge zu, sondern auf die Blackbird. Sie wollen Snake und Steven den Weg auf das offene Meer hinaus abschneiden, der nur zwischen den zwei Kanus und dem umkämpften Schiff hindurchführt. Gleichzeitig löst sich aus dem Kampfgetümmel gegenüber ein drittes Kanu und greift von der Blackbird aus an. Zusammen bilden die drei Langboote eine Zange, die sich offenbar genau vor Steven und Snake schließen soll.

Ihr kleines Segelboot knattert ächzend über die Wellenkämme, der verbliebenen Lücke entgegen, aber die drei Kanus schießen viel zu schnell aufeinander zu.

»Snake!«, brüllt Steven. »Die sind zu schnell! Wir kommen da nicht mehr durch!«

Doch Snake zielt weiter auf die schrumpfende Lücke zwischen den Kanus. »Wir *müssen* es schaffen!«, ruft er. »Wenn wir den Kurs ändern, um auszuweichen, werden sie den ihren ebenfalls ändern!«

»Aber dann könnten wir hinter ihnen durch! Mit dem Segler sind wir schnell genug!«

»Das sind wir nur, wenn wir unseren Kurs halten! Fallen wir hingegen ab, verlieren wir viel zu viel Fahrt und unser Vorteil wäre dahin! Dann würden sie uns wieder *direkt* angreifen, Admiral Waves!«

Steven presst die Lippen zusammen, Gischt im Gesicht.

Sein Gehirn sucht verzweifelt nach einem Ausweg, während das kleine Segelboot weiter über die kurzen Wellen brettert und auf die Falle zurast. Aus dem Topf ertönt dumpf das Knurren von Scouba.

In wenigen Sekunden werden die Krieger des Panther-Clans die Lücke geschlossen und den Weg durch die Bucht versperrt haben.

Da brüllt Steven: »Snake, wenn ich Eurer Durchlaucht

von einem Schiffsjungen einen Befehl gäbe, würdet Ihr ihn freundlicherweise ausführen?«

»Kommt ganz darauf an, wie dieser Befehl lauten wird, Admiral Waves!«, brüllt Snake durch die Gischt zurück.

»Er würde ›jetzt!‹ lauten, und er würde bedeuten, dass Ihr die Ruderpinne heftig und unvermittelt zu Euch heranzuziehen habt. Würdet Ihr das dann freundlicherweise ohne Umschweife tun?«

Inzwischen sind sich die Boote auf ihrem Kollisionskurs so nahe gekommen, dass die Muster der Tätowierungen auf den nackten Beinen und Armen, auf den Wangenknochen und in den Gesichtern der Krieger zu erkennen sind.

»Versucht es, Admiral, obwohl Ihr, wie mir scheint, in Wahrheit nichts weiter als eine ahnungslose Landratte seid!«

Die Lücke vor ihnen ist nur noch wenige Kanulängen breit.

Der Zusammenprall steht kurz bevor und Snake schließt die Augen.

Scouba duckt sich tief in den Kochtopf.

»JETZT!«, brüllt Steven.

Snake reißt tatsächlich wie befohlen die Pinne in seinen Bauch und wirft sich nach hinten. Steven gibt Leine. Moonsurfer wird in die Wellen gedrückt, das Boot schießt in eine enge Kurve nach steuerbord.

Dann rammt es mit der Bugnase in eines der Langboote. So heftig, dass das Kanu der Indianer kentert und sämtliche Krieger brüllend im Wasser landen, während das Auslegerboot mit einem zweiten Kanu kollidiert, dessen Besatzung hinterherkippt.

Aber Steven, Snake, Scouba und Moonsurfer sind durchgebrochen.

Das dritte Boot der Indianer kann noch die Verfolgung aufnehmen, doch es fällt schnell zurück, denn die Flüchtenden sind sofort wieder in den Wind gegangen. Gegen einen kleinen, schnellen Segler auf gleichem Kurs haben die Verfolger in ihrem Kanu keine Chance.

Erleichtert will Steven zurück zu Snake klettern, doch diesmal ist es der Schiffsjunge, der den lebensrettenden Befehl gibt:

»Runter!«

... und Steven lässt sich flach auf sein Surfboard fallen. In selben Moment sirren vier Pfeile knapp über seinen Kopf hinweg und schlagen vibrierend in der Wand des Kanus ein.

Pock-tocktock-tock.

»D...danke«, stottert er, während er auf die Seeadlerfedern am Ende der Pfeilschäfte starrt, die über ihm im Wind zittern.

Snake winkt ab. »Ist mir eine Ehre, Euren schlauen Kopf zu retten. Immerhin habt Ihr mit seiner Hilfe gezeigt, dass Ihr auch als Landratte Euren Mann auf See steht. Ihr habt die Wilden ausmanövriert! Bravo! Wir sind sie los!«

Offene See südlich von Sharkfin-Island, kurz vor Longboat Key

Die Schlacht um die Blackbird verliert sich schnell in der Ferne, und die Sonne steigt hoch in den Himmel. Über der etwa einhundert Meilen langen Inselkette steht bald die tropische Hitze eines glühend heißen Tages.

Die Inseln liegen aneinandergereiht in Sichtweite zum Festland und schützen die lang gezogene Sarasota Bay vor dem Wellengang der offenen See. Sie reichen von Sharkfin-Island über das heutige Longboat-Key, über Siesta Key vorbei an Venice und Boca Grande, bis hinunter nach Sanibel-Island, dort, wo die Hölle aller indianischen Gefangenen liegt: Captiva-Island.

Steven und Snake sind den Kriegern des Panther-Clans entkommen, doch am Horizont, weit draußen auf dem Meer, wartet bereits ein neuer Feind.

Ein Gegner, dem ihre kleine Nussschale auch nicht mit den geschicktesten Manövern entkommen kann: eine schwarze Wand, zerrissen von fernen, lautlosen Gewitterblitzen.

»Kurs Süd-Süd-Ost! Wir gehen dicht unter Land!«, befielt Snake.

»Weshalb nicht in die Bay?«, ruft Steven.

»Wollt Ihr nun Captiva erreichen, bevor sie Shark weiterverkaufen, oder nicht? In der Bay sind wir zwar sicherer vor einem Sturm, doch wir sitzen dort ebenso sicher fest! Oder träumt Ihr etwa von einem Ausgang unten im Süden?«

»Ich kenne sogar mehrere Ausgänge!«, antwortet Steven.

»Versucht nicht, mich schon wieder auf den Arm zu nehmen, Waves! Erzählt mir nicht, dass Euch die Gegend hinter den Inseln vertraut ist. Dort wagt sich nur einer hin, der seines Lebens überdrüssig geworden ist! Denn dort beginnt das Gebiet der Kopfjäger!«

»Scheiße!«

»Wie meinen?«

»Ich meine, dass wir dann nur die Wahl zwischen Pest und Colera haben! Entweder durch die Bay der Kopfjäger oder durch den Sturm …«, stellt Steven fest.

»Ihr irrt!«, antwortet Snake. »Wir haben keinerlei Wahl. Denn die Bay ist eine Falle. Es gibt nur *einen* Weg: durch die Sturmfront und beten!«

»Nein, Snake, man kann auch durch die Bay! Das Wasser ist dort flach und ruhig. Würde ja gerne die Kopfjäger umgehen, aber unser selbst gebasteltes Boot wird es nie und nimmer durch eine Sturmfront schaffen!«

»Und woher wollt Ihr über diesen angeblichen Weg durch die Bay Bescheid wissen, Admiral Waves in der Weiberwäsche, mit der Haut einer Lady und den Händen eines Kindes? Was, wenn das eine Sackgasse ist?«

»Es ist keine! Ich weiß es!«

»Woher, verflucht noch mal, wollt Ihr das wissen? In wessen Auftrag seid Ihr unterwegs? Wer hat Euch mit derartigem Wissen ausgestattet? Die Spanier? Raus mit der Sprache!«

»Also gut, Snake, du willst es ja hören! Aber lass deinen blöden Säbel stecken. Glaub's mir einfach oder nicht: Noch vor etwa einer Woche war ich in *meiner* Welt unterwegs und hab gemeinsam mit meiner Mutter die Gegend erkundet. Dabei sind wir in so was wie einer Blechkutsche von Sharkfin bis nach Captiva gefahren. Ich hab das GPS bedient und die Route höchstpersönlich verfolgt. Und ich sage dir: Die Bay ist keine geschlossene Bucht! Man wird sie in dreihundert Jahren auch den *Intercoastal Waterway* nennen, weil man nach jeder der vorgelagerten

Inseln wieder hinaus aufs offene Meer kann, bis hinunter nach Captiva!«

Snake fixiert zunächst seinen sonderbaren Begleiter, danach den Horizont. Abschließend mustert er die Durchfahrt zur Bay.

»Ihr seid nicht ganz richtig in Eurem hübschen Köpfchen, Waves. Aber meinethalben: Eure Fantastereien seien mir Befehl! Aber wir werden nachts segeln. Hoffen wir, dass auch die Kopfjäger in der Dunkelheit ihre bösen Geister fürchten. Sie werden dann zwischen Sonnenuntergang und Sonnenaufgang keinen Angriff wagen. Außerdem sind wir bei gutem Wind und in ruhigem Wasser schnell, viel schneller als ihre Einbäume.«

»Dann segeln wir durch die Bay?«

Snake deutet auf die dunkle Wetterfront über dem südlichen Golf.

»Auf ausreichend Wind können wir uns wohl verlassen. Doch lassen wir das Schicksal entscheiden: Lasst uns eine Münze werfen!«

»Hast du eine? Ich hab keine ... aber wir könnten's auch anders ausknobeln: Ist ein Kinderspiel und heißt *Schere, Stein, Papier* ... schon mal davon gehört?«

Snake seufzt und verdreht abermals die Augen zum Himmel ...

Etwas später, vormittags, leichter Wind, schwüle Hitze

Mangrovenwälder ziehen zu beiden Seiten vorbei. Sie wechseln sich ab mit kleinen sandigen Buchten und den riesigen uralten Banyons, die sich weit über die Furt zwischen den Landzungen neigen und das Sonnendach bilden, unter dem sich die Reisenden ein wenig vor der Mittagshitze schützen können. Von weit ausladenden Ästen hängen die langen, silbernen Vorhänge des Spanish-Moss herunter.

Der kleine Segler erreicht ruhigeres Wasser und gleitet kurz darauf beinahe lautlos weiter. Er plätschert einen schmalen Tidenkanal hindurch und passiert einen von Papageien besetzten grünen Torbogen, den die Natur an dieser Stelle entstehen ließ, um einen würdigen Eingang zum Paradies auf Erden zu schaffen.

Staunend stehen Steven und Snake auf ihrem kleinen Gefährt. Sie gleiten in ein Panorama, das ihnen den Atem verschlägt, während sie sich wie die ersten menschlichen Lebewesen auf diesem Planeten fühlen. Denn die Schöpfung scheint hier noch immer ihren allerersten Akt aufzuführen: Vor den Reisenden liegt eine riesige Bühne aus glitzerndem Wasser, unterbrochen nur von Hammock- und Mangroveninseln, bis zum Horizont durchzogen von Seegras, das sich im Wind wiegt. Und dann, hinter einer weiteren Landzunge: ein rosafarbenes Meer - Flamingos, so weit ihre Augen sehen können.

Darüber, pulsierend, schnatternd, kreischend, stürzend, tauchend und wieder aufflatternd Regenpfeifer, Schnepfen, Silberreiher und Ibisse.

Weißkopfseeadler kreisen im Blau des Himmels, Schlangenhalsvögel lauern im Wasser auf Beute. Handtellergroße Schmetterlinge umtanzen das Segel des Auslegerbootes.

Sie passieren die lang gezogene Insel, die Steven als Longboat-Key kennt. Am Ufer hat ein Florida-Panther seine Spur im Sand hinterlassen, auf der gegenüberliegenden Seite der Bay grasen Weißwedelhirsche und beobachten die Eindringlinge. Langsam und lautlos taucht ihr kleiner Segler in den Flamingo-Teppich ein.

Steven lässt sich in das Kanu sinken, lehnt sich zurück, vergisst die Strapazen der vergangenen Tage und taucht seine Hände in das lauwarme Wasser.

Snake, der es sich im Bug bequem gemacht hat, wirft einen Blick über seine Schulter. »Nehmt es nicht als Anmaßung, wenn ich Euch einen Vorschlag unterbreite: Das solltet Ihr nicht unbedacht tun!«

»Was?«

»Studiert die Wasseroberfläche!«

Steven zieht die Hände ruckartig zurück. »Was gibt's da?«

»Alligatoren, Krokodile und Wasserschlangen. Nehmt Euch besonders in Acht vor den armdicken, schwarzen Schlangen!«

»Schei... du meinst, hier gibt's *Water-Mokassins*?«

»Nennt sie, wie Ihr wollt, ihr Gift jedenfalls lässt Euch gerade eben noch Zeit für ein Vaterunser!«

Plötzlich tauchen zwei graue Felsen vor ihnen auf, die sich gemächlich auf Kollisionskurs befinden. Steven drückt das Ruder leicht nach steuerbord und zieht an den im Wasser schwebenden Dingern vorbei.

Er späht zur Seite. »Manatees, oder?«

»Manatees nennt Ihr sie?«, antwortet Snake. »Ich selbst hab sie Wasserkühe getauft. Das Gesindel auf der Blackbird hingegen hält sie für pralle Seejungfrauen.«

»Ah.« Steven lässt sich zurück in das Kanu fallen, während nicht weit vom Boot entfernt zwei grüne Augen im Wasser lauern. Darunter zeichnet sich der riesige Körper eines Krokodils ab.

»Sag mal, kann man hier mal kurz die Augen schließen, oder wird man dann sofort Opfer einer Wasserschlange oder sonst irgendeines Viechs?«

Er versucht, es sich in dem engen Bootsrumpf bequem zu machen.

»Wär ich eigentlich vor *dir* sicher, wenn ich jetzt ein Nickerchen halte?«, witzelt er und hofft gleichzeitig, aus einer Antwort seines undurchschaubaren Gefährten ein wenig Vertrauen schöpfen zu können.

Doch Snake grinst nur. »Noch seid Ihr es, Sir Waves. Denn zu zweit habe ich hier die besseren Chancen!«

»Du meinst ... haben *wir* die besseren Chancen.«

»Ich meinte, was ich sagte. Die Wilden rund um Captiva fangen entlaufene Sklaven ein, um sie dann wieder an Gaspar zu verkaufen. Mit Euch im Schlepptau könnte ich mich als Sklavenjäger des Gouverneurs ausgeben. Vielleicht kann ich also – wenn die Indianer uns entdecken – Euer Leben an sie verkaufen, statt das meine zu verlieren!«

»Sehr lustig, Snake!«, antwortet Steven. Aber egal, wie er sich daraufhin im hölzerenen Rumpf des Kanus hin und her schiebt, er findet keine entspannte Position mehr.

»Seht Ihr die Rauchwolken dort?«, fragt Snake. »Das dürfte ein Dorf der Menschenjäger sein. Noch habe ich keinen Handel mit ihnen geplant, wir sollten also an einer der kleinen Inseln in der Mitte der Bay festmachen und uns dort im Schutz der Mangroven bis zum Einbruch der Dunkelheit verstecken!«

Eine kleine Insel inmitten der Sarasota Bay; schwüle Hitze, abends

Etwas später liegt ihr Boot im Schatten einer Palmenfamilie auf dem kleinen Strand einer Insel, nicht größer als ein Tennisplatz. Snake kramt Fischöl aus seiner Seemannskiste und reicht es Steven. »Schmiert Euch ein. Ihr stinkt noch nicht ranzig genug, um die Moskitos zu vergraulen!« Kurz darauf liegt er bereits friedlich schlafend in seiner Hängematte.

Auch Steven versucht, Schlaf zu finden, aber es gelingt ihm nicht. Denn kaum hat er seine Lider geschlossen, tauchen vor seinem inneren Auge ganz andere Bilder der Bay auf, in der sie sich gerade befinden. Bilder der Sarasota Bay im Jahr 2004.

Motorboote ziehen vorbei. Der Lärm der Jetskis tönt über das Wasser und die Anlegestege, Yachten dümpeln in der Sonne und die Restaurant-Werbungen dahinter preisen in bonbonbunten Leuchtreklamen den Fang des Tages an. Am Himmel knattern Sportflieger auf und ab, die auf langen Bannern Veranstaltungen ankündigen oder Gifte gegen Insekten versprühen. Die Menschen sitzen auf Terrassen, in Käfigen aus feinem Gitter, die ihnen die Moskitos vom Leibe halten.

Doch hier, im Sommer des Jahres 1693, fallen die Mücken über Stevens helle Haut her wie über eine ganz besondere Delikatesse, nur mäßig vom Gestank des Fischöls abgehalten.

Vergeblich schlägt er sich auf den Nacken, auf Arme und Beine. Er weiß nicht, welche der beiden Welten er besser finden soll: das unberührte Paradies, das sich vor ihm ausbreitet, oder die bequeme, aber laute Welt der Gegenwart, aus der er kommt …

Steven schreckt hoch.

Anscheinend war er doch noch irgendwann eingeschlafen, denn die Sonne steht jetzt tief über den Baumwipfeln des Dschungels. Er ist allein. Snake, Scouba, das Kanu und am schlimmsten: Moonsurfer … sind verschwunden.

Verlassen baumelt er in einer Hängematte zwischen zwei Kokospalmen. Die kleine Insel ist nicht viel größer als der Innenhof von Grumbles Hazienda. Sie ist eine von Tausenden sogenannter »Hammocks«, umgeben von einem riesigen, im Mondschein schimmernden Wasserlabyrinth, das von Schlangen, Alligatoren und Krokodilen bevölkert wird.

Das nächste menschliche Wesen könnte ein sich nähernder Kopfjäger sein, an den er von Snake verraten … und verkauft worden ist.

Töte Snake!, hallt es in seinem Kopf wie von weit her.

»Lass mich endlich in Ruhe, Grumble!«, sagt er laut und denkt: *Es ist zu spät. Selbst, wenn sie mich nicht finden: Hier komm ich nie wieder weg! Ich bin so gut wie erledigt …*

Also kann er auch gleich wie tot in seiner Hängematte liegen bleiben, während der kühlende Abendwind immerhin die Angriffe der Moskitos abklingen lässt. Was kann er schon gegen sein Schicksal unternehmen?

Die Sonne geht unter, und das letzte Licht im mörderischen Paradies erlischt. Dafür scheinen jetzt die knorrigen Beine der Mangroven zum Leben zu erwachen, um eine albtraumhafte nächtliche Wanderung durch das Marschland zu beginnen.

Zoom in die Vogelperspektive

Steven und seine Hängematte werden immer kleiner und verschwimmen mit dem dunklen Grün der Mangroveninsel. Auch die kleine Insel wird kleiner, bis sie nur noch eine von Tausenden ist, umgeben von der Sarasota Bay, einem riesigen, im Mondschein glitzernden Wasserlabyrinth. Insel für Insel zieht vorbei, bis - viele Meilen weiter südlich - die Umrisse von Captiva-Island zu erkennen sind.

Captiva-Island, Vogelperspektive, Zoom auf den natürlichen Hafen

Durch die Kronen der Dschungelbäume schimmert das schwarze Wasser der düsteren Bucht, umgeben von den tiefen Mangrovenwäldern Captivas. Inmitten dieses natürlichen Hafenbeckens: ein mastenloser Schiffsrumpf, nur durch eine Hängebrücke mit dem Land verbunden. Die Bucht hat nur einen einzigen Ausgang, der zwischen zwei dicht bewaldeten Landzungen liegt und vom Meer aus nicht zu entdecken ist.

In einem Halbkreis um die Lagune verbinden unzählige Stege Hütten und Lagerhäuser miteinander, die auf Tausenden Stangen wie auf Spinnenbeinen balancieren. Ein Labyrinth.

Ein Heer von Pfosten bewahrt die klapprige Baumhaus-Stadt davor, beim ersten Windstoß in die Bucht darunter zu kippen oder wie ein Kartenhaus in sich zusammenzufallen. Aus den Baumkronen wachsen Lianen herunter und schwingen in weiten Bögen über die löchrigen Dächer.

Fackeln werfen zuckende Schatten auf Stufen, Bohlen und Stege. Sie tanzen zu einem irren Orchester, denn aus den Hütten dringen die falschen Töne selbsternannter, vollbusiger Operndiven, begleitet von Fideln, Schifferklavieren und dem Grölen der Betrunkenen. Heruntergekommene wie aufgetakelte, halbnackte und nackte, fette, dürre und halbtote Gestalten rutschen über schiefe Plankenwege. Holzbeine und Krücken poltern. Knarzen, Quietschen, Ächzen, Fluchen und Stöhnen. Manche der Gestalten hängen über morsche Geländer und würgen Rum, Gräten oder faule Zähne in die Tiefe.

Einer der Halsabschneider durchbricht seine klapprige Reling und stürzt seinem Erbrochenem hinterher, durchschlägt ein Stockwerk tiefer ein splitterndes Holzdeck und verschwindet mit einem lauten *Plotsch!* im stinkenden Schlick zwischen den Beinen der Mangroven. Aus dem Schlamm ploppt noch ein dumpfes Glucksen, so als habe sich der Sturzbetrunkene mit einem letzten unterirdischen Furz von der Welt verabschiedet.

Hoch über der mal hängenden, mal balancierenden Stadt schweben kleine Plattformen in den Baumwipfeln, auf denen Wachposten schnarchen. Sogenannte Krähennester, die nur mit Strickleitern zu erreichen sind.

Tief unten in der dunklen Bucht dümpeln schnelle Schaluppen, ein paar Jollen und ein Kutter, allesamt startbereit.

Hier regiert der selbsternannte »Gouverneur Gaspar«.

Wenn seine Wachposten hoch oben in den Baumkronen Beute ankündigen, rutschen die Halsabschneider an eingeölten Stämmen hinunter in den Hafen, springen in ihre wendigen Sloops und schießen hinaus auf das Meer. Ihre Opfer sitzen meist auf einer Untiefe fest oder haben erschöpft Anker geworfen, nachdem sie einem Sturm glücklich entkommen sind.

Diese oft bis zum Rand mit Handelswaren, Silber und Gold vollbeladenen – meist spanischen – Schiffe werden dann bis auf die letzte Planke geplündert. Den Kommandeuren unter den Schiffbrüchigen werden kurzerhand die Kehlen durchgeschnitten. Matrosen haben immerhin noch die Wahl, entweder überzulaufen, oder mit den Haien Bekanntschaft zu machen. Gefangene Frauen haben mehr oder weniger freiwillige Dienste zu leisten. Nur für diejenigen, die das Glück haben, aus wohlhabenderen Familien zu stammen, wird Lösegeld verlangt.

Captiva liegt im Land der Kopfjäger: Calusa-Indianer, die nur mit ihren Nachbarstämmen weiter im Norden und mit den Spaniern verfeindet sind, nicht aber mit Gaspar. Der Pirat betreibt sogar einen blühenden Tauschhandel mit den Indianern. Das Reich der Calusa erstreckt sich bis fast hinauf nach Sharkfin-Island, doch ihr Zentrum befindet sich nicht weit von Captiva entfernt: auf einer später »Estero-Island« genannten Insel. Und sie haben wertvolle Ware zu bieten: Gefangene fremder Stämme. Diese Ärmsten werden zunächst in den Kerker von Captiva und dann auf die Sklavenmärkte von Jamaika, Kuba, Hispaniola und Maracaibo geworfen. Von dort aus werden sie in die Zuckerrohr-Plantagen der neuen Länder Englands an der Ostküste Amerikas verkauft, und der Bedarf an Nachschub ist groß.

Den Kerker für die menschliche Ware Gaspars stellt der Schiffsrumpf im Schlick der brackigen Lagune inmitten von Gaspars Handelszentrum: ein dickbauchiger Dreidecker, der von seinen Masten befreit wurde. Deren Reste stützen das entmannte Schiff nach beiden Seiten ab, damit es nicht in die Kloake kippt. Das Deck des ehemaligen Linienschiffes wurde fast vollständig vom Dschungel zurückerobert, dessen Farne und Schlingpflanzen über die Reling hinauswachsen und in schleimigen Zotteln am moosgrünen Rumpf herunterbaumeln. Austernkolonien wachsen ihnen von unten her entgegen.

Zwei Wachen schnarchen zwischen ein paar mickrigen Öllampen, eine auf dem Achterdeck und die andere auf dem Bug-Kastell des Schiffes, das nur mit einer einzigen langen, schmalen Hängebrücke mit der Dschungelstadt verbunden ist. Weitere Männer saufen in der ehemaligen Kapitänskajüte. Aus der Suppe darunter blitzen die schuppigen Buckel und die schleimigen Glupschaugen der Krokodile.

Zoom zurück in die Totale über Captiva

Auf dem offenen Meer kreuzt eine Jolle, über der die Flagge von Käpt'n Skull im Wind zappelt. Die Nussschale hält geradewegs auf Captiva-Island zu.

Besetzt ist das kleine schnelle Boot mit ein paar Männern, einem Indianermädchen und drei Jungen. Die vier Indianer sind fast nackt und mit engen Schlingen um ihre mageren Hälse aneinandergebunden.

Das Boot umrundet den Nordzipfel der Insel und verschwindet im Dunkel der versteckten Bucht. Es rammt den alten Schiffsrumpf, das Gefängnis in der Mitte des Hafens, und macht unter einer glitschigen Jakobsleiter, die von den Resten einer Reling herunterhängt, fest.

»Heee! Is irgend'n Syph-Hirn zu Hause? Is ja nicht zu fassen, hier kann einer ja unbemerkt ein- und ausspazieren, als wär's 'n öffentlicher Marktplatz!«

Die zwei Wachen schrecken hoch. Twinjack, der mit der Glatze, verliert prompt seinen Dreispitz an den Sumpf unter ihm. Twinjim, der andere, verliert seine Muskete, die die Stufen zum Hauptdeck hinunterpoltert. Verschlafen sucht er seine Stiefel, findet aber nur einen.

Die beiden Wachen treffen sich am Gangspill, der Ankerwinde auf dem Halbdeck, wo sie einen Ochsenfrosch aufschrecken, der glucksend zwischen dem knöcheltiefen

Gras auf den Decksplanken verschwindet. Stolpernd und polternd suchen Twinjim und Twinjack die morsche Reling ab, bis sie auf die Strickleiter stoßen, deren Existenz sie offenbar vergessen hatten. Sie recken ihre schmutzigen Hälse außenbords und rufen gleichzeitig wie zwei Synchron-Stotterer:

»W-w-w-wer da? W-w-w-wer da?«

»Meldet dem Gouverneur das Eintreffen von 'ner Gesandtschaft von Kapitän Skull, ihr zwei Sumpfratten! Aber schnell, wir ham frische Ware, die langsam gammelig wird. Außerdem sind wir verdammt durstig und ham uns 'n Fässchen Rum verdient!«

Die Antwort der beiden kommt ebenfalls im Chor:

»Ay-ay, Sir!«

Nachdem die Gefangenen die Jakobsleiter hinaufgewuchtet worden sind, stehen der Glatzkopf und der Einstiefelige sabbernd vor den geschundenen Indianern. »W-was, nur *ein* Weib? Skull lässt sich seit Monaten nicht mehr hier blicken und schickt nur ein verdammtes kleines Weib? Weiß er nicht, dass der Gouverneur dringend frische und kräftige Frauenzimmer aus'm Dschungel haben will, die ihm ordentlich was einbringen?«

Der Anführer des Kommandos, das Shark und ihre Brüder in das stinkende Loch von Captiva-Island verschleppt hat, wendet sich seinen Männern zu.

»Legt die Jungen in Ketten, und bringt das Weib zum Gouverneur! Er wird schon sehn, was er davon hat!« Dabei deutet er auf seinen Hals, über den sich blutverkrustete Kratzspuren ziehen, als wäre er von einem Panther angefallen worden.

Shark wird von ihren Brüdern getrennt.

Kerker

Sting, Alligator und Turtle werden in den Niedergang hinunter in das erste Kanonendeck gestoßen. Der Gestank menschlicher Fäkalien, der sich dort unten schon seit Jahrzehnten in das alte Gebälk frisst, dringt an die frische Nachtluft.

Der Kerker ist leer. Er wurde offensichtlich schon länger nicht mehr mit »frischer Handelsware« gefüllt. An einen der Mast-Stümpfe, die durch die niedrigen Räume bis zum Kiel hinunterführen, sind Ketten geschlagen, an deren anderem Ende sich die Schellen befinden, die um die Fußknöchel von Sting, Alligator und Turtle gelegt werden.

Hängebrücke

Sharks Schlinge um den Hals wird an einer Stange befestigt, mit der man die Furie auf Abstand halten will. Wie ein Hund an einer starren Leine wird Shark über die bedrohlich schwingende Hängebrücke gezerrt. Sie verschwindet mit dem nervösen Twinjack am anderen Ende der Stange im Gewirr der Dschungelstadt, gefolgt von Skulls Männern, die die Gegenleistung für ihre Ware aushandeln wollen: ein gutes Schiff als Leihgabe, mit geräumigen Lagerdecks für den Schatz von Sharkfin-Island, dessen Existenz sie nicht erwähnen werden.

Kerker

Sting, Alligator und Turtle liegen zusammengekauert auf den fauligen Planken des Decks. Plötzlich wird die Luke über den drei Gefangenen wieder geöffnet, Shark wird hinuntergestoßen und bleibt regungslos liegen.

Im Mondlicht, das für einen kurzen Moment zu den Eingekerkerten hereindringt, können Sting, Alligator und Turtle erkennen, dass der Rücken des Mädchens mit den blutigen Striemen überzogen ist, die eine neunschwänzige Katze hinterlässt.

»Sha-na wird an diesem Ort sterben!«, sagt Alligator, der kräftigste der drei in der Sprache der Tocobaga. »Wenn Ke-Lo nicht Hilfe schickt!«

»Ke-Lo? Wen soll Ke-Lo schicken? Sie ist ohne Macht im Reich der Zahnlosen!«, flüstert Sting.

Mitternacht, die Mangroveninsel mitten in der Sarasota Bay

Steven schreckt hoch. Das feine Knirschen von Schritten im Muschelsand dringt aus der Dunkelheit.

Die Menschenjäger!

Steven tastet hektisch nach seinem Säbel.

Er will sein Leben wenigstens so teuer wie möglich verkaufen, rollt sich lautlos aus dem Netz und duckt sich tief zwischen die Luftwurzeln der Mangroven. Hundertschaften von Krabben, handtellergroße Spinnen und kleine, gelbe und grüne Schlangen haben längst ihr nächtliches Krabbeln und Kriechen begonnen. Über ihm hängt eine satte, schwarze Water-Mokassin in den Blättern, hinter ihm sind die Alligatoren hungrig auf der Jagd, nachdem sie den Tag träge in der Sonne dösend verbracht haben.

Die Schritte kommen näher und Steven umklammert den Griff seines Säbels mit beiden Händen, bereit zur Verteidigung.

»Wuff!«

Steven lässt den Säbel sinken.

»Kommt da raus!«, hört er Snake sagen. »Wir müssen weiter, bald wird es hell!«

»Snake, verdammt, warst du einen Energy an der Tanke holen, oder was?«

Snake, der kein Wort versteht, ignoriert die Frage und flüstert: »Wenn Ihr weiter so laut sein wollt, bitte sehr. Doch in diesem Fall bevorzuge ich es, ohne Euch weiterzureisen. Wollt Ihr das? Macht Euch also fertig, wir haben bereits die halbe Nacht verloren, aber seid verdammt noch mal leise!«

»Du hättest mich wecken können!«, flüstert Steven wütend.

»Hätte ich, aber Ihr brauchtet Schlaf«, antwortet Snake, und ergänzt: »Hab Euch unterdessen ein paar Austern gesammelt oder wollt Ihr von Schmetterlingen leben?«

Der Erklärung Snakes ist zwar nicht wirklich zu trauen, dafür hat er nicht genug Austern mitgebracht, aber auch nicht zu widersprechen. Also bleibt Steven nur, seine Hängematte zusammenzurollen, um sie auf ihrem Gefährt zu verstauen. Moonsurfer, das als Ausleger an das Kanu gefesselt seinen ungewöhnlichen Dienst tut, gibt er einen sanften Klaps mit der flachen Hand, als wolle er sich bedanken.

»Vielleicht warst es ja du, der Snake zurückgezwungen hat ...«, murmelt er kaum hörbar.

Die beiden Jungen, die noch immer nicht wissen, ob sie Freunde oder Feinde sind, stoßen ihr Gefährt in die dunkel vor ihnen liegende Bay, setzen Segel und nehmen wieder Kurs auf Captiva-Island.

Sie kommen gut voran, doch dann, ein paar Stunden und Seemeilen später, wälzt sich die schwarze Wand, die schon am Vortag draußen auf See gelauert hatte, über das Land. Schlagartig rasen Sturmböen durch die Bay, der Himmel wird von den schwarz aufquellenden Wolken verdunkelt, Papageien steigen krächzend aus den Baumkronen in den Himmel. Die Flamingo-Schwärme erheben sich. Die friedliche, farbenprächtige Blüten- und Pflanzenwelt verwandelt sich binnen weniger Atemzüge in eine weißgrau tosende Sturmhölle, die das Wasser, das aus dem Himmel fällt, quer über den Tropenwald und die Lagune peitscht.

Blitze, gefolgt von schwerem Donner, zucken kreuz und quer über die Wipfel der Palmen, die der Sturm beutelt, als wären sie Pusteblumen. Nur wenig später entlädt sich das Unwetter genau über der kleinen Insel, auf die sich Steven, Snake und Scouba gerade noch rechtzeitig in Sicherheit bringen wollten. Die ganze Welt scheint jetzt in tausend Teile zu zerspringen, so infernalisch ist das Krachen. Eine der Königspalmen hinter ihnen zerbirst in lange Splitter, einzelne Palmwedel flattern durch die Luft und fallen angesengt und qualmend vor ihre Füße auf den kleinen Muschelstrand.

Auch Snake fällt, aber nur auf seine Knie. Er betet,

denn er fürchtet nichts mehr als das unerklärliche Wüten eines Gewitters, das nach seinem Verständnis der Dinge allein göttlichen Zorn als Ursache hat.

Steven dagegen ruft durch den Donner und das Prasseln der Regenschauer zu Snake hinüber:

»Laut Wikipedia ist ein Gewitter eine mit luftelektrischen Entladungen verbundene komplexe meteorologische Erscheinung. Durch aufsteigende feuchtwarme Luftmassen baut sich …«

Snake greift nach seinem Säbel, um Steven die Spitze an die Gurgel zu halten. Der aber hält sich prustend den Bauch, lässt sich nach hinten auf den Strand kippen und liegt dann mit ausgestreckten Armen im erfrischenden Platzregen, der seine Mückenstiche und die eiternden Wunden wohltuend umspült, während Snake zitternd im Gebüsch kauert und die göttliche Strafe für seine Taten erwartet.

»Wollt Ihr nicht noch ein paar Austern sammeln gehen?« Steven lacht.

Doch Snake antwortet mit ausgebreiteten Armen dem Himmel zugewandt: »Herr, ich bin dein braver Diener! Ich kann nichts dafür, dass ich gemeinsame Sache mit einem Ketzer machen muss, der ausgerechnet eine Heidin erretten will! Wenn das Unwetter, das diese kleine Insel trifft, die Strafe für meine Taten sein soll, so werde ich sie annehmen, aber regt Euch bitte nicht noch mehr auf, Herr!«

Das Gebet wirkt.

So schnell wie das Unwetter kam, verschwindet es auch wieder.

Die Sonne kehrt zurück und das Land dampft wie eine

urzeitliche Sauna. Der kupferne Kochtopf, der auf dem kleinen Segler festgemacht ist, hat sich zu einem Viertel mit frischem Trinkwasser gefüllt, und Steven, Scouba und Snake stehen tropfend zwischen den Mangroven auf dem Muschelstrand.

Kurz darauf sitzen sie nackt auf dem Auslegerboot und lassen ihre wenigen Fetzen, die sie noch am Leibe hatten, im warmen Wind trocknen, der sie weiter nach Süden treibt.

Charlotte Harbour, die letzte Bay, die Steven und Shark überqueren müssen, bevor sie Captiva-Island erreichen, morgens

Ein paar Sonnenaufgänge später erreichen die Reisenden eine riesige Bucht und suchen sich ein geeignetes Versteck, um dort die Stunden bis zum nächsten Sonnenuntergang zu verbringen. In der Ferne auf der gegenüberliegenden Seite: der Schlupfwinkel des Gaspar.

»Du wirst die Nacht hier verbringen!«, bestimmt Snake am Ende des Tages, den vor allen Dingen Steven unruhig und nervös im Schutz der Büsche abgewartet hatte, das Ziel ihrer Reise endlich vor Augen. »Ich dagegen werde mich nach Sonnenuntergang hinüberbegeben und unter das Gesindel mischen«, erklärt Snake.

»Soll ich hier etwa Wurzeln schlagen?«, protestiert Steven, der dem Jungen von der Blackbird noch immer nicht über den Weg traut.

Aber Snake antwortet: »Mit Verlaub, Sir Waves, doch einer von uns beiden muss zunächst feststellen, auf welche Weise wir Shark und ihre Brüder aus Gaspars Kerker herausholen können!«

»Weshalb du? Ich meine – alleine?«, will Steven wissen.

»Weil Ihr unter den Bastarden dort drüben auffallt wie ein leckeres weißes Karnickel unter einem Rudel ausgehungerter Ratten! Doch da auch *ich* mich vorsehen muss und mich nur unbemerkt in die Höhle des Löwen begeben kann, um mich unter die Hurensöhne zu mischen, benötige ich Eure seltsame Planke!« Und noch während er das erklärt, beginnt Snake damit, an den Leinen zu hantieren, mit denen Moonsurfer befestigt ist.

»Packt mit an! Wir müssen die Planke losbinden, damit sie mich nach Anbruch der Dunkelheit hinüberbringen kann, während Ihr hier warten werdet!«

Soso ..., denkt Steven und überlegt, ob er es riskieren kann, Snake sein wertvolles Board zu überlassen. Doch plötzlich weiß er, was zu tun ist: »Also gut. Aber damit du nicht noch mal auf den Gedanken kommst, ›Austern sammeln zu gehen‹, behalte ich Scouba hier!«

»Einen Teufel werdet Ihr ...«, protestiert Snake.

Doch dieses Mal erstirbt *Snake* das Wort auf der Zunge, als er die Spitze von Stevens Säbel an seiner backbordseitigen Halsschlagader spürt.

»Das werdet Ihr nicht wagen!«, flüstert der Schiffsjunge daraufhin so leise und kalt, dass es Steven einen Atemzug lang fröstelt. Doch irgendwie gelingt es ihm, mindestens ebenso eiskalt zurückzugeben:

»Ich werde es nicht wagen, dich mit meinem Board gehen zu lassen – mit allem, was ich außer meinem Leben noch habe. Nicht, ohne mir *das* als Pfand zu nehmen, was Ihr,

Sir *Snake*, *Wer-immer-ihr-auch-seid*, außer *Eurem* Leben noch besitzt: Scouba!«

In diesem Moment greift Snake blitzartig nach seiner Waffe, wirft sich fast gleichzeitig herum, holt aus und lässt das Metall durch die Luft sirren – doch der Schlag geht ins Leere.

Steven ist schneller, als Snake es sich ausgerechnet hatte. Schneller sogar, als es sich Steven selbst zugetraut hatte.

Snake torkelt für den Bruchteil einer Sekunde, aus dem Gleichgewicht gebracht vom eigenen Schwung. Steven steht bereits wieder, zwei Schritte zurückversetzt, fest im Sand, den Säbel auf Snake gerichtet. Aber der Schiffsjunge vollführt eine komplette Drehung und fängt sich gekonnt.

Während sich dann die Spitzen ihrer Waffen zitternd gegenüberstehen, flüstert Snake: »Ihr werdet es nicht wagen, gegen mich anzutreten!«

»Ich habe keine Wahl!«, gibt Steven zurück, der ohne sein Board verloren wäre. »Ich werde dich töten, wenn du versuchst, mich anzugreifen!«

Da macht Snake einen Ausfall und greift an.

Blitzschnell.

Steven pariert, so gut er kann. Doch der erwartete Schlag, das klirrende Geräusch von Eisen auf Eisen bleibt aus.

Stattdessen bricht der Schiffsjunge den Scheinangriff ab, wirft den Säbel in den Sand, schwingt seinen Arm in einer ausladenden Bewegung durch die Luft und macht eine tiefe Verbeugung, einen Fuß elegant vor den anderen gestellt:

»Ihr habt ja richtig Mumm in Euren Knochen, Sir Waves! Gestatten, ich bin Peter Periwinkle. So jedenfalls wurde ich zu Hause in Liverpool genannt. Ich bin der Sohn des wahren Eigners des englischen Handelsschiffes mit dem Namen *Bird*, gekapert von Piraten, umgetauft auf den Namen *Blackbird* und auf Grund gesetzt vor der Küste Sharkfin-Islands.« Danach lässt er sich in den Sand plumpsen und ergänzt: »... und ich bin einverstanden mit Eurem Vorschlag. Ihr stellt Euer sogenanntes Surfboard vorübergehend in meine Dienste, während ich dasselbe mit meinem treuen Begleiter Scouba zu Eurer Sicherheit mache.«

Steven, noch immer in Verteidigungsposition, lässt nur langsam seine Waffe sinken. Doch nachdem er zu dem Schluss gekommen ist, dass dies keine weitere Finte des Schiffsjungen ist, und da er gleichzeitig neugierig geworden ist, fragt er: »Und ... was ist mit deinem Vater geschehen?«

Doch Snake Periwinkle weicht aus: »Ihr wisst bereits genug«, wiegelt er ab. »Haben wir nun einen Handel oder nicht?«

»Haben wir!«, erwidert Steven, stellt ebenfalls einen Fuß vor den anderen und ahmt Snakes ausladende Verbeugung nach:

»Mein Name ist einfach nur Steven. Kein Sir, kein Earl, kein Euch und kein Ihr! Und auch kein Cheese. Einfach nur *Steven*. Dass man das in diesem Land *jedem* extra erklären muss ...«

»Cheese?«, wundert sich Snake.

»Ach, vergiss es, nenn mich einfach nur Steven!«

»Also, dann, Steven, packt mit an und befreit Eure

Planke von ihren Fesseln … verzeiht, ich meinte: Hilf mir, die Planke loszumachen!«

Es ist dunkel, als sich Snake bäuchlings auf das Surfboard legt, um durch die Bucht und in die Höhle des Löwen zu paddeln.

Doch Moonsurfer schießt fast wie von selbst in die Brandung und trägt Snake zielstrebig hinaus in die Dunkelheit, hinüber in Gaspars Reich.

Steven dagegen verbringt die Nacht allein mit dem Hund in einer kleinen, sandigen Senke. Zwischen Zwergpalmen und Sträuchern erzählt er Scouba von der Welt in dreihundertelf Jahren. Das Tier legt den Kopf zur Seite, wedelt mit dem Schwanz und hechelt den Zeitreisenden unbeeindruckt an.

»Hab verstanden. Du glaubst mir also auch nicht, stimmt's?«, fragt Steven und seufzt.

Scouba gähnt, dreht sich in den Sand, schließt die Augen und schläft ein.

Noch vor Morgengrauen ist Snake zurück. Er sieht mitgenommen aus. An seiner Schläfe klebt getrocknetes Blut.

»Was ist geschehen?«, will Steven wissen.

»Ich lebe noch«, gibt Snake zurück.

»Wie geht es Shark und ihren Brüdern?«

»Leben ebenfalls noch. Befinden sich im obersten Kanonendeck – man hat sie dort in Ketten gelegt.«

»Haben wir eine Chance …?«

»Zum Gefangenenschiff in der Mitte des Pfuhls, den Gaspar seinen *Hafen* nennt, führt nur eine einzige, höchst zweifelhafte und verflucht lange Hängebrücke«, erklärt Snake. »Zudem gibt es – sieht man von den Niedergängen an Deck ab – nur einen einzigen Zugang ins Innere des Schiffes: eine geöffnete Stückpforte, die offensichtlich für Frischluft sorgen soll. Selbstverständlich sind Männer auf dem Schiff, die nicht nur die Gefangenen, sondern auch eine Pulverkammer unter dem Oberdeck bewachen.«

»Konntest du rausfinden, wie viele?«

»Fünf, um genau zu sein. Unterstützt von ein paar hungrigen Krokodilen im Brackwasser der Lagune. Bei meiner Seel, ich fürchte, wir brauchen einen verflucht guten Plan, um Shark da rauszuholen! Im Übrigen gesellt sich zu den Krokodilen auch noch ein riesiger Hai, der sich erst vor einigen Tagen in die Bucht verirrt haben soll.«

»Ein Hammerhai etwa?«

Snake reibt sich das Kinn: »Möglich. Gerade als ich das Vieh sah, war es auch schon wieder abgetaucht. Denn im selben Moment hatte aus der Hütte Gaspars heraus ein kleines sportliches Schießen begonnen, das der Rückenflosse des Tieres gegolten hatte. Der Halunke hat dem Dreieck ein schönes Loch verpasst ...«

»Der Hai vor Sharkfin-Island war ebenfalls ein Hammerhai ...«, überlegt Steven, aber Snake lacht: »Willst du damit sagen, dass das Mädchen noch einen weiteren Freund hat, der verrückt genug ist, sich ihretwegen in die Höhle Gaspars zu wagen?«

Doch Steven ist bereits in Gedanken und in seiner Hängematte versunken. Er verschränkt die Arme hinter dem Kopf, schließt die Augen und hofft noch ein wenig Schlaf zu finden. Doch an diesem Tag ist erst dann an

Ruhe zu denken, wenn sie einen einigermaßen brauchbaren Plan haben und sei dieser auch noch so waghalsig. Mit einem Auge beobachtet er weiterhin Snake, der seinen Hund tätschelt, sich das Blut von der Schläfe wäscht und einen tiefen Zug lauwarmen Wassers aus dem riesigen Kochtopf nimmt, in den Steven von den Irren auf der Blackbird beinahe gesteckt worden wäre …

Auf dem Deck des Gefangenenschiffes, Nacht, kräftiger Wind, Hitze, Schauer, Wetterleuchten am Horizont

Regen. Die Wachen auf dem Gefangenenschiff würfeln in der morschen Kapitänskajüte zwischen den Rinnsalen, die durch die löchrigen Dachbalken plätschern. Twinjim, der gerade das Würfelspiel verloren hat, kauert schlecht gelaunt draußen auf der Back neben dem Stumpf des ehemaligen Fockmastes. Nur die Reste eines Balkens über ihm bilden einen kläglichen Schutz vor dem Wind und den Schauern, die über der Insel heruntergehen.

Die Hängebrücke, die über der Bucht pendelt, strafft sich fast unmerklich. Ein kleiner schwarzer Hund mit langen zotteligen Haaren tappt vorsichtig von einer nassen Bohle zur nächsten. Unter ihm lauern die Augen der Krokodile, umkreist von der durchlöcherten Rückenflosse des Haies. Die Hängebrücke ist nicht viel weniger löchrig und Scouba muss immer wieder über größere Lücken springen. Plötzlich rutscht er ab und zappelt mit den Hinterpfoten über dem Abgrund. Unter ihm öffnet bereits eines der Krokodile seine monströsen Zahnreihen und wartet auf das Fallen des Frischfleisches. Scouba hängt exakt über dem Schlund des Reptils. Er wagt keine Bewegung mehr, während die Krallen seiner Vorderpfoten tiefe Furchen in das Holz graben, Zentimeter für Zentimeter.

Doch irgendwie schafft er es, den Sturz zu verhindern. Er ist gerade dabei, sich zurück auf die Bohle zu ziehen, als das Vieh unter ihm abtaucht.

Dann explodiert das Wasser.

Das Krokodil schießt senkrecht nach oben, klappt sein Maul knapp unter der Hängebrücke mit einem Knochenbrechergeräusch zusammen und klatscht zurück ins Brackwasser. Sein schwerer, schuppiger Körper lässt eine Fontaine fast bis in die Kronen der Bäume steigen.

Die Wache am Fockmast schreckt hoch und flucht: »Verdammte Viecher! Ruhe da unten! Spielt morgen wieder, jetzt is Nachtruhe!«, während Scouba flach auf den Bohlen liegt, auf die er sich in allerletzter Sekunde gezogen hatte. Einzig sein Schwanz musste ein paar schwarze Haare opfern.

Er rappelt sich hoch und versucht halbherzig, sich trocken zu schütteln, ohne dabei das Gleichgewicht zu verlieren. Danach tastet er sich weiter. Irgendwann ist er dem rettenden Deck des alten Schiffsrumpfes nahe genug, sodass er mit einem letzten Spurt und einem Satz im glitschigen Grünzeug auf den Planken landen kann. Er rutscht, vorbei an einem flanierendem Leopardenfroschpärchen und einer lauernden Natter, in den Schatten des Gangspills, wo er zum Stehen kommt.

Ein schwarzer Hund in nachtschwarzem Schatten.

»Wer da?«, schreckt Twinjim am Fockmast abermals hoch und fuchtelt mit seiner Blunderbüchse in die Dunkelheit und über die Decks hinweg, während Scouba sogar sein Hechelhechel unterdrücken kann und keinen Mucks mehr von sich gibt.

Plötzlich schlägt direkt neben ihm die Tür zur ehemaligen Kapitänskajüte auf. Damit hat Scouba nicht gerechnet. Mit einem Mal sitzt er mitten in einem hellen Lichtstreifen, während die Wachen einer nach dem anderen aus der Kajüte torkeln.

»Twinjim, is was? Schon wieder Besuch von Skull?"

Doch Twinjim ruft weiter in die Nacht hinaus: »Hallo? Ist da wer?«

Scouba schiebt sich langsam und vorsichtig hinter das Gangspill. Drei der vier Wachen aus der Kajüte halten Öllampen in die Nacht und weit über die Reling hinaus, um in die Dunkelheit der düsteren Bucht zu spähen. Der Wind lässt Lampen und Schatten tanzen. Einer der sturzbetrunkenen Säufer verliert das Gleichgewicht und landet rumpelnd und fluchend im Moos auf den Decksplanken, ein anderer kotzt Fischköpfe über die faulende Reling.

Scouba nutzt die Gelegenheit, startet im Rücken der Wachen durch und landet mit wenigen Sätzen in der Kajüte, die bis auf einen letzten schnarchenden Säufer leer ist.

In der Kajüte

Der Hund springt über einen wackligen Stuhl auf den Tisch und sieht sich in dem niedrigen Raum um. Kurz darauf hat Scouba das gesuchte Objekt entdeckt und überquert den Schlafenden, der nur ein schmatzendes Brummen absondert, während Scouba über dessen Buckel hinunterrutscht. Er hüpft auf eine Seemanskiste an der Wand und schnappt sich den Schlüsselbund, der an einem großen Ring über einem rostigen Haken hängt.

Noch bevor die restlichen Wachen sich einer nach dem anderen wieder von der Reling abwenden, um zurück in die Kajüte zu torkeln, entwischt Scouba nach draußen. Den Schlüsselbund im Maul erreicht er ungesehen die schützende Dunkelheit des Halbdecks.

Auf dem Hauptdeck/im Kanonendeck

Scouba springt hinunter auf das Hauptdeck und wetzt zum Niedergang in das ehemalige Kanonendeck. Er stoppt vor dem hölzernen Gitter, das den Niedergang versperrt, und lässt den Schlüsselbund durch eines der Löcher fallen.

In diesem Moment zuckt ein gewaltiger Blitz durch die Wolken über dem Gefangenenschiff, gefolgt von einem Donnergrollen, das den alten Rumpf erbeben lässt. Für den Bruchteil einer Sekunde steht Scouba im grellen Licht wie auf der Bühne einer Opernaufführung des *Fliegenden Holländers*.

»Ja, hicks, wen hamwir denn da? Dachtschon, ich schspinne! Da is ja doch'n Besucher! Bist ja nichmal'n Waschbär, auch keine Rrrr-ratte, eher'n K-köter! Hicks, wo kommsu denn her?«

Ehe Scouba das Weite suchen kann, hat ihn der Säufer am Kragen, hebt das schwere Gitter an und wirft den Hund hinunter zu den Gefangenen. »Hier! Hier habt ihr n'wenig Gesellschaft. Und ich hab meine Rrrr-ruhe!«

Danach hinkt Twinjim mit dem rechten Stiefel am linken Fuß zurück auf seinen ungemütlichen Posten am Fockmast.

»Verfluchte B...Bande!«, brüllt er zur Kajüte hinüber. »K-könnte mal einer den alten T-Twinjim ablösen?«

Keine Antwort. Also kauert er sich wieder am Stumpf des Mastes zusammen und stiert wütend auf die dunkle Bucht hinunter und hinüber zur engen Einfahrt, durch die die Flut das Meerwasser in den natürlichen Hafen schiebt. Er will einen tiefen Schluck aus seiner Rumflasche nehmen, aber er nuckelt vergeblich am Flaschenhals, denn das Ding ist leer. Gleich darauf fliegt die Rumflasche über die Reling und verschwindet mit einem Glucks in der grünen Suppe, die übersät vom Müll des Piratennestes ist. Twinjims trüber Blick wandert über das Wasser, über treibende Planken, abgebrochene Ruder, seinen linken Stiefel, ein paar Nachttöpfe und einen großen, seltsamen Kessel, der wie ein verlassenes Boot auf dem Wasser treibt und den er hier noch nie gesehen hat.

Von der Flut angeschoben hat sich der ganze Müll langsam in Bewegung gesetzt und wird jetzt nach und nach an den alten Rumpf des Gefangenenschiffes gedrückt. Twinjim nickt ein und beginnt zu schnarchen.

Etwa eine Stunde später schreckt er wieder hoch, rappelt sich auf und macht seine torkelnde Runde über den glitschigen Morast auf dem Deck. Aus der Kajüte tönt das Konzert der übrigen Schnarchenden. Der seltsame große Topf dümpelt inzwischen dicht unter dem Rumpf, dem Kerker, den Twinjim zu bewachen hat. Er dreht ab und verzieht sich fluchend zurück in seinen nutzlosen Verschlag, als ein neuer Schauer über der Bucht niedergeht.

Nacht, in der Kloake

Der Kessel hat den Rumpf mit einem leisen *Dong!* am Achtersteven erreicht.

Eine Hand erscheint und greift über den Rand. Der Topf gerät aus dem Gleichgewicht, pendelt ein paarmal hin und her, und beruhigt sich wieder. Eine zweite Hand erscheint, gefolgt von einem rötlichen Schopf über einem Augenpaar, das vorsichtig nach draußen späht. Das Gesicht ist rußverschmiert und schwarz wie die Nacht.

Diesmal hat Snake den Kochtopf der Blackbird nicht als Taucherglocke benutzt, sondern als Boot. Und er wird nicht zufällig »Snake« genannt: Mit den Fingerspitzen greift er in eine der Ritzen zwischen den Austernkolonien auf der Beplankung des Schiffes und zieht seinen Körper langsam und wie eine Schlange aus dem Topf, bis er frei unter dem überhängenden Heckbord baumelt. Zwischen die Zähne hat er das Ende einer Leine geklemmt, die er über seiner Schulter aufgerollt hat. Das andere

Ende des Taues ist mit einem der beiden Griffe am Rand des Topfes verknotet.

Unendlich langsam und vorsichtig hangelt und schlängelt sich Snake über Stützpfosten hinweg und unter vernagelten Luken hindurch in Richtung Bug, um die einzige Stückpforte, die noch zur Belüftung des Kerkers offen steht, zu erreichen. Doch er braucht eine ganze Stunde, um in die Nähe der offenen Luke zu gelangen.

Twinjim wacht unterdessen aus der Fortsetzung eines Traumes mit der »Dicken Annie« auf, rappelt sich pünktlich wie ein Uhrwerk nach Ablauf einer Stunde hoch und tapst einstiefelig hinkend seine Runde. Er späht über die morschen Reste der Reling, unter der Snake hängt, wirft einen Blick in den leeren Kessel, der leise gegen den Achtersteven schwallt, und verschwindet wieder.

Snake, der sich an die Bordwand gepresst hat, hält den Atem an. Seine Finger krallen sich in die Spalten und Ritzen zwischen den alten Planken. Sie schmerzen höllisch. Doch er arbeitet sich weiter und kurz darauf hat er die Luke erreicht. Vorsichtig löst er die tauben Glieder seiner rechten Hand aus einem Spalt und schwingt den Arm hinüber zur Öffnung.

In diesem Moment rutscht seine linke Hand ab.

Aber Snake hat gerade noch rechtzeitig den Sims der Kanonenluke zu fassen gekriegt. Für einen Augenblick baumelt er an nur noch an einem Arm, doch im letzten Moment greift er mit der frei gewordenen Linken nach. Er versucht sich hochzuziehen, doch seine Kräfte reichen nicht mehr. Lässt er aber los, sind alle verloren.

In diesem Moment schnellt ein Schatten von innen aus der Luke und legt sich um Snakes Handgelenk. Ein zweiter

Schatten folgt und hält ihn mit der Kraft eines Panthers fest, der nach seiner Beute geschnappt hat.

Sharks dunkles Gesicht taucht in der Öffnung auf.

»Snake!«, flüstert sie.

»Chark!« Snake versucht sich so leise es geht mit der Leine zwischen den Zähnen verständlich zu machen. »Chark, ninn die Leine und chieh den chokch langchang hierher!«

Doch Shark versteht Snake auch ohne Worte. Sie zieht das Tau vorsichtig aus seinen Zähnen und danach den Kessel Stück für Stück an der Bordwand entlang, bis er sich genau unter Snakes Füßen befindet.

»Mach die Leine irgendwo drinnen fest!«, flüstert Snake, aber das Mädchen will seinen Arm nicht loslassen.

»S'ist in Ordnung, ich halte mich!«

Sie verschwindet, kehrt zurück und nickt zum Zeichen, dass das Tau befestigt ist. Snake kann eine Schlinge um sein Bein schlagen und seine Hände entlasten.

»Gut, jetzt hör genau zu«, flüstert er. »Ich lass mich gleich wieder in den Topf hinunter. Mein Freund Steven wird mich dann zurück ans Ufer ziehen. Den leeren Topf ziehst du wie eine Fähre wieder zu dir zurück und lässt Turtle hineinklettern. Wir dort drüben ziehen dann wieder den Kessel mit Turtle hinüber zum Ufer. Wir machen so lange weiter, bis alle drüben sind. Hin und her. Mach schnell, bevor die Wache ihre nächste Runde dreht!«

Shark nickt zum Zeichen, dass sie verstanden hat.

Langsam lässt sich Snake zurück in den Kessel sinken, als Shark ihm bedeutet, noch einen Moment zu warten. Sie verschwindet und kehrt mit Scouba zurück, der gut gelaunt, aber genauso lautlos seinen Herrn begrüßt.

Kurz darauf legt der Topf wie von Geisterhand bewegt vom Schiffsrumpf ab und tritt seine Reise hinüber zu Steven an, der sich auf der Landzunge gegenüber der Dschungelstadt versteckt hält.

Am Ufer steigt Snake aus und verschwindet gemeinsam mit seinem treuen Begleiter im Gebüsch.

Wenige Augenblicke später ruckt die Leine, denn jetzt zieht Shark - wie ihr befohlen - wieder an. Der Topf torkelt zurück über den Sumpf.

Drei Mal wandert die Fähre unbemerkt hin und her, dann lässt sich Shark als Letzte in das ungewöhnliche Gefährt gleiten.

Auf dem Hauptdeck des Kerkerschiffes, der nächste Tag bricht an.

Am Horizont erscheint der erste dunkelrosafarbene Streifen des Morgens. Twinjim streckt seine Glieder, quält sich schwerfällig hoch und hält sich seinen schmerzenden Piratenschädel. Verwundert bemerkt er, dass er nur noch den Rechten seiner Stiefel trägt: am linken Fuß. Schwitzend zerrt er ihn über die Ferse und schleudert das Ding in die Bucht, wo der Kessel gerade ein letztes Mal unterwegs zum Ufer ist - mit Shark in seinem Inneren. Doch der Topf kommt augenblicklich zur Ruhe, denn Snake hat Twinjims Erwachen rechtzeitig bemerkt und sofort die Zugleine locker gelassen. Jetzt dümpelt der Kessel im Algenteppich, als wäre er während der vergangenen Stunden nur zufällig dorthin getrieben worden.

Der Pirat tapst barfuß über das Hauptdeck und spendiert den anderen vier Wachen je einen Fußtritt als Morgengruß. In der Kajüte schlurft er am leeren Haken für den Schlüsselbund vorbei und setzt ein paar herumliegende Rumflaschen eine nach der anderen an die Lippen, in der Hoffnung auf einen übrig gebliebenen Tropfen zum Frühstück. Vergeblich. Die letzte Flasche landet scheppernd in einer Ecke. Danach torkelt Twinjim zwischen den grunzend und stöhnend erwachenden Kollegen hindurch zum Niedergang im Kanonendeck. Dort öffnet er das schwere Holzgitter und krächzt: »Ich grill mir jetzt den Hund! H-hab Hunger!«

Er stolpert die steilen Stufen hinunter. Unten angekommen reibt er sich die Augen. Einmal, zweimal, dann brüllt er:

»A-a-a-a-a-alaaaaaaarm!«

Auf der Sandbank, im Gebüsch zwischen Lagune und Meer, wo Snake, Steven, Turtle, Alligator, Sting und Scouba den Alarmruf hören.

Snake und Steven versuchen sofort, die kupferne Fähre mit dem Mädchen das letzte Stück zu sich heranzuziehen, aber die vollgesogene Leine hat sich während der Zwangspause auf den Grund gesenkt und strafft sich nun in ihren Händen, ohne den Topf zu bewegen.

»Verdammt, Snake, die Leine hängt fest! Sie hat sich irgendwo verhakt!«

An Deck des Kerkerschiffes

»A-a-a-alaaaaarm!«, grölt Twinjim ein zweites Mal »Die G-g-g-gefangenen sind weg!«

Dann dämmert es ihm.

»Der verfluchte T-Topf!«

Twinjim springt zu seinem Unterschlupf, greift nach seiner Blunderbüchse, rutscht zurück zur Reling, kommt dort irgendwie mit rudernden Armen zum Stehen und legt auf den Kessel an.

Mit der kurzläufigen Muskete kann der wachhabende Halsabschneider auf eine kurze Entfernung von bis zu vierzig Fuß gehacktes Blei verschießen.

Das ist selbst für einen wie Twinjim eine treffsichere Angelegenheit.

Totale, die Bucht mit der Lagunenstadt

Der Schuss zerreißt die Stille und etwa zweihundert Piraten, ihr zwangsverpflichtetes Personal, drei Krokodile, Vögelschwärme, Sumpfratten, Opossums, Waschbären, Schildkröten, giftige und ungiftige Frösche, Schlangen, Fledermäuse, Schmetterlinge, Libellen und Moskitos schrecken aus dem Schlaf.

Ein wildes tierisches und menschliches Durcheinander bricht los.

Die Huren stolpern aus den Hütten, wie Gott sie schuf, aber nicht mehr ganz so taufrisch, gefolgt von ihren Freiern, von Quartalssäufern, von Quacksalbern und deren halbtoten Opfern.

Die Hurensöhne und alle anderen Halsabschneider rutschen nacheinander an den geölten Stangen hinunter zum modrigen Anlegeplatz für Jollen, Ruderboote, Schaluppen und Nussschalen jeglicher Bauart. Eine Faschingsgesellschaft aus Matrosen, selbst ernannten Offizieren, Kommodores, Admirälen, Vizeadmirälen und Konteradmirälen stolpert und poltert über Entermesser, Perücken, Piken, Musketen und Blunderbüchsen. Die Seeräuber hetzen über Treppenauf- und abgänge, poltern über Stege hin und her und hüpfen, die Beinkleider noch in den Kniekehlen, zu ihren Booten und auf ihre Posten.

Zoom auf die Hütte Gaspars

Aus der größten Hütte hoch über der Baumhaus-Stadt torkelt der Gouverneur hinaus auf seinen Balkon. Um seine Mitte herum nur mit gerüschter Unterwäsche bekleidet, die Kratzspuren eines Panthers im Gesicht, eine Pfeife aus hellem Gips im Mundwinkel. Eine Perücke über langen schwarzen Zöpfen, verschmiertes Rouge auf den sonnenverbrannten Wangen, der Bart reicht bis hinunter zum Nabelbruch. Seine massigen Unterarme hat er über die schmalen Schultern zweier übernächtigter, puderweiß geschminkter Mätressen gehängt. In den Händen je eine Rumflasche. Abgesehen von seinem irren Aufzug, der einen Psychopathen vermuten lässt, ein Mann in den besten Jahren: groß, muskulös und komplett bis auf einen fehlenden kleinen Finger (den er getrocknet und in einer Goldfassung an einem Kettchen um den Hals trägt).

Während sein Blick über den riesigen Höcker seiner Adlernase und über das Geschehen in der Bucht irrt, lässt er sich einen Hut vom Ausmaß eines Sonnenschirms reichen und pflanzt ihn mit einer feierlichen Bewegung auf seine Perücke. Lange Straußenfedern ragen wie der Schweif eines Gockels aus der Krempe und zittern erregt in der Morgenluft.

Unten in der Kloake

Shark hatte sich blitzschnell aus dem Kochtopf in das Brackwasser gerollt, noch bevor der Schuss durch die Lagune donnerte. Snake, Steven, Sting, Turtle und Alligator halten den Atem an, als wären sie es selbst, die in der Kloake abgetaucht sind. Sie ducken sich tief in das dichte Grün auf der Landzunge. Scouba hechelt lautlos. Snake hat eine von zwei Pistolen aus einem öligen, pechschwarzen Lumpen gewickelt. Neben ihm steht ein kleines, ebenso schwarzes Fässchen im Sand.

Hinter ihnen, in der Brandung, die auf den Außenstrand rollt, ankert startbereit das kleine zweirümpfige Boot: Moonsurfer und das Kanu, wieder aneinandergefesselt.

Jetzt erst bemerken sie die schuppigen Rücken der Krokodile, die mit kräftigen Schwanzschlägen aus drei Richtungen auf den Kessel zuschießen, aus dem Shark soeben ins Wasser geglitten ist.

Shark scheint verloren.

Doch kurz bevor die Reptilien den Kochtopf erreichen können, um die Indianerin untereinander aufzuteilen, taucht die durchlöcherte Flosse des Haies aus dem schleimigen Wasser auf. Der Weg der Krokodile zu ihrem Opfer ist abgeschnitten.

Vom Heck des Gefangenenschiffes herunter starrt auch Twinjim auf die Raubtierfütterung, bis er endlich den Geistesblitz hat, seine Blunderbüchse nachzuladen. Hinter ihm sind schwankend die anderen vier Wachen angetreten, sich ihre versoffenen Augen reibend. Halb blind hantieren sie noch unbeholfener an ihren Musketen herum als Twinjim.

Die drei Krokodile lauern hungrig im Wasser vor der Haiflosse, die ihre Bahnen auf und ab zieht und den Weg zum Kessel und zu Shark versperrt.

Minuten verstreichen, während das Publikum von den Laufstegen und Balkonen der Piratenstadt hinunter auf Twinjim und seine Kollegen starrt. Wenigstens ist Ersterer inzwischen so weit, dass er wieder auf den Topf anlegen kann, während er auf eine Bewegung im Wasser lauert. Die restlichen Wachen scheinen an diesem Morgen – wie auch an jedem anderen – zu betrunken zu sein, um ihre Waffen einsatzbereit zu fummeln.

»Was zum Henker geht da unten vor?«, brüllt Gaspar über die Bucht.

Gaspar auf seinem Balkon

Der Gouverneur Captivas steht an der Reling seines Balkons. Er hat sich ein Fernrohr reichen lassen, mit dem er den Trottel Twinjim beobachtet, der schwankend an seiner Büchse herumhantiert, bis er sie endlich zum Anschlag bringen kann.

Gaspar folgt der Mündung von Twinjims Waffe, bis er den Kessel im Hafenbecken im Visier hat.

Im Gebüsch, wo sich Steven, Snake und die anderen befinden

»Sie ist ertrunken! Wir müssen los!«, flüstert Snake.

»Nein, warte noch, Snake!«, sagt Steven.

»Siehst du die Käfige dort oben?«, antwortet Snake.

Steven blickt nach oben in die Kronen der Bäume über der Einfahrt zur Bucht, in denen rostige Gefängnisse aus Eisengeflecht baumeln, nicht viel größer als Wasserfässer.

»Das ist es, was uns blüht, falls wir geschnappt werden! Siehst du auch die Knochen darin? Das sind die Überreste derjenigen armen Kreaturen, die sich mit Gaspar angelegt und verloren haben!«

»Aber wir können doch Shark nicht ...«

»Los jetzt, Steven«, unterbricht ihn Snake. »Lass uns wenigstens die drei anderen Indianer retten. Bringt sie zusammen mit Scouba so schnell wie möglich auf das Boot!«

Steven zögert noch immer.

»Nun mach schon! Ich werde Shark rächen, verlass dich drauf! Werde diesem Abschaum noch einen kleinen Gruß hinterlassen und ein anständiges Loch in ihren Wanst brennen!«

Steven hat keine Wahl mehr. Er zieht sich zurück, gefolgt von den drei Indianerjungen. Snake dagegen bleibt, wo er ist, und beobachtet Twinjim, der, nachdem er noch eine Weile auf die Wasseroberfläche gestarrt hat, endlich seinen Kopf und die Plunderbüchse hängen lässt. Schließlich verschwindet der Pirat gemeinsam mit den anderen im Schiffsinneren.

Die Luft ist rein, der Weg für Snakes kleinen Abschiedsgruß ist frei …

Gaspars Balkon

Einem Impuls folgend schwenkt Gaspar sein Fernrohr nach backbord, weg vom Topf in der Brühe und auf das Gebüsch auf der Landzunge dahinter. Dorthin, wo er kurz darauf Alligator und Snake im Fokus hat.

»Da haben wir ja den Grund für die Störung: Mein Frischfleisch versucht zu flüchten!«, grunzt er. »Werden nicht weit kommen!«, grinst er hinzu.

Damit hebt der Gouverneur sein Fernrohr ein Stück an, sodass er durch die Kronen der Palmen spähen kann, hinaus auf den Strand, wo er unweigerlich den Mast des kleinen Bootes von Snake und Steven im Visier hat.

»Verdammt!«, entfährt es ihm.

Zwar ist auch der Gouverneur, wie alle auf Captiva-Island, frühmorgens betrunken, aber an diesem Morgen ist er das vergleichsweise geringfügig. Deshalb begreift er sofort und die Federn auf seinem riesigen Hut beginnen gemeinsam mit Gaspar zu zittern. Kurz darauf erteilt der Herrscher über Captiva seine Befehle und kommandiert eine Abordnung seiner nüchternsten Männer - sozusagen eine Eliteeinheit - hinaus auf den Strand.

Im Gebüsch auf der Landzunge, wo Snake zurückgeblieben ist, um seinen Gruß an die Meute Captivas auf die Reise zu schicken

Die Wasseroberfläche zwischen Snake und dem Kerkerschiff hat sich beruhigt. Auch das aufgescheuchte Treiben in den Rängen hat sich gelegt und in einen verkaterten Rückzug in die Gemächer verwandelt. Einzig Gaspars Eliteeinheit zur Rückführung der Flüchtigen ist jetzt in hektischer Bewegung und poltert die Holzbohlen und schiefen Stufen hinunter in den Urwald, wo der glitschige Pfad zum Strand beginnt.

Snake duckt sich tief in die Deckung pfannengroßer Blätter und hüfthoher Farne. Vorsichtig zieht und ruckelt er weiter an der Leine zum leeren und inzwischen mächtig verbeulten Topf. Irgendwann bekommt er den Strick frei, blickt noch einmal prüfend hinüber zum Kerkerschiff und danach hinauf in die Ränge, aber das Publikum ist fast vollständig zu seinen ursprünglichen Beschäftigungen zurückgekehrt.

Snake muss jetzt handeln. Er kann nicht länger warten, denn Gaspars Truppe, die den Flüchtenden den Weg zu ihrem Boot abschneiden soll, befindet sich bereits auf halber Strecke durch den Urwald. Die Männer werden die Bucht in Kürze umrundet haben.

Also zieht er den Kessel ruckartig zu sich in die Mangroven. Er kippt das wenige Wasser aus, das sich darin gesammelt hatte, und schleift den Topf ein Stück weit durch das Unterholz, bis er eine günstige Position erreicht hat. Danach entkorkt er sein Fässchen, legt es vorsichtig mit der Öffnung nach oben in den Kessel, zieht den Stumpen einer Kerze aus der Tasche, hält den Docht dicht an das Steinschloss seiner Pistole und drückt ab.

Der Feuerstein schlägt Funken. Der Lauf der Pistole ist nicht geladen, sodass nur das Pulver auf der Pfanne leise fauchend aufflammt. Aber die Kerze brennt.

Snake setzt den Kessel zurück ins Wasser zwischen die Mangroven und stellt die Kerze vorsichtig in die Öffnung des Fässchens. Schwarzpulver und eine brennende Kerze in einem schwimmenden Kochtopf:

Auf Snakes Stirn perlen Schweißtropfen, denn eine einzige falsche Bewegung dürfte ihn pulverisieren, bevor er den letzten Buchstaben von »Verflucht!« aussprechen kann.

Dann gibt er den Topf frei und verschwindet im Unterholz, um den anderen zu folgen.

In der Bucht bleibt eine Bombe zurück, die sich ohne Snakes Zutun dem morschen Rumpf des Gefangenenschiffes nähern wird, von der sanften Strömung der Ebbe getragen.

Doch der Docht der Kerze erlischt …

Auf dem Außenstrand der Lagune, wo das Auslegerboot in der Brandung wartet

Der Morgen ist düster und wolkig. Die Sonne färbt den Himmel in ein blutiges Grau, wie ein böses Omen auf das, was den Flüchtenden widerfahren könnte.

Snake hastet über den Strand hinunter zum offenen Meer, wo das Auslegerboot in der Brandung wartet, bereits besetzt von den drei Indianern, gehalten von Steven, der in den Wellen steht.

»Los!«, brüllt Snake.

»Ist Shark bei dir?«, brüllt Steven zurück. Er hat die Hoffnung noch nicht aufgegeben.

»Verflucht, nein!«, antwortet Snake und hetzt hinunter zum Boot, während er mit ausgestrecktem Arm den Strand entlangdeutet. »Aber wirf deinen Blick mal dort hinüber!«

Ein Mann hält im Laufschritt auf die Flüchtenden zu. Dahinter, noch ein gutes Stück entfernt, Gaspars Piratenmeute.

»Lass uns also vedammt noch mal so schnell wie möglich in See stechen!«

Der Anführer der Meute ist nur mit einer zerschlissenen Hose bekleidet und verflucht schnell. Dabei wirkt er so entspannt wie bei einem Strandlauf. In der einen Hand ein polierter Entersäbel, eine schwere Pistole in der anderen. Seine muskulösen Oberarme, sein Sixpack und seine schwarzen Haare glänzen ölig. Von einer durchzechten Nacht keine Spur. Ein Streber.

Snake hat das Boot erreicht, packt Steven am Arm und will ihn gerade eben auf ihr Gefährt schieben, als Steven eine Bewegung weiter oben im Gebüsch wahrnimmt.

Es ist Shark.

Sie ist von Kopf bis Fuß mit grünem Schleim bedeckt und kaum zu erkennen. Vorsichtig löst sie sich aus dem Dschungel und prüft den Strand, um ihn zu überqueren.

Doch der ölige Halsabschneider ist bereits gefährlich nahe, während der Rest der Seeräuber sich noch weit genug entfernt durch den weichen Muschelsand schaufelt.

Shark hat es also nur mit einem einzigen Mann zu tun … und startet durch.

Der Pirat reagiert sofort.

Schlagartig wechselt er aus seinem lockeren Trab in einen Spurt, um ihr den Weg abzuschneiden.

Steven erkennt, dass das Mädchen keine Chance hat. Ohne weiter darüber nachzudenken, zieht er seinen Säbel, spritzt in langen Sätzen durch die Brandung, baggert, stolpert und rast den Strand hinauf, Shark entgegen.

Plötzlich bremst der Pirat seinen Lauf, stemmt die Beine in den Sand, hebt seine Steinschlosspistole mit ausgestrecktem Arm und zielt seelenruhig auf den Rücken des flüchtenden Mädchens. Dann drückt er ab.

Steven erstarrt, ebenso Snake und die anderen.

Klick.

Nichts geschieht. Ladehemmung.

Steven startet erneut, hetzt weiter durch den weichen Sand und schaufelt sich vorwärts, während der Pirat seine unbrauchbare Waffe in den Sand wirft und den Säbel zieht.

»Nein, Steven!«, brüllt Snake, der den Segler in der Brandung halten muss. »Zurück, Ihr habt keine Chance gegen …«

Doch Steven hört ihn nicht mehr. Rasende Wut ist in ihm aufgestiegen, Adrenalin in seine Adern geschossen. Er spürt keine Furcht mehr und will sich dem Jäger entgegenstellen, damit Shark das Boot erreichen kann … und so wird ihm erst in dem Moment klar, wie der ungleiche Kampf ausgehen wird, in dem er dem Riesen keuchend gegenübersteht.

Zu spät, denn der erfahrene Nahkämpfer muss nur eine

einzige blitzschnelle Drehung machen, um Steven den Säbel mit voller Wucht über die Stirn zu ziehen.

Steven

Der Dschungel, der Himmel und das Meer färben sich rot. Dann beginnt der Film vor Stevens Augen zu wackeln, zu schlingern und zu kippen, wird dunkler und dunkler, bis Steven das Bewusstsein verliert.

Strand

Steven kippt nach hinten und bleibt regungslos liegen. Aus seiner Wunde schießt Blut, rinnt über das Gesicht in den Sand.

Der Pirat steigt über sein Opfer, packt seinen Säbel mit beiden Pranken und hebt an zum Todesstoß.

Doch Shark ist zurück.

Wie ein Panther springt sie den Killer von hinten an und krallt ihre Fingernägel in seine Augen.

Der Pirat brüllt, bäumt sich auf, packt die Arme des Mädchens und schleudert es wie einen leeren Rucksack über seine Schultern. Shark fliegt, rudert durch die Luft und landet hart in der Brandung.

Dann wendet sich die ölglänzende Tötungsmaschine wieder dem reglosen Steven zu, um ihr Werk zu beenden. Während sich der Sand unter Stevens Kopf dunkelrot färbt, holt der Kerl erneut wie ein Scharfrichter zum Schlag aus.

In der Zwischenzeit hat Snake die zweite seiner beiden Pistolen aus der Seemannskiste auf dem Auslegerboot gefingert – in der verzweifelten, aber unwahrscheinlichen Hoffnung, dass der Zündmechanismus der Waffe trocken geblieben ist. Zurück im Wasser sucht er festeren Stand. Er hebt die schwere Pistole und zielt mit ausgestrecktem Arm. Er muss sich Zeit lassen, muss den Piraten ruhig aufs Korn nehmen, denn er hat nur einen einzigen Schuss – falls er überhaupt einen hat.

Er wartet, bis eine Welle zwischen seinen Füßen abläuft, dann drückt er ab.

Die eineinhalb Kilo schwere Standard-Steinschlosspistole ist eine Enterwaffe, die vor einem Nahkampf auf See an die Matrosen ausgegeben wird. Sie hat nur eine Reichweite von etwa zehn bis fünfzehn Mannslängen, ist auf diese Entfernung kaum treffsicher

und funktiniert nur, wenn sie trocken ist.

Doch das Pulver auf der Pfanne zischt, schwarzer Qualm steigt auf. Die Explosion hallt über den Strand, während die Waffe einen Feuerstrahl aus ihrer Mündung stößt.

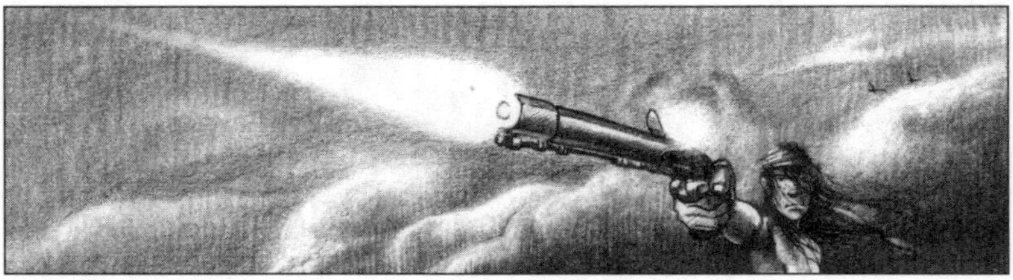

Der Rückschlag katapultiert Snake rücklings in die Brandung.

Als er hustend und spuckend neben Shark wieder auftaucht und die beiden den Strand hinaufspähen, sehen sie den Piraten regungslos und mit einem dunklen Loch in der Brust im Muschelsand liegen. Aus dem Loch steigt eine kleine dünne Rauchfahne empor, dazwischen schießt in kurzen Stößen ein Blutstrahl wie aus einem Springbrunnen heraus, der schnell kleiner wird und dann endgültig versiegt.

Neben dem ausgeschalteten Verfolger liegt Steven.

Doch jetzt sind die übrigen Jäger da.

Shark rappelt sich hoch, hetzt zu Steven, packt seinen Arm und schleift den leblosen Körper über den Strand in die Brandung, wo Snake mit anpacken kann. Sie haben gerade noch genug Zeit, ihren schwer verletzten Gefährten auf das kleine Boot zu wuchten und um das Auslegerboot durch die Wellen auf die offene See hinauszuschieben.

Schüsse donnern in ihrem Rücken, aber kein einziger aus Gaspars Elitetruppe ist in der Lage, die eigene Waffe ruhiger zu halten als ein Fässchen Portwein nach fünfzehn Minuten am ausgestreckten Arm. Die abgefeuerten Bleikugeln zischen in hohem Bogen über die Köpfe der Flüchtenden hinweg, plumpsen weit vor oder neben ihnen ins Wasser oder fahren direkt vor den Stiefeln der Piraten in den Sand.

Dann gelingt ihnen doch noch ein Treffer.

Allerdings nur ein Eigentor, denn einer der Halsabschneider hat so schlecht gezielt, dass er sich einen Zeh abgeschossen hat.

Auf offener See vor Captiva-Island

Währenddessen wird das Boot mit den Flüchtenden wie von einer magischen Hand aufs offene Meer hinausgezogen, und Shark und Snake müssen sich mit aller Kraft daran festklammern, um nicht zurückzubleiben.

Snake spürt, dass es Moonsurfer ist, das diese unheimliche Kraft entwickelt, auch wenn er dafür keine Erklärung hat.

Sie klettern ins Kanu, Snake setzt die Segel und geht in den Wind. Das kleine, schwer beladene Gefährt beschleunigt und schießt in die Wellenberge hinaus, dem düsteren Horizont entgegen.

Snake blickt sich um, so, als würde er noch auf etwas warten.

In Gaspars Lagune, der Kessel dümpelt noch immer auf den alten Schiffsrumpf zu.

Während der Ereignisse draußen auf dem Strand ist Twinjim mit einer vollen Flasche Rum (aus einer persönlichen Reserve) an die Reling zurückgekehrt. Denn er hat eine verfluchte Wut auf den Kessel im Wasser: Erst hat das Ding den Gefangenen zur Flucht verholfen, und nun besitzt es auch noch die Dreistigkeit, sich abermals an das Kerkerschiff heranzuwagen.

»N-na warte, du … du …Verräter! Diesmal kriege ich dich!«

Der verbeulte Kupfertopf dreht sich langsam auf das Wrack zu und rummst an die Planken des Schiffsrumpfes, dessen Decks nicht nur zur Zwischenlagerung von Gefangenen genutzt werden. Denn im Arsenal unter dem Oberdeck ist es, verglichen mit den Zuständen in der Dschungelstadt, trocken und sicher: Dort lagern – in Dutzenden geteerten Fässern – die gesamten Schießpulver-Vorräte des Piratennestes, aufeinandergestapelt bis unter die Decksbalken.

Twinjim legt an und zielt senkrecht nach unten.

»G-gleich wirst du was erleben!«, sagt Twinjim zu dem Topf und drückt ab.

Das Steinschloss zündet, die Blunderbüchse schickt krachend einen Feuerstrahl aus ihrer Mündung, und eine funkensprühende Kugel trifft den Kessel mitten ins Herz:

Snakes Pulverfass.

WRUMMMMMM ...

Der Kupferkessel bläht sich auf und entlädt sich zugleich mit einem mächtigen Feuerstrahl, der senkrecht nach oben schießt. Die Eruption lässt das Heckkastell des Gefangenenschiffes erbeben. Es fängt sofort Feuer. Twinjim wird nach hinten geschleudert, stolpert über das Sonnendeck hinunter aufs Hauptdeck, verschwindet durch die offene Luke zum leeren Gefangenendeck und landet mit seinem Hintern im dortigen Abort, einem stinkenden Kübel Scheiße. Ihm bleibt keine Zeit mehr, sich seiner ungemütlichen Lage bewusst zu werden, denn das Feuer am Heckkastell zündelt bereits an der Pulverkammer ...

WAOOOUUUUUUMMM ...

Offenes Meer, auf dem Auslegerboot, Wind, Wellen, Wolken

So gewaltig hat Snake sich das nicht vorgestellt. Geplant war eine ordentliche Explosion, die so viele der Boote wie möglich im Versteck der Piraten zerstört hätte, aber keine Detonation, so infernalisch wie der Ausbruch eines Vulkans.

Ein riesiger Feuerball breitet sich im Inneren des Dschungels aus, erfasst die Bäume, Büsche und Palmen am Strand und bläst sie auf das Meer hinaus. Millionen Splitter steigen senkrecht in den düsteren Wolkenhimmel. Bootsrümpfe, Ruder, Fässer, Planken, englische Möbel, spanische Gemälde, neumodische Weinflaschen, Geschirr aus Blech oder Silber, Kronleuchter, beschlagene Truhen, verzierte Betten und harte Pritschen, seidene Kissen und mit Stroh gefüllte Säcke, Nachttöpfe und menschliche Körper wirbeln durch die Luft. Manche ziehen eine Rauchspirale hinter sich her, bis sie nach einer längeren Reise durch den Himmel über Captiva zischend ins Meer spritzen. Auch Twinjim, der noch immer in dem stinkenden Kübel steckt und sein Kollege Twinjack sind darunter.

Die Abteilung vom Strand, die sich gerade eben noch um die Waffen ihres toten Kameraden zankte, wird ins Salzwasser katapultiert.

Um das kleine Boot der Flüchtlinge herum prasseln Kleinteile, Ohren, Schmuck, Finger, Duplonen, Gabeln, Messer, Teller, Holzbeine und Glasaugen ins Wasser.

Der Dreispitz des Gouverneurs Gaspar trudelt mit zerzausten Pfauenfedern über die Fliehenden hinweg und landet kurz vor ihrem Boot in den Wellen. Snake fischt den Hut aus der See und setzt ihn auf.

»Passt! Wie seh ich aus?«

»*Was* war in dem kleinen Topf, den du in den großen Topf gestellt hast?«, will Shark wissen.

»Das hast du gesehen?«, fragt Snake erstaunt. »Dachte, du warst längst ertrunken oder von den Krokodilen verspeist worden ...«

»Ich kann lange leben im Wasser! Und Sha-na hat einen Freund dort, der sie beschützt hat.«

»Den Hai?«

Shark nickt und wiederholt ihre Frage: »Welcher Zauber war in dem Topf?«

»In dem kleinen Fässchen? Nur ein bisschen Schwarzpulver. Nicht viel. Eigentlich gerade genug, um ein Loch in den alten Rumpf des Gefangenenschiffes zu reißen und ein paar der Boote in dem Sumpfloch zu zerstören. Beim Klabautermann, ich schwöre, ich hatte keine Ahnung, zu was so ein bisschen Pulver imstande ist ...«

»Dann sind die Männer, die Shark anfassen wollten, tot!«

Zufrieden lehnt sie sich an den Mast, sorgsam darauf bedacht, ihren von Gaspars Peitsche zerschundenen Rücken zu schonen.

Unterdessen steigt über dem ehemaligen Piratennest ein dunkler Rauchpilz empor, während die Insel immer kleiner wird, bis sie irgendwann in der Ferne verschwindet. Bald ist nur noch eine schwarze Säule über dem Horizont zu sehen. Asche, die sich in den Wolken verteilt.

Steven ist nicht bei Bewusstsein. Der Schlag des Piratensäbels hat eine tiefe, klaffende Wunde hinterlassen, die sich über seine Stirn und quer über das Auge zieht. Das Meerwasser hat sie ausgewaschen. Snake zieht sich sein zerfetztes Hemd über die Ohren und lässt es eine Weile ins Salzwasser hängen, um es zu säubern. Dann verbindet Shark den Kopf des Verletzten.

Der Wind weht kräftig von achtern. Er bläst das winzige Auslegerboot in die unendlich große Wasserwelt des Golfes hinaus ...

... dicht gefolgt von einer Haifischflosse.

»Freund!«, flüstert die Indianerin müde und deutet auf das zerschossene Dreieck.

Erschöpft schließt sie die Augen. Sie alle haben sich gegenseitig das Leben gerettet. Doch sie weiß, dass sie die Insel des Panther-Clans ohne Nahrung und Wasser nicht lebend erreichen werden. Deshalb werden sie bald wieder Land betreten müssen: die Inseln der Feinde, das Gebiet der Kopfjäger.

Dort werden sich die Gefährten auch weiterhin wie Blutsbrüder aufeinander verlassen müssen ...

Offenes Meer, eine Jolle mit verkohlten Planken, 6 Mann Besatzung, ein durchlöchertes Segel

Die Jolle liegt vor dem böig auffrischenden Wind. In ihrem Bug steht breitbeinig Gouverneur Gaspar hinter einer geladenen Drehbasse.

Man muss genau hinsehen, um ihn zu erkennen, denn sein schwarzer Bart ist bis auf ein paar Bartstoppeln abgebrannt, sein kolossaler Dreispitz mit den prächtigen Pfauenfedern fehlt und nur die Reste seiner verkohlten Kopfbehaarung zittern noch im Wind. Die Pfeife, deren Kopf bis zum Hals des Gerätes glüht, steckt qualmend in seinem Mundwinkel.

Der behaarte Bauch ist nackt, um die Oberschenkel flattert zerfetzte Unterwäsche, gehalten nur noch von einem riesigen Ledergürtel, in den er sämtliche leichten Waffen, die er in der Jolle gefunden hatte, geschoben hat. Seine Männer sind nicht viel besser gekleidet.

Die Explosion hatte Gaspar mitsamt seinem Balkon in den Himmel geblasen, wo er gemeinsam mit den anderen einen weiten Bogen beschrieben hatte, bevor er trudelnd ins Meer geklatscht war.

Sein prächtiger Hut, sein ganzer Stolz, der ausgerechnet vor dem kleinen Segler der Flüchtlinge gelandet war, sitzt nun auf Snakes Kopf.

Gaspar lässt die Fliehenden nicht aus seinen rot vor Wut funkelnden Augen. Ihm und den paar anderen Überlebenden war es gelungen, die Jolle zu entern, die nach der gewaltigen Detonation herrenlos und beinahe unbeschädigt in den Wellen dümpelte: das letzte Boot seiner ehemals stattlichen Flotte kleiner und schneller Kaperschiffe.

Die Dünung hier draußen ist so hoch, dass die Jolle immer wieder zur Gänze in einem Wellental verschwindet. Die Rußwolke aus dem Inferno im Piratennest hat ihre Segel schwarz gefärbt, sodass sie gegen die dunklen Wogen und die ebenso dunklen Wolken kaum auszumachen ist.

»Die haben uns noch nicht bemerkt!«, brüllt Gaspar. »Glauben, wir sind alle tot! Ha!«

Er steht breitbeinig im Bug, während sich der klägliche Rest des Gesindels in den Rumpf des schnellen, aber angekokelten und aus allen Ritzen qualmenden Bootes duckt.

»Schneller!«

»Aye, aye, Sir!«

Während Gaspar nach achtern klettert und die Ruderpinne persönlich übernimmt, versuchen die Männer ein paar Lumpen, die sie in der Bilge gefunden haben, als zusätzliches Tuch auszubringen. Ihre Beute hat keine Ahnung, dass sie verfolgt wird, während die Jäger schnell aufholen, obwohl die angesengte Jolle unter dem Gewicht der zwei Dutzend Männer, die sich in ihrem Rumpf drängen, ächzt und knarzt und auseinanderzubrechen droht. Plötzlich splittert eine Planke aus der Reling, schleudert über die Köpfe der Männer hinweg und landet im Meer.

»Gaspar, äh ... ich meine Gouverneur, unser Boot löst sich auf! Gerade eben ist eine Planke ...«

»Hab selber Augen im Kopf, Trottel! Wir sind zu schwer für diese Nussschale! Steig Er über Bord!«

»Äh, was soll ich, Sir?«

»Hat Er nicht gehört? Wir sind zu schwer, steig Er über Bord! Oder kann Er nicht schwimmen? Noch ist die Planke zu erreichen!«

»Aber Gasp... äh, Gouverneur, wir könnten doch auch das schwere Geschütz ...«

»Nichts da, das brauchen wir noch!«, brüllt Gaspar, und in Richtung seiner Mannschaft ruft er: »Schmeißt ihn raus!«

Ein paar der Halsabschneider stehen auf, packen den

Kumpel, der sich zappelnd wie ein Fisch wehrt und dabei schrille Schreie von sich gibt, und schmeißen ihn in hohem Bogen in die See.

Aber gleich darauf löst sich die nächste Planke und flattert nach achtern.

»Der Nächste!«, brüllt Gaspar.

Eine halbe Stunde später, es befinden sich nur mehr die zehn stärksten Männer an Bord (und ebenso viele Planken weniger in der Bordwand), sind die Jäger in Schussweite zu den Flüchtenden. Doch das löchrige Gefährt der Verfolger läuft jetzt zusehends mit Wasser voll.

Gaspar klettert wieder in den Bug und befiehlt mit gedämpfter Stimme, da er inzwischen befürchtet, von seiner Beute gehört zu werden:

»Auf mein Kommando beidrehen! Ich muss zielen!«

Er duckt sich hinter das Geschütz, kneift ein Auge zu und hält den noch immer glühenden Kopf seiner Pfeife an die kleine Kanone.

Auf dem Auslegerboot

Keiner der Gefährten hat bemerkt, dass sie verfolgt werden.

Steven haben sie auf dem Netz zwischen Kanu und Surfboard festgebunden. Er ist noch immer bewusstlos, aber er atmet. Snake sitzt am Ruder und gibt Leine, damit das Segel den achterlichen Wind greifen kann. Turtle, der kleinste, wirkt stark abgemagert und hat sich mit düsterem Blick im Bug des Kanus zusammengerollt, Arme und Füße an den Körper gezogen wie eine Schildkröte. Trotz des böigen Wetters, das ihr Boot an diesem Morgen ständig hebt und senkt, ist er völlig erschöpft eingeschlafen. Der drahtige Sting versucht hungrig, einen der fliegenden Fische zu fangen, die hin und wieder über das Boot zischen, aber nach der qualvollen Gefangenschaft ist auch er zu ausgelaugt und zu langsam. Alligator dagegen, der größte und kräftigste der drei, hat die vergangenen Wochen in den licht- und luftlosen Kerkern nahezu unbeschadet überstanden. Einzig seine blutig gescheuerten Gelenke und die dunklen Ränder unter seinen wilden Augen erzählen davon, dass auch er Furchtbares erlebt hat. Alle drei haben schwarze, verklebte Haarmähnen, die ihnen jetzt, nach so langer Zeit im Bauch der Blackbird und im Kerkerschiff von Captiva fast bis zur Hüfte herunterreichen. Alligator ist gerade dabei, Pfeilspitzen aus dem Mast zu rütteln, um sie später in Bambusstangen einzusetzen und mit feuchten Lederstreifen zu befestigen. So werden sie ein paar brauchbare Waffen erhalten.

Shark öffnet ihre müden Augen und späht über die Wellen.

In diesem Moment taucht die Haifischflosse auf.

Der massige Körper des etwa fünfzehn Fuß langen Urtieres ist so dicht hinter ihnen, dass er dunkel und klar im Wasser zu erkennen ist.

»Was ist, alter Hai?«, flüstert sie, richtet sich instinktiv ein wenig auf und blickt sich um.

Plötzlich sieht sie es: Das schwarze Segel wächst kurz aus einem Wellental, etwa einen Speerwurf entfernt, darüber das angekohlte Banner von Käpt'n Skull, denn die

Jolle, die Gaspar aus dem Wasser gefischt hatte, ist das Beiboot der Blackbird.

Shark springt auf, hält sich am Mast fest, wischt sich salzige Gischtspritzer aus den Augen ... und starrt in das Rohr der Kanone auf der Piratenjolle. Dahinter duckt sich der Jäger: Gaspar.

In diesem Moment speit das Geschütz seinen Feuerstrahl.

Shark wirft sich auf den verdutzen Snake, der sich am Ruder festhält und es mit sich reißt, als er mit dem Mädchen in den Armen beinahe hintenüber in die Wellen kippt. Das kleine Boot zieht schlagartig einen engen Bogen nach backbord, legt sich quer in eine steil aufsteigende Woge und droht zu kippen. Snake hängt am Ruder, aber Shark geht über Bord.

Jetzt geschieht alles gleichzeitig: Turtle schreckt hoch, schreit auf und bekommt den Mast zu fassen, an dem er sich festhalten kann. Sting klammert sich mit beiden Händen an die Wände des Einbaumes, um nicht über Bord zu gehen. Scouba hat in eine Leine gebissen, an der er jetzt fast wie eine Fahne im Wind hängt. Alligator dagegen bleibt äußerlich völlig unerschrocken, aber seine Muskeln sind schlagartig angespannt, bereit zur Verteidigung gegen einen Angreifer, den er noch nicht kennt.

Das bedrohliche Pfeifen der Kanonenkugel übertönt das Rauschen der Gischt und das Heulen des Windes. Rasend schnell kommt es näher.

Shark ist abgetaucht und hat nun das Auslegerboot genau über sich. Mit ihren Schwimmhäuten kann sie sich wie ein Krokodil nach oben baggern, bis sie plötzlich von der mächtigen Woge wieder nach unten gedrückt wird.

Aber genau das ist ihre Rettung.

Denn die faustgroße Bleikugel schlägt nur eine Handbreit über ihrem Kopf und eine Bootslänge unter Moonsurfer in die fast senkrecht aufragende Wasserwand. Das Geschoss treibt eine Fontäne nahezu waagerecht durch die Luft. Shark sieht das tödliche Eisen über sich durch das dunkelgrüne Wasser schneiden, eine weiße Gischtspur ziehen und in der Dunkelheit verschwinden.

Snake reißt das Ruder wieder herum, um das Gefährt zurück in das Wellental zu steuern. Aber die Macht des Surfboards hat das Boot längst in die richtige Richtung gedreht und zieht es samt der kleinen Mannschaft, die sich an allem festklammert, was sie ergreifen kann, hinunter in das Wellental und auf der anderen Seite wieder hinauf. Sie heben über der Krone der nächsten Woge ab, schweben, schlagen wieder auf und schießen in ein weiteres Wellental. Das magische Board ist in seinem Element und hat die Kontrolle übernommen.

Das Boot mit seinen Insassen hat den Angriff überstanden, doch Shark ist in den Wellen verschwunden.

Und Gaspar hat die Verfolgung noch immer nicht aufgegeben …

Unter Wasser

Shark sieht das Auslegerboot an der Oberfläche davongleiten. Sie versucht ihren Gefährten hinterherzutauchen, aber selbst mit Schwimmhäuten zwischen den Fingern ist das aussichtslos. Außerdem ist sie schon viel zu lange unter Wasser und muss hoch, und zwar auf dem schnellsten Weg. Aber gerade als sie senkrecht nach oben stoßen will, schiebt sich der Rumpf der Piratenjolle über das Mädchen und verwandelt die rettende Oberfläche in eine tödliche Falle.

Shark kämpft dagegen an, das Bewusstsein zu verlieren, als sie den vertrauten Schatten in der Tiefe bemerkt. Blitzschnell schießt der Hammerhai heran, benötigt nur ein paar kräftige Schwanzschläge, um sie zu erreichen. Vorsichtig manövriert er sich unter die Indianerin, bis sie ihre Finger um seine zerschossene Finne legen kann.

Schlagartig nimmt der Hai wieder Fahrt auf. Shark wird wie ein Geschoss nach vorne gezogen. Die raue Oberfläche der Rückenflosse reißt Hautfetzen aus ihren Händen, die Sehnen ihrer Arme fühlen sich an, als würden sie jeden Moment zerreißen. Salzwasser will in ihre Lungen eindringen, aber Shark lässt nicht los, denn das wäre ihr Ende. Sie ahnt, was der Hai vorhat.

Und tatsächlich erreicht das Tier nur Augenblicke später das rettende Boot der Gefährten. Es verringert seine Geschwindigkeit und hebt Shark an die Wasseroberfläche. Sie röchelt, hustet und kann dann endlich wieder in kurzen Stößen atmen. Erst jetzt lösen sich ihre Finger von der dreieckigen Flosse des Haies. Sie macht ein paar

Schwimmzüge, greift nach Moonsurfer und rollt sich mit letzter Kraft auf das Brett.

Irgendwo nordwestlich von Captiva Island

Stunden später pflügen Jäger und Beute noch immer hintereinander durch den aufgewühlten Golf von Mexiko, vereint in einer tödlichen Regatta, die nur *einen* Überlebenden als Sieger zulässt.

Aber nicht nur Gaspars angesengte Jolle, sondern auch das Auslegerboot der Gejagten beginnt jetzt zunehmend zu ächzen und zu knirschen, geschüttelt von den harten Stößen der Sprünge über die Wellenkämme. Die Taue, die das Kanu mit Moonsurfer verbinden, lösen sich langsam auf.

Gaspar dagegen hat wieder zunehmend Raum gutgemacht, hat sich hartnäckig herangearbeitet und liegt jetzt nur noch einen schlappen Musketenschuss hinter seiner Beute.

Da plötzlich trudelt ein Pfauenfeder-Dreispitz im Wind heran, hoch über den Segeln seiner Jolle.

»Abfalleeeen!«, brüllt er.

Fassungslos starrt ihn der Rest seiner Mannschaft an, von der nur noch eine Handvoll übrig ist.

»Abfallen, verdammt! Holt meinen Hut aus der verfluchten Brühe! Den verdammten Verräter und seine kleine Hure kriegen wir, seid gewiss, doch mein schöner Hut wird absaufen, wenn ihr ihn nicht auf der Stelle herausfischt!«

Doch damit macht Gaspar den Fehler seines nur noch

kurzen Lebens und wird dennoch ohne seine Federn in die ewigen Jagdgründe der Karibik eingehen.

Als er nämlich den tropfnassen Hut aus der See gefischt hat und das Ding gerade zurück auf seinen gewohnten Platz bugsiert, muss er feststellen, dass die Jolle sinkt. Sie gleicht einem Bretterzaun, dem ein Drittel der Latten fehlt. Solange sie noch volle Fahrt machte, hatte sie genügend Auftrieb. Bei Stillstand aber drücken sofort die Wassermassen sprudelnd in den Rumpf.

Gleich darauf ragt nur noch die Bordwand heraus und die Männer stehen bis zum Bauch im Meer. Dann ist auch der letzte sichtbare Rest des Schanzkleides verschwunden und um die verbliebenen sechs Piraten herum steigen Luftblasen auf. Die verblüfften Männer stehen - schaukelnd um einen Mast vereint - in den Wogen, die den entsetzten Nichtschwimmern schnell bis zum Hals reichen. Erst jetzt erwachen die Männer aus ihrer Todesstarre, und einer nach dem anderen greift sich eine im Meer treibende Planke, sei sie auch noch so klein. Nacheinander verschwinden sie in den Wellentälern, während Gaspar nicht bemerkt, dass die löcherige Finne eines Hais auf ihn zuhält.

Das Tier hat nicht vergessen, dass es der selbsternannte Gouverneur persönlich war, der sich im Piratenhafen die Zeit mit dem Zielschießen auf seine Rückenflosse vertrieben hatte.

Gaspar, der eben einem seiner Männer einen Pistolenknauf über den Hinterkopf gezogen hat, um sich eine der dickeren Planken zu sichern, rückt sich gerade wieder seinen Hut zurecht ... als er am Bein gepackt und nach unten gezogen wird.

Blubb!

Gaspar gibt es nicht mehr. Nur sein Dreispitz ist noch von ihm übrig und dümpelt einsam in den Wellen.

An Bord des Auslegerbootes

Steven stöhnt.

»Er wacht auf!«, stellt Snake fest und kramt eine letzte Kokosnuss aus der Vorratskiste. Er schlägt seine Notration mit dem Säbel auf und lässt ein paar Tropfen des süßen Kokoswassers in den Mund des Verletzten rinnen. Mehr können sie nicht für ihn tun.

Snake befiehlt, einen Treibanker zu bauen: Sie umwickeln die leere Vorratskiste mit einem Tau, verbinden sie mit einer langen Leine am Heck und werfen die Kiste hinaus in die See. Die Strömung wird an dem schwimmenden Anker zerren, der dazu dient, das Auslegerboot in sicherer Position in der Welle zu halten. Jetzt können sie sich treiben lassen, ohne Gefahr zu laufen, zu kentern. Solange das Boot selbst nicht auseinanderfällt, sind sie für den Moment einigermaßen sicher, wenn auch ohne Nahrung und Wasser.

Die kleine Gruppe kauert sich an den dürren Masten ihres Gefährtes unter das trostlos flatternde Segel. Sie wissen, dass sie zwar der einen Gefahr glücklich entkommen, aber in eine andere geraten sind. Denn Land ist schon seit Stunden nicht mehr zu sehen, und wenn der wolkenverhangene Himmel den Blick auf Sonne und Sterne nicht rechtzeitig wieder frei gibt, wird jede Orientierung hier draußen unmöglich sein. Also bleibt ihnen nur die Hoffnung, dass sich das Wetter bessert und dass die Gewitterstürme und die raue See nicht die Vorboten eines Hurrikans sind.

Aber der Seegang beruhigt sich nicht und die dunklen Wolken jagen weiter über den Himmel. Nur der Wind lässt ein wenig nach. Das kleine, ächzende Gefährt, auf dem die Erschöpften kauern, treibt führungslos durch die Wasserwüste, einen düsteren Tag, eine dunkle Nacht. Ihr quälender Durst wird nur von den wenigen Tropfen gelindert, die sie mit den Händen auffangen können.

Dann lösen sich die Taue, mit denen Moonsurfer und der Einbaum zusammengehalten werden, endgültig auf.

Das Auslegerboot fällt auseinander.

Die Küste nördlich von Captiva, vormittags, Bewölkung; Zoom in die Totale, Vogelperspektive

Erst Tage später geben die Wolken den Blick auf einen schmalen, lang gezogenen Strand frei. Leblose Körper liegen in der Brandung oder im Sand. Ein paar Schritte entfernt ein Kanu in einem Gewirr aus Leinen, Stangen und bleichen Knochen.

Die Reste des kleinen Auslegerbootes von Steven und Snake sind im noch regennassen Sand verteilt.

Zoom auf den Strand

Snakes Seemannskiste dümpelt in der sanften Dünung. Darin kauert Scouba.

Steven liegt bewegungslos auf dem Rücken.

Nicht weit entfernt rappelt sich Shark auf, um nach dem verletzten Freund zu sehen. Sie kniet neben Steven nieder und beugt sich über ihn, um seinen Atem zu prüfen. Er lebt, stellt sie fest. Doch Stevens Auge blutet wieder. Die Wunde muss dringend besser versorgt werden, anderenfalls wird er sterben. Sie weiß es.

Plötzlich öffnet Steven das gesunde Auge einen Spalt und flüstert dem Mädchen durch seine aufgeplatzten Lippen ins Ohr: »... eine ... eine ganz große Cola mit Eis, bitte!«

Shark richtet sich auf und verschwindet aus seinem Blickfeld. Dann kehrt sie zurück, stützt seinen Kopf und träufelt ihm warmes Kokoswasser in den Mund. Etwas später kann er vorsichtig aufstehen, gestützt auf das Mädchen. Sie führt ihn ganz langsam, Schritt für Schritt, den breiten Strand hinauf, zwischen bleichen Tierknochen hindurch, die hier verstreut herumliegen, als hätten die Gezeiten einen Friedhof freigelegt.

Auch Snake und Turtle sind auf die Beine gekommen. Alligator hilft seinen beiden Brüdern in den Schutz der Palmen, in den Schatten des dahinterliegenden Dschungels.

Snake hat Scouba gefunden, seinen Freund aus der Kiste gehoben und ihn zu den anderen gebracht.

Und im Dunkel des Dickichts stoßen sie dann auf Menschenschädel, aufgespießt auf lange Stangen.

Sie befinden sich im Reich der Calusa. Mit letzter Kraft schleifen sie das Kanu in den Schutz des Urwaldes und sammeln alle Trümmer aus dem Sand, die ihre Gegenwart an die Kopfjäger verraten könnten. Danach verwischen sie mit einem trockenen Palmwedel sämtliche Spuren.

Wenig später kauert die kleine Truppe im Gebüsch, halb tot, halb verhungert und noch immer von Durst gequält. Also rappelt sich Snake wieder hoch und beginnt mit der Suche nach Kokosnüssen. Wenig später hat er ein halbes Dutzend zusammengetragen, die er vorsichtig mit dem Säbel aufschlägt. Turtle, Sting, Scouba und Steven bekommen den größten Anteil des warmen und süßen Saftes eingeflößt.

Danach liegen die Gefährten wieder nebeneinander im Schatten, versuchen Schlaf zu finden und Kräfte zu sammeln. Steven stöhnt von Zeit zu Zeit, und Scouba hechelt sich die aufkommende Hitze aus dem Körper.

»Hab das Gefühl, wir waren eine Ewigkeit dort draußen«, sagt Snake.

»Wir waren so viele Tage auf dem großen Wasser,« antwortet Shark und zeigt die Finger einer Hand.

Stevens verletztes Auge ist unter einer violett-blauen, faustgroßen Schwellung verschwunden. Er vermeidet es, seinen höllisch schmerzenden Kopf zu bewegen.

In diesem Moment fällt ihm Moonsurfer wieder ein: »Wo ist … mein Surfboard?«

Niemand antwortet ihm.

Steven versucht, sich aufzurichten, aber Shark drückt ihn sanft zurück in den Sand.

»Ich gehe nachsehen. Zusammen mit Alligator«, sagt sie und spricht ein paar Worte in der Sprache der Tocobaga-Indianer mit ihrem Stammesbruder. Dann stehen die beiden auf und pirschen sich hinaus in das gleißende Licht des Strandes.

Als sie zurückkehren, steht fest, dass Moonsurfer verschwunden ist.

»Dann bin ich verloren«, flüstert Steven.

»Wir sind *alle* verloren«, antwortet Snake, »wenn wir keinen Weg zurück finden!«

»Wir gehen in diese Richtung«, sagt Shark und deutet nach Norden.

»... auf bloßen Füßen mitten durchs Land der Kopfjäger? Mit Steven auf unseren Schultern?« Snake schüttelt den Kopf. »Oder willst du uns alle zusammen auf einem viel zu kleinen Kanu in See stechen lassen?«

»Wir bauen eine Trage für Steven«, antwortet Shark. »Wir bleiben hier, bis es dunkel wird. Dann können sie uns nicht sehen, wenn wir von einem schwimmenden Land zum nächsten gehen, bis wir das Gebiet meines Volks erreicht haben. Nur wenn der Wind dreht, werden sie uns riechen!« Und sie spricht aus, was alle wissen: »Dann töten sie uns!«

Schweigen.

Die Stille wird nur vom Rascheln der Palmkronen im leichten Wind und vom fernen Rauschen der Brandung begleitet. Alle wissen, was ihnen bevorsteht. Aber keiner der Schiffbrüchigen hat eine Ahnung, wie viele Inseln der Inselkette sie zu überqueren haben, um Sharkfin-Island lebend zu erreichen.

»Das schafft ihr nicht, wenn ihr mich tragen müsst!«, sagt Steven plötzlich leise. »Moonsurfer ist weg ... und ohne mein Surfboard ist für mich alles vorbei ...«

Werde in dreihundert Jahren ja sowieso noch mal geboren, denkt er und ergänzt: »Lasst mich hier!«

Alligator, Sting und Turtle haben zwar nicht die

Worte, aber wohl den Sinn dessen, was Steven gerade eben vorgeschlagen hat, verstanden.

Shark fixiert einen nach dem anderen, bis ihre dunklen Augen auf die von Snake treffen. »Ke-Lo kann Steven helfen!«, sagt sie und ficht einen kurzen, wortlosen Kampf mit Snake aus.

»Wir bleiben zusammen!«, bestimmt das Mädchen schließlich.

»Dann lasst uns sofort damit beginnen, die Bahre für ihn zu bauen!«, antwortet Snake, und deutet mit dem Säbel auf die Reste des Segelbootes: »Genug Material haben wir ja noch.«

Irgendwo draußen auf dem Meer, Tag, klarer Himmel

In der Unendlichkeit der Wasserwüste treibt ein verlassenes Surfboard auf dem Meer. Es ist Moonsurfer.

Die Sonne geht unter und am darauffolgenden Tag beruhigen sich die Wellen. Windstille.

Eine Verschnaufpause zwischen den Gewitterstürmen der Regenzeit.

Irgendwann ist das Meer spiegelglatt.

Jetzt bewegt sich das Brett. Wie eine Kompassnadel beginnt das Board, sich langsam um seine Mittelachse zu drehen, bis es sich einzupendeln scheint und von einer unsichtbaren Kraft angehalten wird.

Still und unbeweglich liegt es da, die Spitze nach Nordosten gerichtet, dorthin, wo der Schatz von Sharkfin-Island liegt. Plötzlich setzt es sich wie von Geisterhand angestoßen in Bewegung. Vorwärts, gleichmäßig und zielstrebig.

Im Land der Calusa, kurz nach Mitternacht

Steven liegt auf einer Bahre, die von Alligator, Shark, Sting und Snake getragen wird. Jeder der vier hat eines der Enden zweier Stangen übernommen, zwischen die sie ein Netz gespannt haben. Seit ihrem Aufbruch geht es Steven von Stunde zu Stunde schlechter, inzwischen scheint er sich in einem Zustand zwischen tot und lebendig zu befinden.

Sie wissen alle, dass sich seine Verletzung entzünden kann und ihn die folgende Blutvergiftung töten würde.

Steven fantasiert. Wortfetzen, Sätze, zusammenhangloses, wirres Zeug, das sie nicht verstehen können: »... Notruf ... neun-eins-eins ... nehmt mein Mobiltelefon ...«

Aber er muss still sein, kein Ton darf sie verraten. Jedes Geräusch, das sie verursachen und das nicht hierher gehört, kann ihr Ende bedeuten. Vorsichtig lassen sie Kokoswasser in seinen Mund tropfen, während Snake eine Palme erklettert und ein Dorf der Calusa-Indianer auf der anderen Seite der Insel ausmacht. Es ist weit genug entfernt und scheint nur klein zu sein, denn es sind nur wenige Rauchfahnen zu erkennen. Doch die Gefährten müssen davon ausgehen, dass die Calusa auch durch diesen Teil der Insel streifen, auf der Jagd nach Alligatoren, Wild oder Schiffbrüchigen.

Steven liegt wieder still, stöhnt nur ab und zu leise.

Sie ziehen weiter, marschieren im nassen, festeren Sand, den die Ebbe hinterlässt. Die Brandung wird ihre Spuren wieder wegspülen.

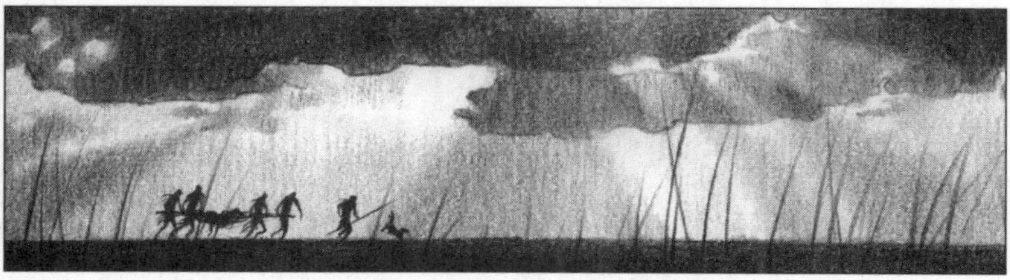

Muschelschalen schneiden in die Fußsohlen von Snake, die die Planken der Blackbird gewöhnt sind. Tagsüber lagern sie im Gebüsch zwischen Dünen und Dschungel.

In der vierten Nacht erreichen sie das nördliche Ende der ersten der feindlichen Inseln, die dreihundert Jahre später den harmlosen Namen »Siesta Key« tragen wird. Zur nächsten Insel müssen sie schwimmen, um ihren Marsch fortsetzen zu können. Scouba nutzt die Gelegenheit, einen Cat-Fish und eine Languste an die Oberfläche zu tauchen, während Steven auf einem Floß, das seine Freunde aus der Bahre und leeren Kokosnüssen angefertigt haben, über die schmale Wasserstraße geschoben wird. Im kühlenden Wasser kommt er zu sich, richtet sich auf und kann ein paar Tropfen trinken, danach sinkt er wieder zurück. Später beginnt er erneut zu fantasieren: »...Siebte Welle ... Moonsurfer ... wann ... ist Vollmond ...«

Shark versteht zwar nicht, wozu er das wissen will, aber sie sieht hinauf in den Nachthimmel und versucht, Steven zu beruhigen: »Noch viele Nächte, bis der Mond voll sein wird!«

Sie durchqueren die Insel ohne Zwischenfälle und erreichen nach zwei weiteren Nächten die nächste Wasserstraße zwischen dem offenen Meer und den Lagunen.

Nachdem sie die Furt hinter sich gelassen haben, will Snake die Insel prüfen und klettert abermals auf die nächstbeste Palme. Ihre Krone wiegt sich im Wind, der inzwischen mit kräftigen Böen zurückgekehrt ist. Er hält sich die flache Hand über die Augen, lässt sich sofort wieder zurückrutschen und springt in den Sand. »Diesmal haben wir's mit einem verflucht großen Dorf zu tun«, erklärt er. »Werden die Insel verdammt schnell überqueren müssen!«

Die erschöpften Freunde verbringen den Tag in einem schattigen Versteck, und als sie dann am Abend aufbrechen, steht der Mond bereits hoch über der Küste Floridas. Doch mit dem ersten Morgenlicht verkriechen sie sich bereits wieder im Unterholz und dösen dort wortlos durch die Stunden bis zum nächsten Sonnenuntergang. Dann, nach zwei weiteren Tagen und Nächten, erkennt Shark die Gegend wieder: »Das schwimmende Land meines Stammes ist nicht mehr weit!«

»Du meinst, die nächste Insel ist endlich Sharkfin-Island?«, fragt Snake. Und Shark nickt.

Der letzte Tag im Jagdrevier der Calusa steht ihnen bevor und die Gefährten suchen sich ein geeignetes Versteck. Noch bevor es hell wird, verwandeln Turtle, Sting und Alligator Stevens Bahre wieder in ein kleines, leichtes Floß, um für die Durchquerung der Wasserstraße in der kommenden Nacht vorbereitet zu sein. Danach legen sie sich zu den anderen in den Schatten und fallen in unruhigen Schlaf.

Während sich über den Gefährten das Unheil zusammenbraut.

Ein Stück weiter südlich, im Rücken der Flüchtlinge, Mittag

Die Sonne steht hoch über den Inseln. Ein Trupp Calusa-Späher kniet im Sand, über die beinahe unsichtbaren Spuren eines verlassenen Lagerplatzes gebeugt. Ihre drahtigen Körper mit schwarzer und roter Farbe bemalt, die Muskeln glänzen im feurigen Orange der Abendsonne. Nach einer Weile springen die Männer geschmeidig auf, laufen hinaus auf den Strand und hinunter zur Brandung, die Blicke noch immer auf den Boden geheftet. Im Wasser verlieren sich die Spuren, denen sie gefolgt sind. Sie diskutieren, dann trennen sie sich. Zwei der mit Speeren, Bögen und Messern aus Muschelhorn schwer bewaffneten Männer traben nach Süden, die restlichen fünf wenden sich nach Norden, dorthin, wo die Tocobaga-Indianerin und ihre Gefährten lagern.

Lagerplatz der Flüchtenden

Seit dem frühen Nachmittag hat sich eine neue schwarze Unwetterfront über dem südlichen Horizont aufgebaut.

Shark ist wach. Steven stöhnt von Zeit zu Zeit, und sie weiß dann, dass er noch am Leben ist. Sie ist nervös, findet keine Ruhe. Sie sitzt zwischen den hohen Gräsern einer Düne, hat die Knie zum Kinn gezogen, hat ihre Arme um die Beine geschlungen und beobachtet den Strand.

Irgendwann weckt sie Snake und schickt ihn hoch in eine Palmkrone. Im Osten meldet er die Rauchsäulen eines Dorfes, andere Anzeichen menschlicher Nähe sind nicht zu erkennen. Der Himmel über dem Horizont im Süden ist bereits schwärzer als die Seele von Skull.

Die Sonne ist noch nicht untergegangen, als Shark von einer inneren Stimme getrieben zum Aufbruch drängt. Alligator ist jetzt ebenfalls hellwach und Sting rüttelt den kleinen Turtle wach, der sich unter normalen Umständen nur dann wecken lässt, wenn es was zu essen gibt.

Vorsichtig wird Steven auf die Bahre gehoben und hinunter bis zum festen, nassen Strandstreifen direkt am Meer getragen. Sie verwischen ihre Spuren, die sie im Weichsand hinterlassen haben und wenden sich nach Norden, um endlich die Grenze zum Land des Panther-Clans zu erreichen: Die schmale Wasserstraße zwischen Longboat-Key und Sharkfin-Island.

Scouba springt durch die auflaufende Brandung. Shark wird immer nervöser. Turtle und der drahtige, schweigsame Sting stolpern trotz ihrer Erschöpfung so schnell durch den feuchten Sand, wie sie nur können. Vielleicht gibt ihnen die Hoffnung, bald wieder das Land ihrer Familien zu erreichen, ein letztes Mal Kraft. Vielleicht ist es aber auch dieselbe Vorahnung, die auch Shark antreibt.

Das Unwetter in ihrem Rücken quillt inzwischen bis hoch hinauf in den Himmel. Wird es diesmal der gefürchtete Monstersturm sein, den Huracan schickt?

»Wir müssen die Furt erreichen, bevor der Sturm da

ist!«, ruft Snake durch den Wind und das Rauschen der Brandung.

Doch Shark ist der Hurrikan gleichgültig: »Die Kopfjäger kommen!«

Snake sieht sich um. »Woher, verflucht?«

»Ich weiß nicht, ich spüre sie!« Sie wendet sich Alligator zu, doch der hat bereits verstanden. Er rennt tief geduckt hinauf zum Gebüsch, in den Fäusten den Speer, den er sich vor ein paar Tagen angefertigt hat. Am Rand des Dschungels wendet er sich nach Süden und verschwindet aus dem Blickfeld seiner Freunde.

Die anderen hetzen mit Steven auf der Bahre weiter, der Inselspitze und der Furt entgegen.

Nach etwa einer Meile taucht Alligator ohne seine Waffe wieder hinter der Gruppe auf, dieses Mal nicht mehr vorsichtig und im Schutz des Dschungels, sondern offen den Strand entlangjagend.

»Fünf Jäger!«, brüllt er Shark entgegen, während er nach Süden deutet.

Außer Atem erreicht er die vorwärts stolpernde Truppe.

Doch Shark stoppt ihre Freunde und macht eine Handbewegung, die die Gefährten dazu auffordert, die Bahre abzusetzen. Danach wendet sie sich Sting zu und spricht ein paar Worte mit ihm. Sting nickt und läuft alleine los: nach Norden, zur rettenden Wassertraße.

Jetzt ruft das Mädchen Scouba zu sich, lässt sich auf die Knie in den Sand fallen, hebt den Kopf des Hundes fast zärtlich an und blickt ihm in die Augen. Scouba bewegt sich nicht. Sie scheint ein wortloses Zwiegespräch mit dem Tier zu führen, bis sich der Portugiesische

Tauchhund abrupt abwendet, in die Brandung springt und in den Wellen verschwindet.

Snake will hinterher, versucht seinen Hund zurückzurufen, aber Shark hält ihn am Arm. »Es ist gut. Scouba hat eine Aufgabe. Genauso wie Sting. Sie holen Hilfe!« Damit wendet sie sich wieder den anderen zu: »Los!

Sie heben die Trage an und laufen los. Steven stöhnt auf. Sein Kopf schlägt heftig im Rhythmus der Schritte hin und her.

Doch es ist zu spät.

Auf der Landzunge im Rücken der Flüchtenden tauchen die fünf schwer bewaffneten Krieger der Calusa auf. Dahinter steht die schwarze Wand des Sturmes. Wie Untote aus ihren Gräbern wachsen die Kopfjäger aus dem Sand, ihre Augen liegen weiß leuchtend in schwarz und rot geschminkten Fratzen. Seeadler-Federn in den Haaren, menschliche Unterkiefer an ledernen Bändern um den Hals, Tätowierungen am ganzen Körper, nackt, bis auf ihre hirschledernen Lendenschurze. Als sie ihre Opfer entdecken, starten sie ein markerschütterndes Siegesgeheul.

Und die Gefährten rennen um ihr Leben.

Die Furt, die rettende Grenze zum Gebiet des Panther-Clans, liegt nur mehr eine Viertelmeile vor ihnen und doch zu weit entfernt, um sie zu erreichen. Noch schimmert sie schwach im letzten Licht der Abendsonne, während das Land im Süden bereits vom Schwarz des Unwetters verschlungen wird. Kurz darauf ist die ganze Insel in düsteres Grau getaucht, während die Gefährten verzweifelt versuchen, ihrem Schicksal zu entrinnen.

Möwen schrecken auf, flattern in den Himmel, Strandläufer stieben auseinander.

Einer der Jäger holt aus und schleudert seinen Speer aus vollem Lauf. Das Geschoss steigt hoch in die Luft, beschreibt einen weiten Bogen und fliegt mit den rasenden Wolken. Wie ein Greifvogel scheint es für einen kurzen Moment am Himmel zu stehen, bevor es sich auf sein Opfer stürzt. Die Waffe dreht sich um ihre eigene Achse, dann senkt sie sich nach unten, ihre Spitze auf Snake gerichtet.

Der Schiffsjunge starrt auf die Furt, die vor ihm liegt, wie eine unerreichbare Oase. Seine zerschundenen Füße landen auf scharfkantigen Muschelresten, die Muskeln brennen, wollen den Dienst verweigern. Der linke Arm ist taub vom Gewicht der Bahre, auf der Steven hin und hergeschleudert wird, während er vor Schmerzen brüllt.

Das Geschoß sirrt auf Snakes Rücken zu.

Er stolpert ... und der Schaft des Speeres jagt eine Handbreit an seinem Ohr vorbei. Zitternd bleibt die Waffe im Sand vor ihm stecken.

Snake will den Schaft in vollem Lauf packen, greift aber ins Leere.

»Schneller!«, brüllt Shark.

Jetzt hebt der zweite der Jäger seinen Bogen, stemmt ein Knie in den Sand, legt einen Pfeil ein und zieht die Sehne. Sirrend jagt das Geschoss durch die aufziehende Nacht.

Shark hat ihre Augen zugleich vorne und hinten. Neben ihr läuft Snake, hinter den beiden sind Turtle und Alligator. Plötzlich reißt das Mädchen nach rechts aus, sodass beinahe alle gemeinsam zu Boden gehen.

»Was zum Teufel...«, schreit Snake, doch dann erkennt er, dass Shark einem von ihnen das Leben gerettet hat: der Pfeil rammt vibrierend neben Alligators Füßen in den Sand.

»Wir laufen wie flüchtende Hasen!«, ruft Shark und reißt gleichzeitig in die entgegengesetzte Richtung aus, während ein weiterer Pfeil in eine ihrer Fußspuren einschlägt.

Sie torkeln im Zickzackkurs durch den Muschelsand. Um die Verzweifelten herum schlagen vibrierend Geschosse in den Strand, ein Pfeil streift Sharks Arm, ein weiterer schlägt zitternd in die Bahre neben Turtles Hand. Viel zu langsam kommen sie der Furt näher. Schritt für Schritt arbeiten sie sich vorwärts, keuchend, schnaufend, schwitzend. Aber im weichen Sand gleiten ihre Füße immer wieder nach hinten durch. Wie in einem Albtraum, in dem das Laufen nicht gelingen will und man vergeblich versucht, vorwärtszukommen. Doch noch leben sie, noch ist wie durch ein Wunder keiner der Gefährten getroffen worden.

Dann endlich haben sie die Wasserfläche erreicht.

Den Atem der Calusa im Rücken, jagen sie in vollem Lauf hinein, während sich draußen auf dem Meer mächtige Wellen auftürmen und die aufgewühlte See in die tiefe Furt schieben.

Doch nur, wenn die fünf Calusa es allein nicht wagen werden, in das Gebiet des Panther-Clans vorzudringen, werden Shark und die anderen auf der gegenüberliegenden Seite gerettet sein.

Sie schwimmen um ihr Leben, schlucken Salzwasser, das in den Kehlen brennt, husten, paddeln und strampeln, während sie das Floß mit Steven vor sich her stoßen. Aber sie haben nur ein paar Mannslängen zurückgelegt, als auch die Calusa-Krieger in das Wasser peitschen und ihnen mit kräftigen Zügen nachsetzen.

Der schnellste der Jäger ist schon nach kurzer Zeit nur noch wenige Armlängen von Turtle, dem langsamsten der Gejagten entfernt, und Snake und Shark müssen wenden, um ihm zur Hilfe zu kommen. Alligator stößt Stevens Floß mit einem letzten, heftigen Stoß weiter in Richtung des gegenüberliegenden Ufers, dann wendet auch er, als plötzlich das Gebell eines Hundes von der offenen See herüberdringt.

Dort draußen hat sich eine breite Welle aufgebaut, die genau auf die Furt zurollt, in der sich die Jäger ihrer Beute sicher wähnen.

Abermals ertönt das Bellen, während sich die ruhige Furt schlagartig in einen brodelnden Kochtopf verwandelt.

Snake reibt sich das brennende Salzwasser aus den Augen und glaubt im nächsten Moment, ihnen nicht mehr trauen zu können: Er erkennt Moonsurfer, das mit rasender Geschwindigkeit auf den Ort des Kampfes zuschießt. Auf dem Board steht Scouba, breitbeinig und fest auf allen vieren. Wie ein Surfmeister jagt er den Brecher herunter, der in die Furt rollt.

Erst jetzt nehmen Jäger und Verfolgte auch die dunkle Silouette neben dem Brett war. Nur undeutlich und verschwommen, bis für einen kurzen Moment ein schwarzgraues Dreieck aus dem Wasser ragt.

Die Calusa-Jäger begreifen sofort, dass sich die Situation schlagartig geändert hat und sie gerade dabei sind, zur Beute eines Hammerhaies zu werden. Sie schreien wie Wildschweine in einer Falle und paddeln hektisch zurück und auf den rettenden Strand zu, der an dieser Stelle steil in die See abfällt. Doch als sich der langsamste der Menschenjäger als Letzter aus dem Wasser schaufeln will, schießt der alte, graue Freund der Indianerin heran. Der Calusa-Krieger greift ins Leere, versucht sich in den Sand der steilen Böschung zu krallen, rutscht ab und zurück ins Wasser, genau vor die rasiermesserscharfen Zahnreihen im aufgerissenen Maul des Hammerhaies. Ein dumpfer Schlag, verdrehte Augen, ein greller Schrei, der in einem würgenden Gurgeln erstickt, als der Menschenjäger zurück in die brodelnde Furt gezerrt wird.

Die Schwanzflosse des Haies peitscht auf, dann verschwindet der Schatten mit seiner Beute und zieht eine dunkle Blutbahn durch die Meerenge.

Doch die Gefahr ist noch immer nicht gebannt. Denn kaum haben sich die überlebenden Calusa-Indianer ins Trockene gerettet, erhalten sie Verstärkung. Ein größerer Kriegstrupp der Kopfjäger bricht aus dem Gestrüpp und beginnt auf der Stelle damit, seine tödlichen Pfeile in die aufgewühlte See zu schießen.

Die Flüchtenden paddeln noch immer schutzlos im Wasser und versuchen, das andere Ufer zu erreichen. Währenddessen gleitet Scouba auf Stevens Surfboard mitten in den Pfeilhagel hinein.

Doch Snake kann seinen Hund und das Board abfangen. Er stößt es hinüber zu Steven, der auf seinem Floß aus der Reichweite der Geschosse getrieben wurde.

Shark ist abgetaucht, nur Turtle und Alligator reagieren nicht rechtzeitig. Noch sind sie unverletzt, aber die Jagdgesellschaft aus dem Wald der Calusa hat sich in der Zwischenzeit zu einem kleinen Heer vergrößert, das abermals seine Bogensehnen spannt.

»Runter!«, brüllt Snake Turtle und Alligator zu. »Ihr müsst tauchen!« Aber sie würden ihn auch dann nicht verstehen, wenn sie ihn durch das zunehmende Tosen von Wind und Wellen hören könnten.

Nur das Sirren der Pfeile durchdringt den Lärm der Gischt.

Snake muss sich retten und taucht ab.

Doch der erwartete Pfeilhagel bleibt aus.

Als Snake wieder auftaucht, sieht er Turtle und Alligator noch immer völlig unversehrt in der Furt schwimmen. Die Jäger hingegen sind mit Pfeilen gespickt, so als hätten es sich ihre eigenen Geschosse anders überlegt und wären, einem Bumerang gleich, in einem Bogen zu ihren eigenen Herren zurückgeflogen. Aus röchelnden Kehlen sprudelt Blut. Manche sind sofort tot, die Augen weit aufgerissen gaffen sie verständnislos hinüber zum anderen Ufer. In ihrer letzten Bewegung erstarrt, fallen sie wie gefällte Bäume in den Sand, ins Meer oder sinken rücklings zurück in den Urwald. Der Rest flüchtet, stolpernd, krabbelnd, humpelnd und schreiend vor Schmerzen und Entsetzen.

Snake reißt den Kopf herum.

Am gegenüberliegenden Ufer sieht er Sting, den Shark losgeschickt hatte, um Hilfe zu holen. Hinter dem Jungen ist eine breite Front der Krieger seines Stammes aus dem Dschungel getreten. Über zweihundert mit schwarzer Erde bemalte Männer stehen auf dem nördlichen Strand, ihre gerade eben abgefeuerten Bögen noch vibrierend in den Fäusten.

Der Panther-Clan, das Volk von Shark und ihren Brüdern ist im letzten Moment aufgetaucht.

Und mit der Ankunft des Panther-Clans ist endgültig auch Huracan erwacht.

In der Hütte der Tocobaga-Schamanin auf Sharkfin-Island, ein paar Tage später

Das Dorf des Stammes liegt im Süden der Insel auf der geschützten Seite, etwa dort, wo sich über drei Jahrhunderte später ein kleiner Fischereihafen und *Ralph's Restaurant* befinden werden.

Die Hütten der Indianer thronen auf Muscheldämmen über dem Strand. Zur Landseite hin ist das Dorf umgeben von einer Palisade, die die Männer des Clans zum Schutz gegen die Piraten in einem Halbkreis um ihre Behausungen gezogen haben. In ihrer Mitte: der mächtigste der künstlichen Hügel mit dem Haus des Kaziken, des Häuptlings.

Nördlich davon, im Reich der Ahnen weit außerhalb des Dorfes, lebt die Schamanin. Ihre Hütte befindet sich in einer kraterähnlichen Senke auf der höchsten Erhebung der Insel, vom Urwald überwuchert, wie Grumbles Hazienda. Zwei Felsbrocken bilden den Eingang zu dieser Welt: ein gestürztes V, durch das sich derjenige, der sich hineinwagt, tief hindurchducken muss. Dahinter trifft er auf lange graue Schleier aus Spanish-Moss, die von den weit ausladenden Ästen der Bäume herunterhängen und die Hütte der Alten wie das klebrige Netz einer Spinne umgeben.

Auf einer Matte im Inneren der Behausung liegt Steven und tastet nach seinem verletzten Auge. Im selben Moment wächst eine Schlange aus seiner Augenhöhle, schwarz und dick wie eine Water-Mokkassin. Sie will sich befreien, schlägt nach allen Seiten aus, rüttelt an seinem Kopf. Er greift nach ihr, versucht, sie aus der Augenhöhle zu reißen, aber das Biest wird länger und länger. Auf einmal schwebt Moonsurfer über ihm. Doch es ist nur die Spitze des Boardes, verwittert und von tiefen Furchen durchzogen, die ein kalkweißes Augenpaar durchschneiden.

Die Erscheinung starrt ihn an, bis eines der beiden Augen auf dem Board verschwindet und nur ein Riss übrig bleibt, der quer über das Holz geht, so, wie das schiefe Band einer Augenklappe das Gesicht eines Piraten unterteilt. Plötzlich wachsen knochige Arme hinter der Erscheinung hervor.

Sie greifen nach der schwarzen Schlange und ziehen sie mit einem kräftigen Ruck heraus. Schlagartig ist das Board verschwunden, hat einer fratzenhaften Maske Platz gemacht. Der Schmerz kehrt zurück, wie ein Messerstich in Stevens Auge, bis ins Gehirn.

Er wacht auf.

»Er ist zurück!«, flüstert Shark.

Und Steven schreit.

Er brüllt in den scharfen Rauch verbrannter Kräuter, der durch die Hütte wabert. Er brüllt seinen Schmerz hinaus, brüllt seine Wut über seinen Vater hinaus, der die Familie verlassen hat. Er brüllt, weil er *ihn* verlassen hat, um nach etwas zu suchen, das ihm wichtiger ist: nach Gold.

Sein Schrei geht in ein Husten über, ein Keuchen und Speien auf die zerstampften Muschelreste am Boden der Hütte, bis das Husten zum Lachen wird. Ein verzweifeltes Lachen.

Währendessen umkreist ihn die Maske.

Steven versucht sich aufzurichten, doch zwei sanfte Hände drücken seinen schweißüberströmten Oberkörper vorsichtig zurück auf die geflochtene Matte aus Palmblättern.

Für einen kurzen Moment erkennt er Shark.

Doch die Fratze rast wieder und wieder auf Steven zu, um sich jedesmal in den Qualm zurückzuziehen, der die Hütte ausfüllt. Steven kann bald nicht mehr unterscheiden, ob er es selbst ist, der auf die Maske zupendelt, oder ob es die Grimasse ist, die näher schwingt, um sich sogleich wieder zu entfernen.

Später, er weiß nicht wie viel später, ist sie verschwunden. Er trinkt aus einer großen Muschel, die ihm Shark an den Mund hält, den Tee der Tocobaga-Indianer.

Währenddessen versucht der Sturm immer wütender nach der Hütte zu greifen, wirbelt Palmblätter, Äste und Kokosnüsse in die Schutzburg der Schamanin und bearbeitet das Dach mit heftigen Schauern.

Dies ist nicht mehr nur einer seiner Vorboten, dies ist Huracan persönlich.

Der Hurrikan ist da.

Steven tastet erneut nach dem schmerzenden Auge.

»Schschscht … nicht.« Shark hält seine Hand fest. Dann drückt sie ihm vorsichtig einen kühlen Brei auf die Wunde, legt ein paar Blätter darüber und verbindet behutsam seinen Kopf.

»D…die schwarze Schlange …«, flüstert Steven.

»Du hast sie geträumt. Ke-Lo hat sie besiegt. Sie ist weg. Du wirst leben. Mit einem Auge.«

»Ke-Lo?« Er blinzelt durch das gesunde Auge.

»Ke-lo. *Hase*«, erklärt Shark und deutet auf die alte Schamanin, die sich beruhigt hat und jetzt bucklig neben dem Feuer steht, in das sie neue Kräuter wirft, die den Qualm in der Hütte nähren.

Shark hockt sich an Stevens Seite, legt die Hände auf ihre Knie und blickt ihn still an. Ihre dunkle Haut glänzt im flackernden Licht der Flammen.

Sie ist wunderschön, denkt er plötzlich und vergisst für einen Moment alles, was er gerade durchgemacht hat. Der stark koffeinhaltige Tee ist in seinen Kreislauf gefahren. Die kühle Paste auf seiner Verletzung lindert den Schmerz.

Dann erst begreift er, was Shark soeben gesagt hat:

Werde ich auf einem Auge blind bleiben?

Verzweifelt blickt er sich in dem kleinen Raum um, als könne er hier irgendwo ein Wundermittel gegen sein Schicksal entdecken. Masken, papierdünne Schlangenhäute, Waschbärentatzen, speckige Lederbeutel, Muschelketten, Pantherfelle. Tönerne Töpfe und Schildkrötenpanzer, die auf dem Boden verteilt herumliegen.

Und ... Moonsurfer!

Das Board hat Schrammen, aber es scheint ansonsten unversehrt, nicht zersplittert, wie in seinem Traum.

»Wie ... kommt das Board hierher?«

»Es hat nach Hause gefunden!«, erklärt Shark und lächelt das erste Mal, seit sie Steven vor ein paar Wochen am Strand von Sharkfin-Island kennengelernt hatte. »Es hat allein nach Hause gefunden! Es hat einen Zauber ...« Sie macht eine Pause, dann erzählt sie: »Die Kopfjäger waren hinter uns. Ich habe Scouba losgeschickt. Er sollte Sha-na's Freund im Meer finden, der mir überallhin folgt. Den Hai. Scouba ist weit geschwommen, bis ihn die Kraft verlassen hat. Aber dann kam dein Einbaum, den du Moonsurfer nennst. Scouba ist auf den Einbaum geklettert. Danach haben Scouba und der Einbaum den Hai gefunden. Zusammen haben sie dann die Feinde verjagt.«

»Das hat dir der Hund erzählt?«, fragt Steven.

»Ja, Scouba folgt nicht nur Snake. Scouba folgt auch mir! Tiere sprechen mit Sha-na, die Schamanin sein wird, wenn Ke-Lo zu den Ahnen geht. «

»Shark, wie lange habe ich hier gelegen?«, fragt Steven nach einer Weile. »Ich muss wissen, wann Vollmond ist ...«

»Der Mond *ist* voll. Du warst viele Tage den Ahnen sehr nahe.«

Steven ignoriert, was sie gerade angedeutet hat: »Vollmond? Heute Nacht?«

»Ja, aber du kannst den Mond im Sturm nicht sehen. Ke-Lo hat Huracan zu Hilfe gerufen.« Sie senkt den Kopf. »Die Krieger des Panther-Clans können das Schiff der Stinkenden nicht allein besiegen ...«

»Dann ... liegt die Blackbird noch immer dort draußen? Und Skull ist noch immer am Leben? Und der Schatz noch immer im Schiff?«

Shark nickt und Steven reißt den Arm vor sein gesundes Auge: Die Uhr zeigt kurz nach fünf. Bald wird also die Sonne aufgehen ... wenn sie in diesem Unwetter überhaupt aufgeht.

Ich muss es versuchen! Ich muss zurück und ich muss in ein Krankenhaus, vielleicht kann mein Auge noch gerettet werden! Und ich muss meinem Vater berichten ...

Er schnellt hoch, greift nach Sharks Händen. »Shark, hilf mir! Ich muss die Siebte Welle reiten, bei Sonnenaufgang!«

Sie schüttelt den Kopf. »Nein. Das Wasser wird dich töten. Huracan lässt es wüten!«

Sie glaubt, dass er wieder fantasiert. Er sieht es ihr an. »Shark, ich bin okay! Ich hab alle meine Sinne beisammen!« Er springt auf die Beine und schafft ein paar Schritte, bevor ihm wieder schwarz vor Augen wird. Er torkelt, stolpert. Doch Shark steht bereits neben ihm und legt seinen Arm über ihre Schulter, um ihn zurück auf die Matte zu führen.

Aber Steven zieht das Mädchen zu seinem Board.

»Nein, Steven, du wirst sterben, wenn du hinaus zu Huracan gehst!«, sagt Shark.

Regen prasselt auf das Schilfdach, der Wind rüttelt wütend an der Hütte und bläht das Hirschleder auf, das vor den Eingang gespannt ist.

Steven befreit sich aus ihrem Griff.

»Siehst du das hier?« Er hebt den Arm und seine Uhr vor ihr Gesicht. »Sieh genau hin! Ist das Ding an meinem Arm aus dieser Welt? Nein, natürlich nicht! Wo also, glaubst du, komme ich her? Shark, ich komme aus einer Welt, die es noch gar nicht gibt! Dieser komische Grumble hat mich... «

Shark blickt ihn mit einer Mischung aus Sorge und Mitleid an. »Steven«, sagt sie. »Du bist der, der von den Geistern der Ahnen geschickt wurde!«

»Aber ...« will Steven abermals protestieren. Doch er hat eine Idee: »Also gut«, sagt er, »ich wurde von den Geistern oder den Ahnen oder wem auch immer geschickt. Auf meinem Einbaum. Aber jetzt muss ich zurück! Grumble ... also ich meine: Eine Stimme hat zu mir gesprochen und gesagt: *Reite die Siebte Welle! Bei Sonnenaufgang!* Und die Geister verlangen jetzt von dir, dass du mir hilfst!«

Shark blickt ihm lange in die Augen. Dann plötzlich greift sie nach Moonsurfer, löst die Hirschhaut vom Türrahmen und zieht das Longboard nach draußen in die rauschende, heulende und pfeifende Sturmnacht. Steven folgt ihr.

Sofort werden sie vom Wind erfasst und in die Regenschauer gestoßen, die wie ein einziger riesiger Wasserfall vor dem Ausgang der Hütte herunterprasseln, um die Welt zu überschwemmen.

Außerhalb der Hütte, Sturm

Shark und Steven zerren Moonsurfer durch die wild tanzenden Vorhänge des Spanish-Moss, über den Vorplatz und hinüber zum Schutzwall des Kraters, der ihnen den schlimmsten Starkwind noch vom Leibe halten kann.

Plötzlich taucht ein Schatten zwischen den beiden auf und greift nach dem Board.

»Wo wollt ihr bei diesem Wetter hin, beim Klabautermann!«, brüllt die Stimme von Snake gegen das Heulen der Naturgewalten an.

»Snake!«, brüllt Steven. »Hilf uns! Dann werde ich dir zeigen, dass ich mit diesem Ding auf einer Welle reiten kann!«

»Du hast den Verstand verloren, mein Freund!«

»Wenn du wirklich mein Freund sein willst«, gibt Steven zurück, »dann, verdammt noch mal, hilf uns jetzt!«

Snake zögert. Einen kurzen Moment nur, dann packt er zu, und die drei schieben sich unter dem engen Felsentor, das den Ausgang aus der Welt der Schamanin bildet, hindurch: hinaus in die flatternde, peitschende, brüllende und tosende Hölle aus entwurzelt umherfliegendem Urwald, der gerade in seine Einzelteile zerlegt wird.

Hier draußen sind sie ungeschützt der ganzen Gewalt des Sturmes ausgesetzt, der landeinwärts bläst und die drei schwachen Kreaturen mitsamt ihrer Planke von der Erde fegen würde, wenn er sie zu packen bekäme. Doch Steven, Shark und Snake ducken sich tief und stoßen geradewegs in Richtung Strand vor, dem Wind die Stirn bietend. Steven hat keine Wahl, er muss mitten hinein in die haushohen Brecher, die vom offenen Meer heranrollen.

Währenddessen reißen im Osten über den sich biegenden Baumkronen für einen kurzen Moment die rasend gewordenen Wolken auf und geben das fahle Licht der aufgehenden Sonne frei. Steven erkennt, dass er nur noch wenige Minuten Zeit hat, um die Brandung zu durchqueren, die sich in eine monströse Waschküche voller Salz und Gischt verwandelt hat. Die drei torkeln durch den Dschungel, in die Richtung, in der sie den Strand vermuten. Palmwedel klatschen in das knöcheltief stehende Regenwasser, Kokosnüsse schlagen ein wie Wasserbomben, eine riesige Kiefer stürzt und schlägt eine Schneise durch die Kronen der benachbarten Bäume und durch das Unterholz, bis sie im Rücken der Freunde quer über den Pfad prasselt und zitternd zum Liegen kommt.

Sie erreichen den Strand, doch hier wütet nur noch der blanke Sturm, von keiner Palme, keinem Baum und keinem Gebüsch mehr aufgehalten. Irgendwie schaffen sie es dennoch, Moonsurfer mit vereinten Kräften Stück für Stück vorwärtszuwuchten, dem mörderischen Wind entgegen.

Doch plötzlich bricht Steven zusammen.

Wie ein angeschlagener Boxer kniet er auf allen vieren im Wasser, das hoch auf den Strand hinaufgespült wird. Vergeblich versucht er, den Schwindel und das Schwarz vor seinen Augen zu vertreiben. Inzwischen kommen Regen, Sand und Salzwasser aus allen Himmelsrichtungen und beschießen die Haut der drei wie Millionen kleiner Pfeile.

»Legt mich auf das Board!«, keucht Steven. »Ich muss in die Wellen!«

Snake und Shark zögern, doch dann dreht Shark das Board in Position, zieht es in die Gischt und bedeutet

Snake, Steven auf das Brett zu helfen. Gemeinsam schieben sie den Freund und seine seltsame Planke hinaus durch die Brandung, bis sie von den ersten Brechern überrollt werden und den Boden unter den Füßen verlieren. Den Rest müssen die drei schwimmend schaffen.

In diesem Moment spüren sie, dass es nicht mehr sie selbst sind, die das Surfboard vor sich hertreiben müssen. Es ist Moonsurfer, das so gierig hinauszieht, als sei es von einer unsichtbaren Macht erfasst worden.

Bald darauf hat das Board die gewaltigen Brecher durchstoßen und die Weißwasserzone hinter sich gelassen. Jetzt werden sie vom Sog des Meeres erfasst, der das Brett und die Freunde mit gewaltiger Macht nach draußen zerrt.

Steven hat Wasser geschluckt und hustet. Trotzdem versucht er mit seinem gesunden Auge zurückzuspähen, um den Moment des Sonnenaufganges über den Kronen der Bäume auf der Insel ausmachen zu können. Aber die Welt um ihn herum ist grau und düster, unterbrochen nur vom Weiß der Gischt.

»Lasst mich! Schwimmt zurück!«, brüllt er, doch Snake ist bereits verschwunden. Und dann streckt auch Shark ihre Hand aus, berührt Stevens Stirn zum Abschied, stößt das Board und den Freund aus einer anderen Welt von sich ... und verschwindet in den Wellen.

Steven ist allein.

Plötzlich wendet Moonsurfer.

Das muss die Siebte Welle sein!

Das Board macht eine 90-Grad-Drehung und beginnt zu vibrieren, während es Fahrt aufnimmt. Vor Steven liegt das Wellental, hinter ihm baut sich eine gigantische

Monsterwelle auf und formt sich zu einer Tube, so groß, als wolle sie einen Tunnel für einen Tanklastzug bilden.

»Jetzt!«, brüllt Steven in die menschenleere Sturmnacht. »Jeeeeeetzt!«

Er richtet sich auf, doch kaum steht er auf dem Board, verliert er endgültig das Bewusstsein.

Sharkfin-Island, am Strand und auf der Veranda des Strandhauses, der Morgen nach dem Surf-Contest, Juni 2004

Stevens Mutter starrt aus dem Fenster seines Zimmers und späht über das aufgewühlte Meer. Sie kann ein Surfboard erkennen, einen Jetski und einen Schwimmer.

Sie wendet sich ab, stürzt aus dem Raum, stolpert die Treppe hinunter, über die Veranda und auf den Strand.

»Ernie! Joey! Dort!«

Ernie Hammings ist ein steinreicher Schriftsteller und investiert hin und wieder in Ben Waves' Unternehmungen. Er war erst vor einer Woche mit seinem Hochseefischerboot von Key West heraufgekommen. Trotz seines hohen Alters ist Ernie noch immer eine stattliche Erscheinung mit einem riesigen Bauch, schlohweißen Haaren und einem mächtigen Vollbart. Auf der X-Plorer hält er sich entweder in der Nähe von Ben Waves auf oder bei Joey Sloop, der den Schlüssel zum Whiskeyschrank hütet. Joey ist der Koch der X-Plorer. An diesem Morgen haben die beiden Professor Susan Waves vom Schiff aus übergesetzt, damit die aufgebrachte Frau nach ihrem Sohn sehen kann. Angeblich hatte Ben Waves am Vorabend während des Surf-Contests einen Klumpen aus dem Wasser gefischt, der sich ein paar Stunden später als makabres Trinkgefäß entpuppt hatte: ein goldener Schädel, auf dem irgendein Spaßvogel ausgerechnet den Namen »Steven Waves« eingeritzt haben musste.

Die beiden haben es sich auf den Schwimmkörpern des Beibootes bequem gemacht, um eine Diskussion über eine alte Legende fortzuführen, die den Schatz betrifft, der hoffentlich noch dort draußen zu finden ist.

Gerade hat Ernie seinen massigen Rücken dem Wind zugedreht und versucht, mit seinen riesigen Pranken eine kleine Zigarette zu drehen, als er Susan Waves' Rufe hört. Die Archäologin hetzt den Strand herunter und rudert mit den Armen, als wäre sie in Treibsand geraten.

»Dort, Ernie, da!

Aber der Macho alten Schlages fingert weiter an seiner Zigarette herum. »Die Archäologin scheint auch mal etwas entdeckt zu haben«, brummt er, ohne aufzublicken. »Vielleicht eine hübsche Muschel, die sie morgen auf das Jahr siebzehnhundert datieren wird ...«

»Pffffhihi!«, kichert Joey.

Inzwischen hat Susan die beiden erreicht und rüttelt an dem massigen Oberarm des alten Mannes aus Key West.

Ernie ist von seiner Bastelarbeit abgelenkt, und eine Böe bläst ihm den Tabak aus dem Papier.

»Verflucht!«

Susan ignoriert den Schaden: »Ernie, sieh doch, dort! Dort draußen schwimmt jemand!« Sie zerrt an seinem Hemd, um Ernie irgendwie dazu zu bewegen, sich aufzurichten und selbst davon zu überzeugen.

Der Hochseefischer zerknüllt sein leeres Zigarettenpapier, schnippt es brummend in den Wind, schiebt sich die Brille, die an einem dünnen Silberkettchen vor seinem Bauch baumelte, auf die Nase und blickt mit gespielt ernstem Blick hinaus aufs Meer.

»Siehst du was, Joey?«

Joey tut es ihm gleich, mit dem einzigen Unterschied, dass er die dunkle und viel zu große Sonnenbrille vor seinen Augen nach oben auf die Stirn schiebt, bevor er hinausspäht.

»Nee, Ernie, nix zu sehen. Nur Wasser ...«

Ernie wendet sich wieder der Archäologin zu.

»Liebste Susan, wir waren die ganze Nacht dort draußen, und ich versichere Ihnen: Dort befindet sich nur Salzwasser, in dem sich schöne fette Schwertfische, leckere Baracudas und ein paar böse Haie tummeln, aber keine Menschen. Nicht zu dieser Zeit jedenfalls.«

Susan starrt ihn fassungslos an, während sie noch immer mit dem ausgestreckten Arm nach draußen auf das Meer deutet. Sie will gerade zu einem weiteren Versuch ansetzen, den überheblichen Alten vom Ernst ihrer Entdeckung zu überzeugen, als Joey ergänzt: »... und ein verlassener Jetski!«

Ernie reagiert sofort.

»Wo?«

»Na da!«

Der alte Mann aus Key West späht in die angegebene Richtung. Tatsächlich dümpelt dort ein Jetski mit Schlagseite in der Brandung. Und für einen kurzen Moment sieht er so etwas wie ein Surfboard aus einem Wellental auftauchen, an das sich zwei Personen klammern.

Wenn Ernie einmal in Bewegung gerät, dann handelt er schnell und präzise, und deshalb hat das Schlauchboot keine fünf Minuten später die in Seenot geratenen Surfer erreicht.

Bruce kann die Rettungsleine greifen, die Joey hinausgeschleudert hat, während Ernie den 260 PS Yamaha Außenborder bedient und das graue Schlauchboot behutsam an die beiden heranmanövriert. Die andere Person liegt bäuchlings quer über dem sonderbaren Board. Sie ist sonnenverbrannt, Hautfetzen lösen sich von ihren Schultern, um ihren Kopf ist ein blutiger Verband aus Hirschlederstreifen gewickelt.

Susan Waves erkennt Steven und schlägt die Hände vor den Mund.

»Ihn zuerst!«, brüllt Bruce, als Joey ihm eine Hand entgegenstreckt.

»Lebt er noch?« Joey deutet auf den bewegungslosen Surfer.

»Ich glaube ja. Jedenfalls klammert er sich mit aller Kraft an das Board. Also, wenn's keine Totenstarre ist, lebt er noch ...«

Bradenton Memorial Hospital

Der hochgewachsene Mann im weißen Arztkittel betritt den Warteraum, in dem Susan und Ben Waves auf Plastikstühlen sitzen. In der gegenüberliegenden Ecke hockt Bruce, in eine dicke Wolldecke gehüllt. Auf dem Tischchen mit Zeitschriften vor ihm dampft ein Tee. Er weigert sich, nach Hause zu gehen, obwohl er seine Augen kaum mehr offen halten kann. Stevens Mutter, die eigentlich vor Jahren das Rauchen aufgegeben hat, drückt gerade ihre fünfte Zigarette in den inzwischen übervollen Aschenbecher. Selbst Ben Waves blättert nervös in einer abgegriffenen Times vom letzten Jahr.

»Mrs Waves, Mr Waves«, beginnt der Arzt, »die gute Nachricht zuerst: Er wird überleben. Bezüglich seiner ...«

»Was heißt das, die *gute* Nachricht zuerst? Entweder er wird gesund oder nicht!«, poltert Waves.

Der Arzt holt tief Luft, bevor er mit einem gezwungen höflichen Lächeln erwidert: »Mr Waves, ich kann Ihre Ungeduld verstehen, aber lassen Sie mich doch bitte einfach ausreden. Also: Wir wissen noch nicht, wie sich Stevens Verletzungen entwickeln werden. Das heißt, sein Fuß ist lediglich entzündet, eine nicht verheilte kleinere Wunde. Auch ist sein Körper von Stichen und Bissen verschiedenster Insekten übersät, die teilweise eitern. Seine Haut ist von starker Sonneneinstrahlung gezeichnet ...«

»Bitte, spannen Sie uns nicht auf die Folter! Wie geht es seinem Auge?«, unterbricht ihn nun Susan Waves.

»Das Auge, ja. Also ... wir können es noch nicht sagen. Es wurde mit primitiven Mitteln behandelt. Wir haben eine Analyse der Reste einer Art Paste gemacht und bereits ein erstes Ergebnis, das allerdings noch von einem Fachlabor bestätigt werden muss. Ich mache es kurz: Das Zeug könnte das Leben ihres Sohnes gerettet haben. Die Paste besteht aus verschiedenen rein pflanzlichen Zutaten mit stark desinfizierender Wirkung. Die Mischung ist uns teilweise beziehungsweise in ähnlicher Weise bekannt, und zwar von den Naturvölkern Mittelamerikas.

Davon abgesehen haben wir eine Absplitterung auf dem Röntgenbild erkennen können, genauer gesagt eine lange, tiefe Furche im Stirnknochen über dem Auge. Die Verletzung sieht aus, als wäre Ihr Sohn von einem langen, scharfen Gegenstand getroffen worden, einer Glasscheibe, einer Metallkante oder ... einem Säbel. Er hat ein Schädel-Hirn-Trauma erlitten, weshalb wir ihn in ein künstliches Koma versetzt haben. Der Stoß oder Schlag, oder was es war, hat einen tiefen Schnitt in seiner Haut verursacht, der auch die Pupille verletzt hat. Wir versuchen, den Augapfel zu erhalten. Ob er allerdings nach einer Heilung des Organes wieder damit sehen beziehungsweise scharf sehen wird, können wir noch nicht sagen.«

Der Arzt macht eine Pause und sein Gesichtsausdruck wird noch ernster, als er bereits war: »Mr und Mrs Waves, ich muss Ihnen eine persönliche Frage stellen: Wo hat sich Ihr Sohn in den vergangenen Wochen aufgehalten?«

Susan Waves blickt den Mann verständnislos an, während Ben Waves sich aufrichtet und blafft: »Na hier natürlich, im Haus meiner Frau ... ich meine ... meiner Ex-Frau. Was wollen Sie damit andeuten?«

Der Arzt setzt sich und schüttelt nachdenklich den Kopf.

»Mrs Waves, Mr Waves, bei allem Respekt, ich widerspreche Ihnen nur ungerne, aber Ihr Sohn ist in einem Zustand, der nur einen Schluss zulässt: Er hat ganz offensichtlich eine sehr lange Reise hinter sich, die ihn durch wenig oder überhaupt nicht zivilisierte Gebiete geführt haben muss. Als habe er das gesamte Amazonasgebiet, nur mit einer Badehose bekleidet, durchstreift und anschließend den Golf von Mexiko auf dem Surfboard, an das er sich fast bis in den OP-Saal geklammert hatte, überquert. Ihr Sohn ist sonnenverbrannt, erschöpft, ausgetrocknet und halb verhungert. Außerdem haben wir einen extrem hohen Koffeingehalt in seinem Blut feststellen können, der ihn für kurze, aber für die entscheidende Zeit aufgeputscht und auf diese Weise so lange am Leben gehalten hat … bis er von seinem jungen Retter hier«, er deutet auf Bruce, »gefunden wurde und Ihr Mitarbeiter, Mr Ernest Hammings, ihn aus dem Meer gezogen hat.«

Jetzt verliert Ben Waves die Beherrschung, springt auf und beugt sich nach vorne, bis sich sein Gesicht nur mehr eine Handbreit vor dem des Arztes befindet. Er deutet auf die Tür zum Gang in den OP-Saal.

»Natürlich, Doktorchen«, knurrt er, »ausgerechnet diese Flasche von einem Sohn hat heute Nacht Eldorado gefunden und dann den Rückweg mit einem Surfboard und einem Tässchen doppelten Espresso gemeistert! Wissen Sie, was ich von Ihrem Gerede halte? Geschwätz! Nichts als Geschwätz!«

Susan Waves schweigt und starrt den Arzt an, als wäre sie hypnotisiert worden. Dann plötzlich hat sie sich wieder im Griff, reibt sich die Augen und schüttelt den Kopf:

»Doktor, ich versichere Ihnen, und dafür gibt es Zeugen: Was Sie da andeuten, ist schlichtweg unmöglich! Ich habe meinen Sohn noch kurz vor dem Surf-Contest gesehen!«

»... und wir haben dort draußen die ganze Nacht nach einem vermissten Wettbewerbsteilnehmer gesucht«, ergänzt Waves, »nach einem gewissen Cheese. Leider vergeblich, aber wir wissen definitiv, dass niemand mehr dort draußen war oder mal eben aus Mexiko oder wo auch immer herübergesurft ist. Vor allen Dingen nicht mein Sohn!«

In diesem Moment meldet sich Bruce mit leiser Stimme aus der anderen Ecke des Wartezimmers: »Mr Waves, Ihr Sohn ... *ist* Cheese.«

Die erstaunten Blicke der beiden Waves und des Arztes versammeln sich auf Bruce.

»Ich selbst hatte ihn als *Cheese* angemeldet. Er hat an dem Surf-Contest teilgenommen, bis er in der riesigen Welle verschwunden ist.« Bruce macht eine betretene Pause und ergänzt dann trotzig: »Aber er ist fantastisch gesurft!«

Susan Waves schlägt die Hände vor den Mund, Ben Waves poltert weiter:

»Quatsch, Steven kann nicht surfen!«

»Doch Mr Waves, Ihr Sohn hat den Contest sogar gewonnen! Er weiß nur noch nichts davon, denn er ist ja plötzlich verschwunden. Anscheinend kennen Sie ihn nicht besonders gut. Sonst wüssten Sie, was für ein irrer Surfer er ist!« Und flüsternd ergänzt Bruce: »Zum Glück lebt er!«

Waves reagiert mit einem verständnislosen Blick, den

Mund halb geöffnet. Dann plötzlich steuert er auf Bruce zu. Der rutscht tief unter seine Wolldecke, während der Schatzsucher sich vor ihm aufbaut. Bruce erwartet sein Urteil.

Doch Ben Waves legt ihm die Hand auf die Schulter. »Du hast Steven das Leben gerettet! Und auch wenn Steven nicht ganz nach meinen Vorstellungen geraten ist: Ich danke dir! Wirst mal ein ganzer Kerl! Respekt!«

Bruce wächst wieder ein Stück aus seiner Decke heraus, zieht die Stirn in Falten, blickt dem Hünen über sich in die Augen und antwortet deutlich und langsam:

»Mr Waves, *ich* habe ihn herausgefordert, und er ist deswegen beinahe ums Leben gekommen. Ihr Sohn hat eine Welle geritten, die noch keiner von uns geritten hat. Er hat nicht nur überlebt, sondern ist auch noch der diesjährige Sieger des Wettbewerbes geworden. Sir, Ihr *Sohn* hat Ihren Respekt verdient! Er *ist* bereits ein ganzer Kerl, während ich nur ein blöder Arsch bin, der gerettet hat, was noch zu retten war, nachdem er Scheiße gebaut hat. Also ... Sie ... ähem ... Sie sollten wirklich stolz auf Ihren Sohn sein!«

In Stevens Krankenzimmer, 14. Juni 2004, Tag

Nach ein paar Tagen erwacht Steven aus dem künstlichen Koma, in das man ihn gelegt hatte.

Er ist verwirrt, hat vergessen, was mit ihm geschehen ist. In den folgenden Tagen schläft er viel, immer dann, wenn er müde ist, und er fühlt sich ständig müde.

Doch inzwischen findet er keine Erholung mehr im Schlaf, denn nach und nach kommen die Erinnerungen zurück. Die Erlebnisse der vergangenen Wochen, während derer hier, im Jahr 2004, nur eine einzige Nacht vergangen ist, holen ihn in seinen Träumen ein.

Dann ist er wieder im Jahr 1693, wo er nicht in einem kühlen, weißen, frischen und nach Weichspüler duftenden Bett liegt, sondern in einer unerträglich heißen und dampfenden Welt, festgebunden auf einer rüttelnden Liege aus harten Stangen, auf der sein schmerzender Kopf hin und her schlägt, während über ihm die Kronen der Fächerpalmen, der Zypressen und Kiefern vorbeiziehen. Ein anderes Mal hüllt ihn der beißende Rauch ein, aus dem die Maske der Schamanin herausglotzt, bis er schweißgebadet aufwacht, und auf den leise summenden Ventilator an der Decke seines Krankenzimmers starrt.

Doch irgendwann beruhigt er sich und versucht Ordnung in seine Erinnerungen zu bringen. Und schließlich ist es nur mehr diese eine Szene, die ihn nicht mehr loslassen will: Snake, der einfach in der Sturmflut vor Sharkfin-Island verschwunden ist, kurz bevor Sharks Fingerspitzen seine Stirn berühren und auch sie von den Wogen erfasst wird.

Die Tage im Hospital vergehen.

Doch das Bild von den beiden Gefährten, die in der brodelnden, kochenden und wütenden See verschwinden, bleibt. Es verblasst nicht einmal, ganz im Gegenteil: Es wird immer deutlicher, immer schärfer und lastet immer drückender auf Stevens Seele. Doch das, was in den vier Wochen zwischen Sharks erstem Auftauchen am Abend der Hai-Attacke und ihrem letzten Abtauchen am Morgen des

Sturmes geschehen ist, scheint mehr und mehr in einer einzigen dunklen und fernen Nacht zu verschwinden: In der Nacht des Surf-Contests.

Wie alt bin ich eigentlich inzwischen?, fragt er sich einige Tage später. Er hätte Geburtstag gehabt, während er bei Snake und Shark war. Doch hier, im Jahr 2004, wird er seinen Sechzehnten erst in ein paar Tagen feiern. Die Ärzte haben ihm zugesagt, dass sie ihn an diesem Tag sogar rauslassen werden. Er wird auf seine Veranda zurückkehren, von der aus er über den Strand und das Meer blicken kann. Dasselbe Meer, in dem Shark und Snake verloren gingen ...

Um seine Erinnerungen zu vergessen, sollte Steven sich ablenken, doch er bittet seine Mutter um Landkarten von den Inseln vor der Küste Floridas, von Sharkfin-Island bis hinunter nach Captiva. Bald verteilen sich Geschichtsbücher im gesamten Zimmer: über die Eroberung Mittelamerikas und der Karibik durch die Spanier, über die Ankunft Hernando de Sotos in der Tampa-Bay und über die späteren Raubzüge der Piraten und Freibeuter. Er lässt sich Magazine und Internet-Ausdrucke über die Vergangenheit Floridas, über die Inseln im Süden der Tampa-Bay und ihre Ureinwohner, die Tocobaga-Indianer und die Calusa bringen, die schließlich das Fußende des Bettes, den Nachttisch und den Boden bedecken.

Er ist gerade erst halb tot aus der Vergangenheit zurückgekehrt, aber noch im Krankenbett taucht er wieder in sie ein.

Ein paar Tage später, 27. Juni 2004

Eine Krankenschwester hat soeben sorgfältig das verletzte Auge und die frische Naht über seiner Stirn von den Mullbinden befreit und den Verband gegen eine Augenklappe ersetzt, als sich jemand zur Tür hereinschiebt, den Steven hier als Allerletzten erwartet hätte.

»Hi!«, begrüßt ihn sein Vater. »Wie sieht's denn hier aus? Willst wohl unter die Schatzjäger gehen, was?«

»Spar dir deine Witze, Dad! Aber ... was verschafft mir eigentlich die Ehre?«

»Hm ... zugegeben: Gute Frage«, antwortet Ben Waves, während er grinsend quer über die Karten zum Fenster latscht.

»Ich wollte mir eben nicht nehmen lassen ...«

»... mich mal zu besuchen, um dich über meinen neuen Look lustig zu machen, was?«, vollendet Steven den begonnenen Satz seines Vaters und deutet auf seine Augenklappe. »Fehlt nur noch, dass du auch noch diesen Bruce mitbringst.«

»Keine Sorge, Bruce hab ich nicht im Schlepptau«, unterbricht ihn sein Vater. »Wollte mir aber nicht nehmen lassen, dir mal ein bisschen frische Luft zu verpassen und dich auf eine Runde in meinem Wagen einzuladen!«

Steven ist baff. Aber nicht sehr lange: »Hinten, auf den Kindersitzen deines blöden Neun-Elfers, was? Damit deine geliebte Taucherflasche nicht Platz machen muss ...«

»Jetzt pack schon deine Sachen, Cheese!«, schmunzelt sein Vater und wirft seinem Sohn neue Surfershorts ins

Gesicht. »Alles Gute zum Geburtstag! Heute ist Ausgang. Für immer!«

»Äh … wow!«

Im Porsche auf der Manatee Ave

Keine halbe Stunde später sitzen die beiden in Ben Waves' Sechszylinder-Silver-Surfer, röhren die schnurgerade Manatee Ave in Richtung Westen hinunter und auf die Zugbrücke zu, die Steven und seiner Mutter noch vor ein paar Wochen den freien Zugang zum »Paradise of Sharkfin-Island« versperrt hatte.

Stevens Vater hat nicht gerade Übung in Sachen Unterhaltung, besonders dann nicht, wenn es seinen Sohn betrifft.

»Na, wie fühlt sich die Freiheit an, Kumpel?«

»Lass das mal meine Sache sein, Dad. Und mein Name ist übrigens Steven, nicht Kumpel. Und auch nicht Cheese.«

»Okay. Worüber willst du reden?«

»Über die Blackbird zum Beispiel.«

»Also gut, Steven«, antwortet Waves. »Was glaubst du: Weshalb liegen dort draußen zwei Schiffe? Eines – die spanische Galeone – stammt, wie wir inzwischen wissen, aus dem frühen 16. Jahrhundert, das andere – das englische Schiff – wurde etwa in der Mitte des 17. Jahrhunderts gebaut. Was wäre also *deine* Theorie?«

»Ich brauch keine. Ich weiß es.«

»Was weißt du?«

»Der Spanier war tatsächlich mal bis zur Kante mit Gold beladen. Und zwar lange bevor der Engländer kam.

Später kam die Blackbird und hat sich das Zeug geholt. Genauer gesagt, die Indianer, die vor etwa vierhundert Jahren hier auf dieser Insel lebten, hatten die spanische Galeone ausgeräumt und den Schatz ihren Schamanen gegeben. Seitdem war er wohl ihr Heiligtum, oder so was. Tja, und dann, im Jahr 1693 genau, ist eben die Blackbird gekommen und hat den Indianern das Gold wieder weggenommen!«

»Und woher willst du das so genau wissen? Willst wohl immer noch behaupten, dort gewesen zu sein, was? Steven, die Ärzte haben's dir doch längst erklärt: Du hattest ein Schädel-Hirn-Trauma und ...«

»Ihr Kapitän«, ignoriert Steven seinen Vater und fährt fort: »hieß *Skull*. Und der hat sein überladenes Schiff haargenau auf die Galeone gesetzt.«

Ben Waves bremst vor einer dunkelroten Ampel.

»Dann erklär mir doch bitte mal, weshalb die Blackbird eben gerade *nicht* genau auf dem Spanier sitzt? Na? Die ist nämlich ein Stück entfernt von der Galeone gesunken!«

»Hm ...«, wundert sich Steven, »*das* ist allerdings seltsam ...«

»Na also! Du warst natürlich *nicht* dort, Steven. So leid es mir tut, aber Zeitreisen gibt es nicht!«, belehrt ihn sein Vater. »Und jetzt erzähl ich *dir* mal was: Diese Blackbird - das haben wir inzwischen herausgefunden - ist die *Bird*. Ein Sklavenschiff! Ihr Eigner war ein gewisser *Sir Bartholomy Periwinkle* aus Liverpool. Ein Sklavenhändler. Er war auch ihr Kapitän, und nicht irgendein *Skull*.«

Oh Mann, Snake ist der Sohn eines Sklavenhändlers!, denkt Steven.

»Und noch was«, fährt sein Vater fort, nachdem die Ampel auf Grün geschaltet und er wieder Vollgas gegeben hat. »Ein kleines Rätsel, das selbst ich und deine Mutter noch nicht geknackt haben: Offiziell ist die Bird ganz woanders untergegangen, und zwar im Hafen von Port-Royal auf Jamaica, während des großen Erdbebens von 1692. Schon deshalb kannst du dem Schiff nicht ein Jahr danach einen Besuch abgestattet haben!«

Verflucht, denkt Steven, *das kann nicht wahr sein! Habe ich mir doch alles nur eingebildet? Hab ich Visionen wegen meiner Verletzung?*

Steven greift nach seiner Augenklappe, die der einzige Beleg dafür ist, dass er nicht fantasiert … wenn er sich in der verfluchten Welle nicht einfach nur an der Finne vom Board verletzt hat.

»Aber Snake … und Shark … und dieser Käpt'n Skull …«, stottert er »… dieser Skull von der Blackbird, der aus einem vergoldeten Totenschädel getrunken hat! Das Ding war oben aufgesägt! Ich kann mir das alles doch nicht eingebildet haben!«

Der Porsche befindet sich gerade auf dem flachen Damm zur Zugbrücke, der glücklicherweise zu beiden Seiten von einem breiten Muschelkies-Streifen gesäumt wird.

In einer monsterwellengroßen Staubwolke bringt Ben Waves den Wagen zum Stehen. »Woher weißt du von dem vergoldeten Totenschädel? Wir haben das Ding gerade erst im Wrack gefunden!«

Und Steven begreift sofort: Jetzt hat er seinen Vater vielleicht endlich am Haken!

Eingang zum Strandhaus, Straßenseite

Der Porsche löst eine weitere fette Staubwolke aus, als er erneut zum Stehen kommt, diesmal auf der Einfahrt zum Haus von Steven und seiner Mutter.

In Gedanken versunken schleift Steven seine Sporttasche die hölzernen Stufen zur Tür hinauf, während sein Vater Bücherstapel und Landkarten hinterherschleppt, die den hinteren Teil des kleinen Sportwagens bis unter das Dach ausgefüllt hatten.

Endlich wieder zu Hause, endlich wieder den Geruch des Meeres in der Nase und endlich wieder das Rauschen der Brandung in den Ohren.

»Wo ist Mom?«

»Äh … keine Ahnung. Als ich losfuhr, war sie noch da …« Aber Ben Waves ist ein mieser Schauspieler.

»Was ist los, Dad? Hier stimmt doch was nicht … weshalb ist Mom nicht da?« Steven weiß, dass seine Mutter niemals an seinem Geburtstag arbeiten würde, schon gar nicht, wenn er gerade nach einem vierwöchigen Krankenhausaufenthalt nach Hause zurückkehrt.

Er tritt hinaus auf die Veranda.

Veranda, Strand von Sharkfin-Island, später Nachmittag

»Happy Birthday! Happy Birthday, dear Steven, happy Birthday to youuouuuuuuu …«, grölt die Menschenmenge schräg und falsch im Chor, die sich auf dem Strand und rund um die Veranda versammelt hat.

»Happy Birthday und willkommen zu Hause!«, sagt seine Mutter hinter ihm, und ehe Steven sich ducken kann, umarmt sie ihn – in aller Öffentlichkeit.

»Nicht doch, Mom!« Er kann sich befreien und verbessert sich: »Ich mein: Danke, Mom!«

»Dank nicht mir, Steven, sondern ihm …«, und während sie das sagt, löst sich Bruce aus der Menge und steigt die Stufen hoch, die unterhalb der Veranda aus dem Sand wachsen. In der Hand einen glitzernden Pokal.

»Cheese …«, setzt Bruce feierlich an, als er vor Steven steht, sodass es alle hören können, aber Steven hat längst begriffen, was hier außer einer Geburtstags-Strandfete und einer »Welcome-Home-Party« gerade stattfindet. Also spielt er das Spiel mit:

»Mein Name ist Steven. Steven Waves! Oder kann sich das dein Spatzenhirn vielleicht nicht merken?«, antwortet er ebenso laut wie Bruce.

Der grinst (etwas gequält), bis das Gelächter des Publikums wieder abebbt und fährt dann fort:

»Also, Steven. Hiermit hab ich die Ehre, dich im Auftrag des Westcoast-Surfshops zum diesjährigen Champion zu ernennen! Hiermit überreich ich dir meinen, äh … deinen Pokal!«

Einhundert Surfer und noch mal mindestens halb so viele Surferinnen – sonstige Strandbesucher und Besucherinnen sowie Stevens Klasse und eine Mrs Partrich nicht mitgerechnet – applaudieren, bevor Bruce die versammelten Gratulanten wieder zur Ruhe bittet.

»Und natürlich gibt's auch so was wie ein Preisgeld! Allerdings haben wir uns überlegt, dass wir das Geld dieses Jahr mal gleich in was investieren, was einer wie du ab jetzt besser immer dabeihaben sollte, wenn er da rausgeht!« Bruce deutet mit dem Daumen über seine Schulter in Richtung Brandung. »Damit er seinen verrückten Ritt später auch dokumentieren kann!« Und während er das erklärt, lässt er sich von Ben Waves ein extrem rotes Samtkissen reichen, über das ein ziemlich dottergelbes Strandtuch gelegt ist.

Er hält den Gewinn Steven genau vor die Nase.

»Na nimm's schon runter!«, ergänzt er, als Steven zögert.

Also zieht Steven vorsichtig das Tuch vom Kissen und hat schließlich das neueste Modell einer *Pro-Adventure Surf-Kamera* vor sich liegen. Hundert Prozent stoß- und wasserfest, inklusive Halterungen, um die Kamera beispielsweise auf der Spitze eines Surfboards befestigen zu können.

»Hat sich wohl rumgesprochen, dass ich mir einbilde, in einer Tube ins siebzehnte Jahrhundert geritten zu sein, was?!«

»Stimmt«, antwortet Bruce, »aber ehrlich gesagt gibt's bei uns *jedes* Jahr das neuste Model für den Champ! Hab selbst schon 'ne schöne Sammlung zu Hause.«

Danach kann die Strandparty endlich durchstarten und wird erst in den frühen Morgenstunden die Letzten in ihren wohlverdienten Schlaf entlassen: Steven und Bruce.

Doch als Steven irgendwann um die Mittagszeit aus seiner Hängematte steigt, sich streckt und die Seeluft durch seine Lungen zieht, hat er wieder Snake und Shark vor Augen, die im Sturm untergehen. Im Sturm, der im Jahr

1693 noch immer wüten dürfte, denn dort ist seit Stevens Heimkehr noch kein einziger Tag vergangen.

Währenddessen ist Bruce bereits unterwegs, um ein paar kleine Besorgungen für Steven zu erledigen ...

Auf der X-Plorer, ein paar Tage später, der Abend vor dem Vollmond über Sharkfin-Island, Seegang

Bevor der Wind zu sehr aufgefrischt hatte, war es den Tauchern noch gelungen, neues Material von der Blackbird heraufzuholen. Inzwischen ist die Archäologin damit beschäftigt, einen besonders interessanten Klumpen zu bearbeiten, den sie bereits als einen zerquetschten eisernen Vogelkäfig identifiziert hat. Das Ding hatte deshalb ihre Aufmerksamkeit erweckt, weil es einen sonderbaren weiteren Klumpen in seinem Inneren gefangen hält, mit einer kleinen Bruchstelle, aus der es silbern hervorblitzt.

Stevens Mutter hatte sich sofort mitsamt der Entdeckung vor ihrem Ex in Sicherheit gebracht und den ganzen Nachmittag im verriegelten Labor unter Deck damit verbracht, den größten Teil der Ablagerungen abzuklopfen.

Jetzt sitzt sie fassungslos vor dem, was auf dem Arbeitstisch liegt:

Eine Pro-Adventure Surf-Kamera. Stoß- und wasserfest …

»Das kann nicht wahr sein!«

Sie springt auf, stürmt auf das Außendeck und reißt Ernie und Joey aus ihrer Ruhepause (zwischen zwei Bierdosen auf der Helikopter-Plattform, beim routinierten Betrachten des Sonnenunterganges).

Der Seegang ist inzwischen so hoch, dass kräftige Brecher auf den Strand in ihrem Rücken rollen. Etliche Surfer haben die Gelegenheit genutzt und sind rausgegangen.

»Bringt mich sofort zum Strandhaus hinüber!«

»Aber Mrs Waves, der schöne Sonnenuntergang …«

»Eben! Verflucht, bringt mich auf der Stelle rüber!«

In der Brandung; Bruce und sein Jetski kommen aus den Wellen.

Bruce fährt einen letzten Bogen und rammt kurz darauf den Jetski auf den Strand. Danach steht er noch eine Weile in der Gischt. Er muss die Augen schließen, denn der Wind bläst ihm jetzt das Salzwasser fast waagerecht ins Gesicht. Als er sie wieder öffnet, sind Steven und Moonsurfer verschwunden.

Wird er diesen Verrückten je wiedersehen?

Da, ganz leise, dringt aus der Ferne ein wahnsinniges Lachen an Bruces Ohren.

Etwa zweihundert Schritte weiter den Strand hinunter

sieht er die knochige Gestalt Grumbles in den Wellen stehen. Die Arme ausgebreitet, die Fetzen seiner Kleidung flatternd im Wind.

An seinem schweren Gürtel hängt sein rostiger Entersäbel, über einem blinden Auge liegt die Furche einer tiefen Narbe in der knochigen Stirn.

ENDE …

… des ersten Buches.

Glossar

A. Seefahrt

achtern: alles, was auf einem Schiff »hinter der Mitte« liegt (vorn ist der Bug, hinten das Heck)

Achterkastell: s. Heckkastell

Achtersteven: hier enden die Breitseiten eines Schiffes

Ahle: Werkzeug, mit dem Löcher in verschiedene Materialien gestochen oder vorhandene Löcher geweitet werden können

Ankerwinde, auch *Ankerwinsch* oder *Gangspill:* Gerät zum Heben des Schiffsankers

Back: Decksaufbau auf dem Vorschiff

Backbord: die linke Seite eines Schiffs (vom Heck zum Bug betrachtet)

Besanmast: der hinterste Mast auf Schiffen

Bilge: unterster Bereich eines Schiffes oberhalb der Schiffsplanken; in der Bilge sammelt sich das in den Schiffsrumpf eingedrungene Wasser

Bug: Vorderteil eines Schiffes

Bugspriet: über den Bug eines Segelschiffes hinausragende starke Spiere zum Abstützen des Fockmastes

Drehbasse: leichtes Geschütz mit kurzer Reichweite, das auf dem Drehzapfen eines Kriegsschiffes beweglich gelagert ist

Fockmast: vorderster Mast bei Segelschiffen mit mehreren Masten

Galeone: großes Segel-Kriegsschiff mit drei oder vier Masten und zahlreichen Kanonen

Gangspill: siehe Ankerwinde

Geschützpforte: siehe Stückpforte

Hammock: engl. Hängematte; auch: inselartige Erhebungen in den Everglades

Heckkastell: Kastell, das auf das Heck eines Schiffs aufgesetzt oder in dieses integriert ist

Mars: die erste über dem Untermast angebrachte Verlängerung des Mastes

Messe: Raum in einem Schiff, in dem gegessen wird

Nao: Segelschiff, Zwei- oder Dreimaster

Pinne: langer Hebel, mit dem das Ruder bedient bzw. das Schiff gesteuert wird

Rah, *Raa* oder *Rahe:* segeltragender Bestandteil der Takelage eines Segelschiffs

Schaluppe: kleines Segelboot mit einem Mast, das meist als größeres Beiboot verwendet wird

Schanzkleid: Fortsetzung der Bordwand oberhalb des Oberdecks eines Schiffes; Schutzfunktion im Gefecht mit anderen Schiffen sowie gegen Wellen und Wind

Spant: tragendes Bauteil zur Verstärkung des Schiffsrumpfes bzw. Träger der Beplankung; durch diese Bauweise wird gegenüber einer massiven Bauweise (z.B. beim Einbaum) erheblich Gewicht eingespart

Steuerbord:	die rechte Seite eines Schiffes (vom Heck zum Bug betrachtet)
Stückpforten:	verschließbare Öffnungen in der Bordwand von Kriegsschiffen, durch welche im Schiffsinneren aufgestellte Kanonen hindurchfeuern konnten
Stückmeister:	verantwortlich für die Kanonen an Bord: abfeuern, reparieren, instandhalten
Stückpforte:	Öffnung in den Wänden eines Kriegsschiffs für das Geschütz
Takelage, Takelwerk:	feststehende Masten eines Segelschiffes sowie das Tauwerk, das die Masten hält
Vormars:	Mars oder Mastkorb des Fockmastes (s. auch Mars, Fockmast)
Wergpfropfen:	verwendet zur Abdichtung geladener Kanonen

B. Wellenreiten

Bottom Turn:	Wende über den Fuß der Welle
Cutback:	Fahren eines u-förmigen Bogens dahin zurück, wo die Welle bricht
Line-Up:	Startposition jenseits der Brandungszone
Tube:	Wellenröhre
Weißwasserzone:	der gebrochene Teil einer Welle (Schaum)
Wipe-Out:	schwerer, spektakulärer Sturz beim Wellenreiten

Jan Birck, geb. 1963, ist bekannt für Jugendbücher, Animationsfilme und Werbung. Für »Geheimagent Morris« wurde er mit dem Troisdorfer Jugendbuchpreis ausgezeichnet. Der Autor besegelte den Nordatlantik auf einem alten Zweimaster, war im Mittelmeer und in der Karibik unterwegs. Zeitweise lebte er in seinem Haus auf einer Insel vor der Westküste Floridas.